Blackouts

Du même auteur

Vie animale
Éditions de l'Olivier, 2012
« Bibliothèque de l'Olivier », 2022

JUSTIN TORRES

Blackouts

traduit de l'anglais (États-Unis)
par Laetitia Devaux

ÉDITIONS DE L'OLIVIER

Je dédie ce livre à
VALENCIA MARTINEZ *& à*
MON DAVID,
LES PERSONNES LES PLUS BRILLANTES ET LES PLUS ESSENTIELLES
QUE J'AIE JAMAIS EU L'OCCASION DE RENCONTRER

██
██
██████████████████████████████████████ Poetry
loses some of its charm through the suggestion that it might be an
expression of the writer's sexual maladjustment. But as a matter of
fact it is beginning to seem that all imaginative writings are attempts
to find libidinous satisfaction in fantasy. ████████████████████████
██,
██
███████████████

██████████████████████████ the author has ██████
████████████████ tendencies; ████████████████████ has
made no attempt to estimate what proportion of imaginative writing
may be the work of █████████████████ confined ██self; ██████
██████ has accepted the fact that human beings reveal themselves
in whatever they read and write. ████████████████████████
████████████████████████████████████

GEORGE W. HENRY, M.D.

La traduction des documents photographiques et illustrations est proposée
en fin d'ouvrage, p. 309-319. *(N.d.É.)*

I

LE PALAIS

À une époque
je ne connaissais
personne qui soit mort —
et encore moins des fantômes.

JAIME MANRIQUE, « Ghosts and the Living »

J'étais venu au Palais parce que l'homme que je cherchais y avait une chambre. Il attendait à la sortie de secours, appuyé contre le chambranle, non pas maigre mais squelettique ; les lèvres rabougries et craquelées ; la peau tendue sur le crâne. Je l'ai reconduit à son lit, d'où il m'a observé, affable mais farouche. La vie brûlait dans ses yeux, comme si son esprit avait quitté ses chairs pour se concentrer là, dans ces iris luisants et vitreux entourés d'un blanc laiteux immaculé. Même mourante, sa voix était vive, claire, et quand il parlait, c'était sans difficulté, sans sifflement, sans confusion (en tout cas, jusqu'à ses derniers instants, où il a sombré dans le délire, racontant des absurdités et récitant de la littérature). Je lui ai dit que je lui tiendrais compagnie et ferais office d'infirmier pour lui tout le temps qu'il faudrait. En vérité, je n'avais nulle part où aller, ce qu'on savait tous les deux. Juan a insisté pour que je reste au Palais et que je reprenne sa chambre après sa mort. Il m'a demandé d'achever un projet qui l'avait un jour consumé, l'histoire d'une femme qui portait le même nom que lui. Mlle Jan Gay. « Allez, il a dit avec un clin d'œil, presse les mains de ta mère pour lui assurer que tu le feras. » Une allusion à une scène célèbre que j'étais incapable de resituer ; ça n'avait rien d'une plaisanterie. J'ai pris ses mains, tout en jointures et doigts osseux, dans les miennes. Il était proche de la mort, et je lui aurais promis n'importe quoi.

« "Mais je ne comptais pas tenir ma promesse. Du moins jusqu'à ces derniers temps, quand j'ai commencé à me remplir de rêves." D'où ça vient ?

– Je ne sais pas, Juan. Mais celle-là, je vais la tenir. J'en ai bien l'intention.

– Tout le monde ne lui donne pas le même nom, a-t-il dit. Yahn, Jan ou encore Helen. La fée sacrée, la mère de Dieu. Notre Père qui es au milieu. »

However, many homosexuals fail to survive the rigors of the constant intimate association with men.

J'avais pris la route pour le Palais avec mes derniers sous, seul après avoir tout perdu dans la grande ville. Je n'avais pas de travail, pas de diplôme et pas de royaume, pas le cœur à l'ouvrage, pas de souteneur. J'ai acheté un billet de car, destination l'ouest, destination une petite ville à des milliers de kilomètres et plusieurs jours de là – ce lieu où je soupçonnais Juan de s'être retiré. Je n'avais qu'un sac polochon bourré de vêtements. Heure après heure, j'ai contemplé le paysage qui changeait derrière les vitres graisseuses. Lorsque j'ai voulu nettoyer cette pellicule avec le bout de ma manche, ç'a produit un halo, comme l'astuce de la vaseline dans les gros plans hollywoodiens d'autrefois. Et je me suis vu avec mon nez sans cicatrices, mes boucles noires domptées, la dureté de chacun de mes traits adoucie dans le reflet.

Au fil du voyage, on a enchaîné les cars et les chauffeurs. L'un d'eux était séduisant, brun et bien bâti. Ses yeux souriants pétillaient dans le rétroviseur et il annonçait chaque arrêt avec une jovialité sympathique. À mesure que des places se sont libérées, je me suis avancé depuis le fond jusqu'à être assis à sa droite, à peine en retrait, assez proche pour remarquer les poils qui poussaient de chaque côté de ses phalanges. « Regarde, m'a-t-il dit, le car va bientôt complètement se vider. Au dernier arrêt avant de franchir la Big Muddy. » Et ça s'est passé comme il a dit, tout le monde est descendu ; on n'était que tous les deux à faire la traversée. La rivière était large, impétueuse et boueuse, c'est vrai, d'une couleur chocolat au lait qui m'a fait penser à Pâques et à ces lapins enveloppés dans du papier d'aluminium avec leurs yeux morts en sucre candi. Il m'a demandé quelle était ma destination, je la lui ai donnée, et il m'a répondu : « Ben c'est pas moi qui te conduirai jusque là-bas. » Puis son humeur a changé, il a cessé d'en faire des tonnes, se contentant d'un signe de tête à ceux qui montaient à bord. Lorsqu'un nouveau chauffeur l'a remplacé – scrupuleux et sans saveur –, je n'ai pas vraiment eu peur, mais j'ai senti le courage me quitter. Ça m'a refroidi. « Tout chemin mène à s'aimer », ce refrain me trottait dans la tête, mais d'où provenait ce vers insupportable ? D'un livre, d'un film, d'une comptine ? Je ne savais plus. J'ai repris ma place au fond du car. Les voyageurs qui sont montés par la suite étaient différents – ils me paraissaient exotiques, tournés vers l'intérieur, hostiles aux zones côtières –, puis le paysage s'est vraiment aplati et l'horizon élargi dans toutes les directions, de sorte que le ciel s'est fait plus vaste et plus voûté. Je me suis aperçu que je pouvais contempler le désert sans jamais me lasser de ces nouveaux pigments issus de la terre – nouveaux pour moi, en tout cas –, rosés et cuivrés, sable et argile.

On a atteint mon arrêt au petit matin et je suis descendu du car avec l'espoir de continuer en stop, mais il n'y avait pas beaucoup de passage. J'ai attendu plusieurs heures au bord de la route près d'un petit mesquite. Son ombre dérisoire a disparu sous le soleil de midi et la poussière m'a saisi à la gorge. Lorsqu'une cinquantième voiture, d'après mes calculs, m'a dépassé en trombe, j'ai commencé à désespérer, puis des feux stop sont apparus comme un mirage et j'ai entendu un crissement de pneus sur le bas-côté gravillonné. Des touristes européens, un couple. « Vous n'avez pas l'air particulièrement menaçant », m'a dit le type. Il a proposé de me conduire jusqu'à ma destination. La femme s'est renfrognée ; j'ai compris qu'ils étaient en pleine dispute et que je devais servir de diversion, alors j'ai tenté de bavarder un peu, mais la femme n'a pas mis longtemps à reprendre le fil de leur altercation dans un flux de chuchotements accusateurs en langue étrangère, et moi, à retourner au paysage.

On a roulé longtemps comme ça, en nous enfonçant dans le désert, jusqu'à une ville encore plus petite, un village en fait, à la recherche du Palais, de Juan, jusqu'à ce que je le trouve à l'entrée, squelettique.

Dans une autre vie, près de dix ans plus tôt, Juan et moi nous étions fréquentés dix-huit jours au total ; je n'avais alors que dix-sept ans. Il paraissait déjà fragile à l'époque, bien que doté d'un esprit vif et d'une grande faculté d'attention. Mes grands-parents étaient encore relativement jeunes, ils approchaient de la soixantaine, je n'avais donc aucune expérience du grand âge que Juan avait selon moi atteint, et j'étais intimidé par la peau sèche et marbrée sur ses bras et ses mains, ainsi que par les nombreuses rides au coin de ses lèvres et de ses yeux. « Ma sénescence, disait Juan. Un affront à la jeunesse et à la beauté. » Et même si je savais qu'il me taquinait, j'éprouvais de la répulsion – pas pour lui, mais pour la vieillesse en tant qu'idée abstraite. J'étais incapable de me représenter mon corps d'adolescent qui se détériorerait en succombant au grand âge. Sur le moment, j'avais observé celui de Juan et je m'étais dit : *Pas question que ce corps soit mon avenir.*

Le Palais, monumental, se dressait dans la rue poussiéreuse. Un bâtiment du désert entièrement délabré. Le stuc autrefois blanc était maintenant ivoire sale, écaillé çà et là, laissant apparaître la brique en dessous. J'ignorais comment on avait pu lui donner un tel nom – il n'y a pas de palais dans ce pays. Dans le temps, ç'avait dû être un hôtel ou un asile majestueux. Les larges débords de la toiture étaient soutenus par des corbeaux sculptés, et au-dessus de l'entrée, au sommet de la façade, se trouvait un trèfle à trois feuilles qui me faisait penser à l'as de trèfle dans un jeu de cartes, peut-être autrefois un clocher-pignon, mais qui n'abritait plus de cloche et se contentait d'encadrer le ciel azur. L'escalier en marbre avait jauni, l'intérieur était subdivisé de façon anarchique en petites chambres aux cloisons en plâtre peintes et au mobilier dépareillé. Les grandes portes étaient verrouillées et blanchies à la chaux. J'ignorais qui s'occupait du Palais ; sans doute une association caritative ayant pour but d'aider les sans-famille. Juan avait sa propre chambre avec un bureau, un miniréfrigérateur, une plaque chauffante, un petit placard et un lit simple presque à ras du sol. Des livres couraient le long des plinthes. Il était autorisé à recevoir de la visite le matin et l'après-midi à des heures précises, mais il laissait sa fenêtre entrouverte et, la nuit, j'empruntais l'escalier de secours pour me faufiler dans sa chambre, où je m'asseyais au bord du matelas. On parlait. J'avais beaucoup de questions à lui poser, et beaucoup de temps à tuer sans autre endroit où aller. Je passais certains soirs avec des hommes, des michetons que je levais au bar du village appelé Le Dépôt. Ou que je dégotais en rôdant autour du véritable dépôt de bus, ou encore en draguant dans les toilettes, mais je me suis vite aperçu que je ne voulais être nulle part ailleurs que dans cette chambre, avec Juan. Je préférais passer la nuit au lit contre lui, là où je pouvais sentir ses os et sa peau parcheminée, respirer son haleine fétide et savoir qu'il était toujours là.

Juan n'avait que peu d'estime pour les autres résidents, des âmes errantes qu'il qualifiait de « volée de vieux canards queer ». Je n'avais jamais entendu une expression pareille. « Ils sont tous aigris, disait-il, ou brisés. Ou cinglés. » La cuisine, les toilettes communes, les douches ; pas un endroit du bâtiment n'était correctement ventilé. L'odeur des résidents – musc, merde, crasse et plats brûlés – s'incrustait dans les chambres. Juan préférait ne pas s'aventurer au-delà de sa porte. Il se nourrissait exclusivement de soupe en boîte, tomate à la crème ou lentilles, que je lui faisais réchauffer en plaçant la boîte à même la plaque de cuisson. Puis je l'aidais à se redresser et je le regardais faire aller et venir sa cuiller entre la boîte et sa bouche d'un geste délibéré mais tremblant. Ensuite, pendant qu'on parlait, il arrachait des petits bouts de papier peint à côté du lit avec toute la finesse que ses doigts lui permettaient. « Juste en dessous, le papier est encore plus beau », disait-il. Il avait mis au jour un pan de la taille d'une assiette dont le motif représentait une scène de cirque dans un style élégant et désuet : des caniches roses qui bondissaient à travers un cerceau, un éléphant en équilibre sur une patte perché sur un petit tabouret, des clochards qui jouaient les clowns. « J'aimerais avoir révélé tout le mur avant de mourir, mais ça n'arrivera pas, si ? »

Je ne parlais pas de l'après, je me contentais de petits mensonges à propos de l'avenir. « Un de ces jours, je t'achèterai une casserole. Et un bol. Et je te regarderai manger dignement. »

Le grand projet, à terminer après la mort de Juan, avait à voir avec une chemise en carton remplie de bouts de papier, des coupures de journaux, des photographies et des notes griffonnées, ainsi que deux énormes ouvrages au texte presque entièrement raturé. Ceux-ci constituaient une étude en deux tomes intitulée *Sex Variants: A Study of Homosexual Patterns*.

D'emblée, j'avais ressenti le magnétisme et le mystère de ces ouvrages ; un travail d'observation rigoureux devenu œuvre d'effacement. Je m'étais interrogé sur le rapport entre Juan et la Mlle Jan Gay mentionnée dans l'introduction. Je lui ai demandé s'il avait un lien de parenté avec elle. « Non, non. » Et pourtant, m'a-t-il dit, j'avais raison de penser que leur lien « était plus profond qu'une similitude de nom ». Il s'est arrêté là.

Je ne comprenais pas pourquoi, mais depuis mon arrivée, une fois obtenue la promesse de poursuivre le projet, Juan avait paru se désintéresser des ouvrages ; il se tournait vers le mur et son papier peint, et j'avais du mal à obtenir une quelconque explication. Je l'interrogeais malgré tout sur l'étude et les déviants sexuels qu'elle décrivait, sur Jan Gay, sur la personne qui avait noirci tout ce texte, et pourquoi. Était-ce Juan lui-même ? « Non, non. » Il avait trouvé les livres comme ça, raturés jusqu'à ne plus former que des petits poèmes et autres observations. Il a laissé entendre qu'il m'en dirait plus au fil du temps, qu'il voulait d'abord tout savoir de ma vie et ce que j'étais devenu dans la décennie ayant suivi notre rencontre. Juan savait me faire parler malgré moi ; les mots jaillissaient comme sous l'effet d'une force hypnotique.

Juan s'inquiétait pour moi. Le Palais, disait-il, attirait les types qui croulaient sous les ennuis. Il m'a demandé, d'un ton sincère, si j'étais en cavale, encore une expression qui ne m'était pas familière, et même après ses explications, les notions de cavale et de planque ont continué à me paraître drôles, aussi désuètes que le papier peint.

« En cavale pour fuir qui ça ? Les flics ? Des créanciers ? Un mac ?

– Pour fuir qui », m'a-t-il corrigé. Et après quelques instants, il a ajouté : « Peut-être ton esprit, alors. »

L'abat-jour en chanvre de la lampe de chevet réchauffait l'atmosphère, et ses yeux bruns se sont mis à luire d'une couleur extatique qui ressemblait à une liqueur. Je n'en revenais pas de cet éclat et d'une telle incongruité, car le reste de son visage n'était qu'un masque mortuaire.

Dans le centre, autour du Palais, les bâtiments et les rues gardaient la chaleur du jour et la diffusaient pendant la nuit. Des nuits infernales, sans échappatoire. Le lit était petit. Le ventilateur de plafond ne fonctionnait qu'à la vitesse la plus lente.

« Comme si tout ici était en permanence réglé sur un tempo langoureux, hein, *nene* ? disait Juan. Le ventilateur et l'air, toi et moi, même le temps. »

Je me pavanais dans la chambre en sous-vêtements de coton blanc. Je ne m'habillais que pour sortir, et encore, sans enfiler grand-chose. Pour éviter d'avoir trop chaud, et surtout dans l'espoir de provoquer de l'excitation chez Juan, mais il flirtait rarement. Il passait son temps sous un drap de lit léger, même si j'avais souvent vu son corps en l'accompagnant aux toilettes au bout du couloir. Au début, je cherchais à m'épargner le choc de son squelette, mais avec le temps je me suis habitué à sa maigreur et je regardais ses os et ses articulations se mouvoir sous sa peau avec une troublante et effroyable beauté.

Juan ne dégageait que très peu de chaleur corporelle, mais lors des nuits les plus brûlantes, tout contact physique, même le plus insignifiant, se révélait insupportable, et je quittais le lit pour me coucher à même le sol. Il était impossible de trouver le sommeil, alors on n'essayait même pas. La voix de Juan flottait jusqu'à moi. Il aimait me mettre en transe, il était doué pour ça ; si doué que j'avais l'impression que, une de ces nuits, je risquais de ne jamais en sortir.

« Raconte-moi encore le trou noir qui a provoqué le dégât des eaux. Ferme les yeux. Qu'est-ce que tu vois ?

– Je suis chez moi, en ville. J'ai presque fini de tout nettoyer. La vaisselle sèche sur l'égouttoir, à part une lourde marmite qui a besoin de tremper. J'avais préparé un énorme repas comme au bon vieux temps, rien que pour moi, puis je me suis aperçu que je n'avais pas faim, alors j'ai tout rangé. Je mets la marmite dans l'évier et je tourne le robinet. Je me dis : *Laisse l'évier se remplir.*

– Puis plus rien ?

– Rien. Le néant.»

Dans le salon, je vois de l'eau qui coule par terre. Un petit ruisseau serpente jusqu'à un pied du canapé où il se divise puis se reforme. J'entends ma logeuse crier au meurtre. Je me dis : *Il l'a vraiment fait, cette fois.* Les hurlements proviennent d'en bas, de chez elle. Je me réveille en sursaut, alors qu'en principe je suis déjà réveillé, et même debout ; je reviens à moi. Je cours à la cuisine, l'eau dégouline du plan de travail et s'étale par terre sur cinq centimètres de fond, et tout à coup, surgit un gémissement improbable. La chambre des propriétaires se trouve juste en dessous, c'est leur plafond qui gémit, qui s'effondre, qui s'ouvre en grand. Je ne vois pas, mais j'entends : le plâtre, le ventilateur et le lustre qui s'écrasent.

En haut des marches, la logeuse frappe à ma porte en criant mon nom, en invoquant *Jesucristo*, en hurlant au sujet de l'eau, et qu'est-ce que j'ai fait ? J'ouvre – cette façon qu'elle a de me regarder, de me fixer sans me voir –, je dis : « C'est bon, c'est réglé. » Elle se précipite et jette par terre des serviettes, des draps, la couette, tout ce qui peut absorber l'eau ; je m'excuse, une bêtise, j'ai laissé le robinet ouvert. Elle n'a pas l'air d'entendre. Ce dont je me souviens ensuite, c'est de l'avoir suivie en bas, dans la chambre, et d'être tombé sur son mari. Imperturbable, toujours en train de dîner. Il est assis sur l'unique petit coin du lit encore sec, et il mange – de la viande rognée sur un os. Pas du poulet ; plutôt de la queue de bœuf ou de l'agneau. Ils devaient être à table. Le lit est tout salopé ; tous ces dégâts, c'est horrible. Des langues de plâtre détrempé pendent du plafond. Le trou au-dessus. Ç'a a révélé les poutres qui nous séparent, le dessous de mon plancher. Par les interstices, je distingue la lumière de ma cuisine ; l'eau continue à couler, plus doucement maintenant, sur le matelas, la commode. Le flegme du mari sonne comme un reproche à sa femme qui pleure de vraies grosses larmes mouillées. Je ne comprends pas tout ce qu'elle dit, c'est souvent des phrases toutes faites, mais je saisis l'essentiel : elle exige une explication, pas de moi, mais apparemment de Dieu, comment j'ai pu faire une chose pareille ? Je suis pris d'une culpabilité si profonde que j'en ai des vertiges, mais je ne peux pas détourner mon regard du mari, ce mari qui mange. C'est répugnant. Son silence, je m'en rends compte, m'est destiné, comme s'il cherchait le mauvais sort adéquat, la meilleure façon de m'expédier en enfer. J'ai peur de vomir. Mais c'est comme s'il ne me voyait pas, lui non plus, en tout cas il ne me regarde pas. Il regarde droit devant lui, et il mastique.

« Qu'est-ce qu'il y a ? Pourquoi tu t'arrêtes ?

– Le plat que j'ai laissé à tremper dans l'évier. Ce n'est pas une marmite... Je ne me souviens pas du mot.

– C'est parce que tu ne parles presque pas espagnol, *nene*. Tu n'as jamais pris la peine de l'apprendre, hein ?

– En fait, mon père...

– Quoi, ton père ?

– Il le parlait, mais pas avec nous, plutôt contre nous. Tu vois le genre ?

– Je vois. Tu en veux à ton vieux. Et ton vieux t'en veut. Mais personne ne devrait avoir à enseigner ou à apprendre.

– Dis-moi le mot.

– *El caldero*. Comme pour une sorcière. Continue. Ferme les yeux.

– Ce que je vois ensuite sans doute, c'est le nettoyage. Des heures et des heures. Trimballer le plâtre détrempé jusqu'à la rue. Les sacs en plastique noir ultra-résistant remplis de cochonneries gorgées d'eau. La maison est très vieille, les plâtres sont d'origine. Dans le bordel, un tas de photos qui devaient être sur la commode, ou par terre près du lit, que la logeuse récupère et détache les unes des autres avec précaution pour les faire sécher sur un torchon posé sur le radiateur. Clairement, beaucoup sont foutues. Des vieilles photos qui datent de l'époque où elle vivait sur son île, des tirages en noir et blanc sur papier glacé avec des rebords blancs crénelés. Irremplaçables. Chaque fois qu'elle regarde vers le plafond, vers l'étage, le mien, je tressaille. J'aimerais pouvoir décrire l'expression sur son visage.

– Essaie.

– Oh, je ne sais pas... comment est-ce qu'on décrit une expression ? La tension de ses traits et de son cou s'est relâchée, ses joues, ses sourcils et ses lèvres se sont affaissés, son menton s'est abaissé... Je ne sais pas quel est le bon mot... déconfite, peut-être ?

– Un joli mot.

– D'où il vient ? Je suis sûr que tu le sais.

– Eh bien, on peut confire les oignons ou le canard.

– Et le citron.

– Et le citron.

– Mais certaines choses peuvent-elles se déconfire ?

– Ça arrive. Le visage des logeuses, par exemple. Mais continue à décrire le trou noir.

– Quand est-ce que ça sera à ton tour ? Je suis venu ici pour toi.

– "Je suis venu à Comala parce que j'ai appris que mon père y vivait…"

– Comala. C'est quoi ? Je le sais, pourtant. Je l'ai su, un jour.

– Bientôt, ce sera à mon tour, mais tu dois d'abord me raconter toute l'histoire. C'est très important de ne négliger aucun détail.

– Sur la logeuse ?

– Sur le trou noir, le dégât des eaux, tout ce qui t'a conduit ici. »

José has felt

José's desires

alienate José

José will emancipate himself

José is an attractive young man. lithe body and Latin blood provocative of desire

José is also pursued by men. They "go for" him wherever he goes.

José is beside himself and does not know what he will do. respite José

José is harassed by homosexuals. The world is going crazy." José

might as well do as he wishes.

Les cris de la logeuse ne m'avaient pas tout de suite atteint. Il a fallu plusieurs instants pour que je sorte de ma rêverie, même si je percevais déjà en périphérie les cris qui résonnaient quelque part au fond de mon esprit. Pendant que j'étais dans le trou noir, des souvenirs me revenaient, ou alors je revivais des choses, parfois des vies qui n'étaient pas la mienne. J'étais autre part, avec quelqu'un d'autre. Une femme, un cri, puis un grand silence.

« Tu comprends ?
– Aide-moi à comprendre. Continue.
– L'eau a dû s'accumuler pendant au moins une heure ; il y en avait pour des milliers de dollars de dégâts, toute cette eau, et moi planté dans le salon, avec le robinet qui coulait et mon esprit... où est-ce qu'il était ? Parce que je ne comprends pas. Je me rappelle que j'entendais cette voix, ces cris, ces cris à glacer le sang, mais en même temps je reste figé, comme si je percevais quelque chose, ou quelqu'un, une sorte de violence au-delà des cris. Je ne parle pas du mari. Holà, non. Tous les deux très vieux, c'est vrai qu'il était silencieux et bougon par rapport à elle – une femme merveilleuse, très gentille, bavarde, qui ne buvait pas une goutte d'alcool, très croyante, quoique pas de cette façon punitive ou apocalyptique que je connaissais, plutôt avec une sorte de charité et de spiritualité que je n'avais encore jamais connues –, mais non, je ne pense pas qu'il avait ce genre de travers. Je ne pense pas qu'il la battait. C'était peut-être arrivé un jour, mais plus maintenant. Je tendais l'oreille à l'affût d'autres violences. Je me souviens, juste avant de revenir à moi, d'avoir senti ou de m'être dit : *Il est parti se foutre en l'air.*
– Qui ça ?
– C'est la question que je me pose.
– Et maintenant, tu sais où tu es ?
– Je suis ici avec toi. Et tu as ce projet. Tous ces souvenirs dans une chemise en carton, les livres et ce petit paquet de photos reliées par

un bout de ficelle. Tu vas me montrer et tu vas me raconter, tu vas combler les trous. C'est bien ça ?

– Et si les trous sont trop nombreux pour être comblés ? Qu'est-ce qui va se passer ?

– Tu sais depuis combien de temps je suis ici, Juan ? Déjà ?

– Demain, ce sera à mon tour de parler.

– Tu dis toujours ça.

– "Demain, demain, demain, demain. Sur le chemin de l'ultime poussière." »

C'est en hôpital psychiatrique que Juan et moi nous étions rencontrés. À l'époque, j'allais sur mes dix-huit ans, mais j'avais été jugé trop mûr pour intégrer le service des mineurs, alors, avec une petite entorse au règlement, ils m'avaient casé chez les adultes. Sur le moment, j'étais plutôt fier d'être fou comme un adulte, mais tout à coup, dans cette pièce étouffante, le monde me paraissait encore plus lointain en termes de temps et d'espace, et je voyais combien je devais avoir l'air jeune et immature aux yeux de Juan. « "Le passé est un pays étranger" », disait-il, une citation, et en effet, là-bas, dans cet autre lieu, les choses se font différemment. Juan et moi étions internés et surveillés en permanence.

Dès mon arrivée, j'ai été confronté à la conduite à tenir et à une litanie d'injonctions réglementaires. Je tremblais sur ma chaise devant l'infirmière qui s'occupait des admissions en essayant d'accepter mon changement de statut. J'étais calme et docile, je suivais le motif des minuscules trous d'aération dans le nubuck de mes baskets miteuses, incapable d'établir un contact visuel ou d'émettre ne serait-ce qu'un mot de protestation. On aurait dit que toute la scène était une resucée de resucée de mauvais scénario, un scénario que j'avais déjà vu à la télé et dans les livres. Tout, de l'attitude glaciale de l'infirmière à ma timidité et à ma terreur, composait un petit drame caricatural qui avait dû se jouer un nombre incalculable de fois dans cette même pièce. J'essayais d'observer la scène d'un point de vue extérieur en me concentrant sur les détails, les petits trous dans le nubuck, le crissement du stylo, la lassitude dans la voix de l'infirmière.

Ce n'est que lorsqu'elle a utilisé l'expression « aller au petit coin » sans ironie que j'ai constaté qu'il y avait encore suffisamment d'adolescent en moi pour ricaner.

« Oh oui, *nene*, je me souviens du laïus. Durant les soixante-douze premières heures, l'interné n'a pas le droit de se rendre seul aux toilettes ou aux douches...

– Ensuite, chaque privilège se mérite...

– Ça, c'est un bon comportement, ça, un mauvais comportement...

– Ça, c'est la poignée de la porte. Pas de serrure...

– Barricader la porte avec une chaise, c'est un mauvais comportement...

– Ça, c'est la minuterie de la douche ; veuillez être de ce côté du rideau avant la sonnerie...

– Les rasoirs manuels, les coupe-ongles et tout autre objet tranchant sont gardés sous clef et ne doivent être utilisés que sous la supervision de quelqu'un...

– Idem pour les objets personnels munis d'un cordon, tels que les écouteurs et les chaussures à lacets...

– Veuillez retirer vos deux lacets tout de suite... S'il vous plaît. Tout de suite...

– Sinon, je vais devoir m'accroupir alors que j'ai déjà les genoux tout raides...

– Désobéir est un mauvais comportement...

– Vous venez d'arriver, vous voulez vraiment commencer avec un mauvais point ? »

Après l'histoire des lacets, à laquelle je n'ai ni résisté ni consenti, ç'a presque été de l'inquisition. Mes antécédents personnels. Un inventaire des mauvaises pensées et des mauvaises actions. L'infirmière, dans la cinquantaine, était un peu *butch*, mais j'étais trop timide, ou trop têtu, pour la regarder droit dans les yeux. Je fixais un point entre nous. Le service de psychiatrie se trouvait dans les profondeurs du bâtiment ; un aide-soignant m'y avait conduit en fauteuil roulant par un ascenseur, un premier couloir, puis encore un autre. Je ne me suis jamais retourné pour le regarder, je n'ai jamais vu de cet homme autre chose que ses deux mains carrées. Il avait une odeur familière – celle de la fumée et de la nicotine, comme après une pause cigarette. Tout du long il a fredonné « Put on a Happy Face », parfois accompagné d'un sifflotement, mais ça n'avait pas l'air d'une moquerie, plutôt d'une gentillesse.

En chemin, je guettais une fenêtre ou une porte sur l'extérieur, mais je n'en ai pas vu. Cette pièce, celle des admissions, n'avait pas de fenêtre non plus. En guise de mobilier, il n'y avait que le chariot de l'infirmière et deux chaises craquelées, comme en caoutchouc durci, quoique encore solides. L'endroit avait été conçu pour supporter la saleté humaine et pouvoir être nettoyé facilement, même si on distinguait encore des traces sombres et des trous dans les murs – des preuves de lutte, d'effondrement, de résistance. L'infirmière avait un dossier ouvert sur les genoux ; les questions se succédaient. Elle n'avait pas l'air soucieuse de son apparence, avec ses cheveux vaguement brossés en arrière, sa tenue un peu trop grande et informe, et pourtant elle paraissait tellement soignée par rapport à moi. J'ai ressenti un pincement au cœur à l'idée de l'avoir contrainte à se mettre à genoux, mais j'ai balayé cette pensée, tout comme j'ai balayé l'image suivante : mes parents. « C'est dur », avait dit ma mère, mais pas à moi, à un médecin. L'interrogatoire s'est enfin achevé et on m'a conduit jusqu'à un lit. L'infirmière m'a veillé toute la nuit dans la chambre, lumière allumée.

Contrairement à ce qu'on voit à la télévision, les murs n'étaient pas capitonnés. Très tard dans la nuit, elle s'est approchée pour me dire : « Tu ne peux pas continuer à trembler comme ça. » Je ne m'étais pas rendu compte que je grelottais. Elle m'a dit : « Je peux te donner quelque chose. » *Quoi ?* j'ai voulu demander. *Qu'est-ce que vous pouvez me donner ?* Mais je me suis simplement tourné vers le mur, je l'ai laissée me pincer le gras du bras, et là, plus rien. Le néant.

« Tu dors, *nene* ? Tu es reparti là-bas ?

– Non, non, pas encore, Juan. Mais oui. »

La deuxième nuit, l'infirmière était encore à mon chevet, toujours la lumière allumée. À nouveau, impossible de trouver le sommeil ; j'ai demandé la permission d'aller m'asseoir à la table de la salle commune pour dessiner. En principe c'était interdit, mais elle a acquiescé d'un air finalement assez neutre et m'a aidé à me lever – à ma grande surprise, je me suis rendu compte que j'avais les jambes en coton. Les médicaments, sans doute. L'infirmière m'a installé à la table ronde. C'était toujours la même, la gentille un peu *butch*, en fait beaucoup plus jeune que je l'avais d'abord cru, peut-être seulement une trentaine d'années, et avec l'accent du coin : elle insistait sur les *a* en les étirant plus que nécessaire jusqu'à en faire presque deux syllabes – l'accent de la classe ouvrière blanche –, et je me suis demandé si, quelque part sous cette apparence, elle était amicale, familière, ou si je devais me méfier d'elle. J'ai demandé un stylo et du papier, elle m'a procuré tout ça, puis elle a pris une chaise pour s'asseoir juste derrière moi, mais hors de ma vue, entre l'unique sortie et moi. Peut-être qu'elle lisait un magazine. Certainement pas un livre. J'avais noté qu'il n'y avait aucun livre dans cet endroit, en tout cas pas de la littérature, seulement de gros ouvrages médicaux qui prenaient la poussière dans la bibliothèque du bureau des infirmières.

J'ai commencé à dessiner, et mon dessin s'est avéré être une allégorie assez lourde : un fauteuil au bois sculpté avec une assise en velours, des pieds en pattes de lion et des sangles pour les bras et les jambes, ainsi qu'une sorte de calotte métallique reliée à un enchevêtrement de fils, mais en forme de couronne. Un trône fait chaise électrique.

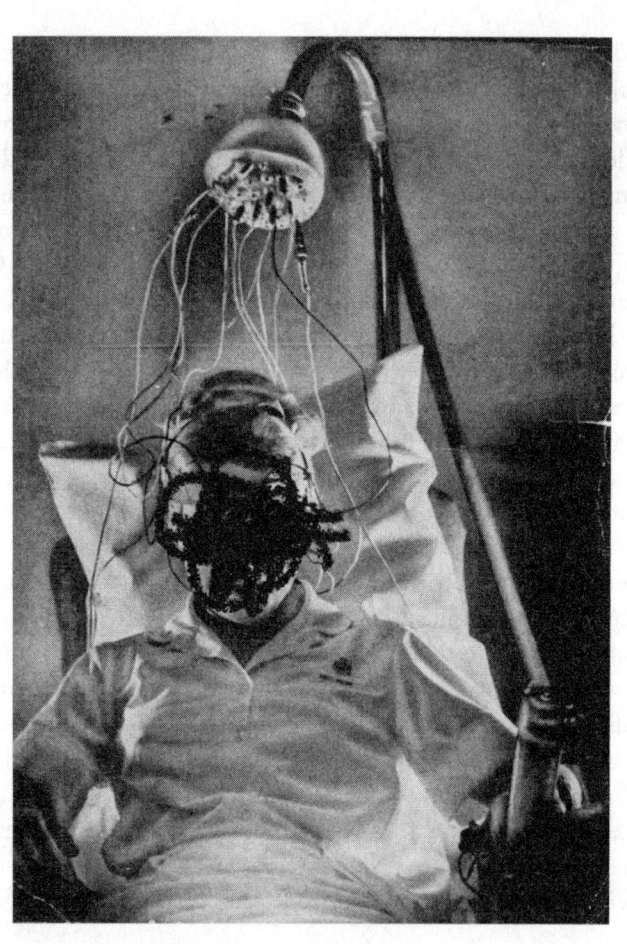

Je ne savais pas vraiment pourquoi, mais au cours de l'année qui venait de s'écouler, j'avais développé une obsession pour les fauteuils. En cours d'arts plastiques au lycée, quelques mois auparavant, j'avais fabriqué un siège en contreplaqué presque assez grand, quoique pas tout à fait, pour qu'un adulte s'y asseye. Je l'avais peint dans une teinte sombre tirant sur le vert avec de l'acrylique et de l'époxy pour donner l'illusion du moisi et de l'humidité. Avec des vis tout le long du dossier enfoncées par-derrière qui ressortaient sur le devant comme des pointes, et une autre, gigantesque, sur l'assise. Et là, je m'étais rendu compte que l'effet produit était moins celui d'un fauteuil que d'une perversion.

Par la suite, le professeur d'arts plastiques, qui était aussi sculpteur, s'était intéressé à moi et avait commencé à me donner des cours particuliers de soudure sur un poste installé derrière la zone de livraison, soi-disant destiné à son usage personnel. L'assurance responsabilité civile du lycée ne permettait pas aux élèves de manipuler un chalumeau ; ces cours étaient notre petit secret. Il était originaire d'un État du Sud ; l'une des seules personnes en ville, à part mes parents, à ne pas avoir l'accent plat du coin, et le seul prof de couleur que j'aie jamais eu de toute ma scolarité. La première et la meilleure chose que j'aie soudée, ç'a été un fauteuil très élancé et très étroit d'une vingtaine de centimètres de large et un mètre vingt de haut. J'avais vu dans les pages « arts » du journal l'image d'un vieil homme gris et d'une vieille femme grise dans une pièce grise avec une table grise et des chaises grises, et tout autour, des chats en plâtre peints en vert radioactif. Je n'avais pas su dire si le couple existait vraiment ou s'il s'agissait de sculptures. À dix-sept ans, je n'avais rien vu de pareil. Alors j'ai sculpté une petite momie humaine en papier journal et en fil de fer, je l'ai recouverte de plâtre et l'ai installée sur le trône que j'avais soudé. Le plâtre était d'une blancheur éclatante, la silhouette humaine d'une longueur et d'une étroitesse obscènes ; accrochée aux accoudoirs, elle avait la tête inclinée sur le côté et les jambes croisées.

Une pose provocante. Quelques années plus tôt, le monde avait perdu la tête en découvrant une célèbre actrice qui croisait et décroisait les cuisses pour exhiber brièvement son entrejambe sans culotte dans une pièce remplie d'hommes qui l'interrogeaient. Elle portait une robe blanche très courte. Je me suis inspiré de cette scène, de sa pose, sans en avoir conscience, jusqu'à ce que le prof d'arts plastiques souligne la similitude. J'avais intitulé la sculpture *Le Psy*.

« Le vieux couple et les chats dans la pièce grise. Tu t'en souviens ?

– J'ai bien peur que non.

– Eh ben, moi, je me souviens très bien de notre rencontre. Et de tout ce qu'on a dit.

– Ne brûle pas les étapes.

– D'accord, Juan. Bon... Je traverse la première semaine dans une sorte de silence catatonique, je refuse de participer aux séances de groupe, de parler aux médecins, de parler à n'importe quel être humain, en fait. C'est seulement la nuit, quand je suis tout seul, que j'essaie parfois de discuter avec l'infirmière de garde. Elle n'est jamais très versée dans la conversation. Ils ont arrêté les injections, ils ne me donnent plus que des somnifères qui mettent à peu près une heure à agir, et dans ce laps de temps, l'infirmière daigne me laisser dessiner. Elle m'a même trouvé un carnet de croquis abandonné par un autre patient, dit-elle, même s'il n'a jamais été utilisé, qu'aucune page n'est remplie ni manquante, alors je décide de croire qu'elle a acheté ce carnet pour moi, sur ses propres deniers. Je ne sais pas ce qui me fait croire ça – le narcissisme, peut-être, ou l'envie désespérée qu'on s'occupe de moi...

– Comment faire la différence ?

– Comment faire la différence ? Chaque matin, j'ai l'esprit tellement embrumé que je peux à peine avaler mon petit-déjeuner – les cachets, sans doute –, mais de toute façon la nourriture me dégoûte. Ils notent tout ce que je laisse sur mon plateau, et si je ne mange pas assez, ils me font ingurgiter une canette tiède d'Ensure. Le premier jour, entre les repas et la thérapie de groupe, tu t'assieds à côté de moi sur le banc sans rien dire.

– J'ai dû te paraître très étrange sur le moment.

– Vieux. Fragile.

– Charmant.

– En tout cas, après plusieurs jours de silence assis côte à côte, je prends enfin la parole. Je te décris cette image que j'ai vue un jour dans le journal : le vieux couple gris dans une pièce remplie de chats. Je la décris avec plein de détails, la blouse de la femme, les deux personnages voûtés par l'âge. J'ajoute qu'ici, à l'asile, j'ai l'impression de vivre dans cette photo. Comme si toi et moi, on était ce vieux couple, et tous les cinglés, ces chats qui se faufilent et reniflent partout autour de nous. Tu n'en as vraiment aucun souvenir ?

– Aucun. Et qu'est-ce que je dis alors ?

– Rien. Tu te contentes de sourire et de lâcher un petit rire, de l'air que tu expulses d'un coup par les narines. J'aurais pu t'embrasser.

– Et selon toi, pourquoi je suis venu m'asseoir près de toi ?

– Je me suis dit que c'était à cause de la ressemblance.

– Par tribalisme ?

– Sans doute. On a tous les deux un front un peu trop prononcé, non ? Et des yeux couleur whisky. C'est ce que mon ex, Liam, disait de mes yeux. Mais ce n'est pas seulement une question d'ethnie ou de couleur de peau ; cette ressemblance est plus profonde, elle se prolonge dans l'attitude, non ?

– Oui, c'est possible. Et comment qualifier cette attitude ? Une trop grande légèreté, une impression de vide ?

– Tu m'as dit que tu avais à peu près mon âge la première fois que tu avais été interné.

– Oh, je n'aurais pas dû te dire ça.

– Tu m'as dit que tu avais subi toutes sortes de traitements et que tu avais développé une dépendance aux électrochocs. Et qu'à l'âge de quarante ans tu avais été complètement libéré de ta libido.

– Et tu as compris ?

– Sur le moment, non. Je comprenais les mots, bien sûr, mais pas ce que tu voulais dire.

– Libéré du désir du désir d'être libéré. Même si, je m'en suis rendu compte par la suite, la libido était la dernière défense qui me restait.

– Je ne suis toujours pas sûr de comprendre. Une défense contre quoi ?

– Sans doute ton néant.

– Tu as eu beaucoup d'amants, Juan ? Ça ne m'étonnerait pas.

– Peu importe. Continue ton histoire.

– Je me souviens que je te détaillais. Je me souviens des veines sur le dos de tes mains, de tes doigts longs et fins au bout jauni par le tabac. Je n'ai senti en toi aucun malaise causé par la masculinité. Je savais que tu avais aimé cette femme, une artiste, ta mère adoptive, et qu'elle continuait à te hanter. Au début, je croyais qu'elle t'avait abandonné, puis j'ai compris que ce n'était pas assez précis ; en fait, j'ai eu l'impression que l'adoption avait échoué et que cet échec t'avait brisé le cœur, mais que cette femme restait irréprochable à tes yeux. En réalité, tu crois l'avoir déçue. Tu ne vas rien me dire ? À propos de cette femme ? Zhenya ?

– Ce que je peux te dire, c'est que je ne l'ai pas fréquentée très longtemps. Mais toi et moi, on ne s'est pas fréquentés très longtemps non plus, n'est-ce pas ? Et pourtant, tu es là, à me hanter.

– Dix-huit jours.

– Ferme les yeux. Retourne là-bas, dans cet endroit, sur ce banc. Dis-moi, comment te sens-tu ?

– Perdu. Mais aussi veillé. Et surveillé. »

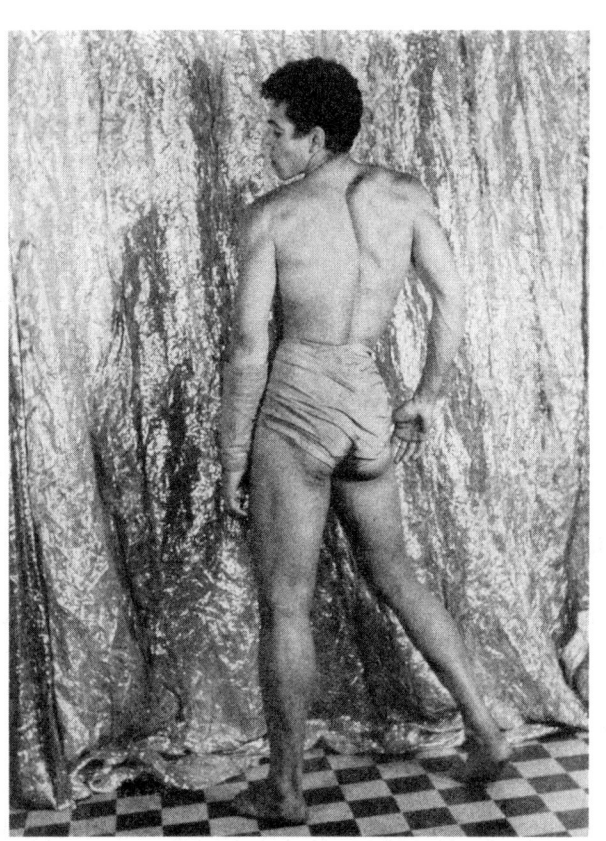

Je l'ai connu sous un faux nom. Le personnel soignant l'appelait John. C'est seulement des jours plus tard, après avoir brisé le silence, que j'ai remarqué que sur son bracelet d'hôpital il y avait écrit JUAN GAY, un nom que je trouvais discordant, mais aussi amusant.

Quand je lui ai demandé pourquoi on ne l'appelait pas par son vrai nom, Juan m'a expliqué qu'il faisait des séjours dans cet établissement depuis des dizaines d'années. Certains membres du personnel le connaissaient depuis très longtemps, or, à l'époque, on américanisait tous les noms un tant soit peu étrangers. Ce faux nom était passé des anciennes infirmières aux nouvelles. Juan ne s'était jamais soucié de leur opinion, ni de comment elles l'appelaient ; il n'éprouvait pas le besoin de corriger la méprise des autres. À l'époque déjà, je le trouvais libre, même si, bien sûr, personne n'avait le droit de s'aventurer plus loin que les doubles portes verrouillées au bout du couloir.

Juan était extrêmement réservé et bien plus vieux que les autres patients, et moi, extrêmement terrifié et bien plus jeune. On s'asseyait côte à côte dans un coin tranquille sur un banc en pin enduit d'une épaisse couche de vernis avec des pieds sculptés et peints. Au début, on ne parlait pas beaucoup. Et dans cette communion silencieuse, on affrontait des nappes sans fin d'un ennui gris. De temps en temps, mon esprit rebelle d'adolescent se réveillait et j'avais envie de ruer dans tous les sens, de faire un scandale, mais je voulais encore plus avoir Juan à mes côtés, alors je gardais le silence, je me tenais tranquille et, avec l'ongle du pouce, je gravais une malédiction sur le banc, en appuyant si fort que, plus tard, mon poignet me lançait dans la nuit.

Un vieil homme tellement doux. Par la suite, j'apprendrais tout un vocabulaire pour penser le sexe et le genre, mais les invoquer à ce moment-là constituerait un anachronisme. J'étais un adolescent qui venait du trou du cul du monde ; la seule chose que je voyais, c'est que

Juan transcendait ce que je croyais savoir sur les *sissies*. Quand il parlait, c'était par allusions, de façon littéraire, en s'interrompant souvent pour vérifier d'un coup d'œil si je suivais. Je ne pense pas qu'il s'attendait à ce que je comprenne tout en une seule fois, il voulait plutôt que je comprenne à quel point je me connaissais mal, et à quel point je ratais quelque chose de grandiose : une culture de la subversion et de la déviance – un héritage.

Côte à côte. Moi, légèrement enfiévré de colère et de honte, ainsi que par les questions tues. Juan m'attendait au tournant, il me surveillait, et pourtant, j'avais l'impression qu'il se trouvait autre part, comme si on assistait tous les deux à d'autres événements, ces boucles du passé qui revenaient sans cesse dans nos têtes. Non seulement il était atteint d'un tremblement assez sévère, mais il avait un tic ; il penchait la tête sur le côté à intervalles réguliers. Et il avait toujours les yeux larmoyants. « Franchement, a-t-il dit un matin, ce corps défaillant… c'est à cause des médicaments, des traitements et de l'âge. » Puis il a croisé les bras et fait la moue comme s'il imitait un petit enfant boudeur. « Je pleure pas. Je pleure jamais, pour rien de rien. »

« Tu sais, un soir, là-bas, tu m'as raconté tout Rimbaud. À la façon dont tu le prononçais, j'ai cru que ça s'écrivait *Rambo*, comme le film. Mais ensuite, je n'ai pas trouvé ses livres à la bibliothèque.
– Pas de sentimentalisme, je te prie.
– Si. Parce que je suis nostalgique… au moins de ta façon d'être. Pas seulement de ce que tu disais, mais aussi de la façon dont tu écoutais. Avec une telle attention. Des fois, tu fermais les yeux et tu restais comme ça un peu plus longtemps que nécessaire, ça en devenait presque gênant. Je t'aimais beaucoup. Je voulais te voler ton style. Tu avais une sorte de désinvolture.
– Je préfère l'expression "détachement corporel".
– Eh bien, je voulais te voler ce… détachement. Et je voulais aussi te voler ton intérêt si doux et si sensible pour les autres.
– "Jeune voyou, il se faisait prendre par les Macs pour leur voler leur moi." Sartre sur Jean Genet.

47

– C'est vrai. C'est exactement ça, je voulais te voler ton moi. Mon Dieu, comme j'étais malheureux à l'époque. Mortifié par mon corps. Je voulais échapper à mon enveloppe. Je voulais découvrir des choses. »

I worked as a longshoreman on a Mississippi line.
I returned to Miami. I did I didn't like it.
I had a place to sleep and eat.
I was down I used to write
I got a telegram
I was broken I tried to work.
I couldn't keep my mind
I quit I was fired

I couldn't think about sex. I didn't have enough to eat to think about it.
I wanted to make a couple of dollars in the men's room.
I didn't like the idea.
I went West and rambled all over
I met a Jewish fellow
I went to New York I met this Jewish fellow again.
I did.
I hit him lightly I hit him hard enough to make it red.
I thought he was a detective
I got a room for a week.
I had some underwear.
I didn't. I lay on my back and he put it in between my legs.
I would let him brown me. I met someone else
I was back I let him go down on me.
I started going I was crazy I got along all right. I kept batting around town and having affairs with men
. I would get from ten to twenty dollars and some clothing from one affair.
I was twenty I was wise to a lot then.

Dans l'air vicié de cette chambre si chaude au Palais, en présence de la mort, mon corps irradiait une sorte de vitalité impudique ; je devenais vaniteux et facilement excitable. Vingt-sept ans. Tout feu tout flamme. Fier de mon « corps svelte et sang latin », fier de faire beaucoup moins que mon âge, mais toujours affreusement gêné par mon sourire qui dévoilait trop mes gencives – comme un chien, avait un jour dit un micheton – ainsi que mes incisives cassées et brunies. Et tellement inculte. Pendant que Juan dormait, c'est-à-dire le plus clair de la journée, je faisais le paon dans la chambre, stores baissés, sans reflet dans la vitre ; je me jugeais irrésistible, et vivant.

« On m'a offert la chance de m'améliorer, un jour, tu sais.
– Ah oui ?
– Oui. Une bourse dans une université chère et prestigieuse.
– Et qu'est-ce qui s'est passé là-bas ?
– J'étais encore en plein chaos. Je venais de sortir de l'asile. J'avais trop de choses en tête pour tenir. Ça a duré un mois.
– *Nene*, tu ne serais pas en train d'enjoliver tout ça ?
– Tout quoi ?
– Eh bien, l'échec. Cette petite chose lisse et affûtée que tu t'autorisais à devenir. L'idée même de l'homo voyou. »

Le dix-huitième jour, une infirmière a distraitement laissé trois flacons de pilules sur le comptoir, que j'ai chourés. Antidépresseurs, neuroleptiques, sédatifs – quatre-vingt-dix comprimés en tout. J'ai mis une heure à les avaler par un ou deux, car j'avais encore du mal à prendre des médicaments, comme un enfant. On m'a trouvé juste à temps – je savais sans doute qu'on me trouverait – et on m'a placé en soins intensifs, où j'ai passé plusieurs jours dans le coma. Une machine faisait battre mon cœur, aspirait de l'air pour moi et l'envoyait dans mes poumons. Après être sorti du coma, pendant une quinzaine de jours, je n'avais plus de mémoire immédiate. Je posais en boucle les mêmes questions : où j'étais, pourquoi, quel jour on était, combien de temps j'avais perdu ? La mémoire a fini par me revenir, mais détériorée. Lorsque j'ai été suffisamment rétabli, on m'a envoyé dans un établissement beaucoup plus minable que le précédent. Des mois plus tard, j'ai enfin quitté le dernier hôpital et, peu après, j'ai reçu un paquet. Dedans, il y avait un sac en plastique transparent qui contenait mes lacets, mes vêtements et quelques effets personnels, ainsi qu'un petit crucifix en or monté sur une chaîne dorée qui ne m'appartenait pas.

Je me suis demandé si j'avais parfois remarqué l'éclat d'une chaîne qui émergeait du maillot de corps de Juan. Je ne savais pas. Je regardais surtout le sol, ou ses mains, et j'aurais aimé l'observer de plus près, mémoriser sa tête de roi avant qu'elle ne disparaisse de ma vue.

Dernière image de l'endroit :
On quitte le banc tous les deux, la cloche du déjeuner nous appelle. Notre dernier jour ensemble, même si on n'a aucun moyen de le savoir. Juan pose une main sur mon épaule pour avoir plus d'équilibre. On n'a pas prononcé un mot de toute la matinée, mais tout à coup, Juan se met à parler comme s'il terminait une conversation au lieu de l'entamer. Il passe son temps à citer des livres et des

films, et quand il s'adresse à moi en espagnol, il parle lentement et distinctement pour que je saisisse chaque mot et, avec le temps, leur signification.

« *Yo creo que los reyes desaparecen* », dit-il.

« Pendant dix ans, tu m'as complètement oublié, *nene*.

– Puis, Juan, tu as réapparu d'un coup.

– Sans prévenir ?

– Comme une inondation.

– *Après moi, le déluge**[1]. »

---

1. Les mots et expressions en italique suivis d'un astérisque sont en français dans le texte. *(Toutes les notes de bas de page sont de la traductrice.)*

Dans la chambre de Juan au Palais, il y avait au-dessus du vieux radiateur en fonte une tablette en métal qui faisait office de bibliothèque. À l'époque où il avait moins de mal à se déplacer, Juan y avait rangé les deux volumes de *Sex Variants: A Study of Homosexual Patterns*. Il n'y avait que ces ouvrages sur l'étagère, deux volumes bien droits de taille identique, des livres à la reliure cartonnée recouverts de toile avec un titre doré en relief. Leurs épais dos noirs parallèles m'évoquaient les tours jumelles. Leurs pages intérieures étaient jaunies et commençaient à se décomposer. Le premier volume s'intitulait tout simplement *HOMMES*, et le second, *FEMMES*, même si les récits qu'ils contenaient allaient à l'encontre de cette binarité simpliste.

HOMMES et *FEMMES* étaient eux-mêmes divisés en trois catégories : les *cas bisexuels*, les *cas homosexuels* et les *cas narcissiques*.

Comment décrire le choc à l'ouverture du premier volume, *HOMMES* ? J'ai négligemment attrapé l'ouvrage sans me rendre compte que la colle de son dos ne tenait plus, et les pages se sont éparpillées par terre. La plupart étaient presque entièrement recouvertes de traits au feutre noir. À première vue, ces trous noirs semblaient issus d'un esprit dément, puis j'ai pensé qu'il s'agissait peut-être d'un caviardage par un fonctionnaire, jusqu'à ce que je remarque une précision, un effort méticuleux, un soin obsessionnel qui allaient au-delà de la simple censure. Tout ce texte effacé. Si la surprise n'avait rien d'agréable, elle n'en était pas moins profonde et intrigante. J'ai dit à Juan que ces ratures sonnaient comme une provocation, mais le mot a résonné dans le vide – une fausse note.

▮▮

▮▮

▮▮

▮▮

▮▮▮▮▮▮▮▮▮▮▮▮▮▮▮▮▮▮ Heavy-boned, masculine, pelvis with

▮▮▮▮▮▮▮▮▮▮▮▮▮▮▮▮ broader than usual, but typically, masculine other

▮▮▮▮▮▮▮▮▮▮▮▮▮▮▮▮ Male.

▮▮▮▮▮▮▮▮▮▮▮▮▮▮▮▮▮▮▮▮▮▮

Exam: ▮▮▮▮▮▮▮▮▮▮▮▮▮▮▮▮▮▮▮▮▮▮▮▮▮▮▮▮▮▮

▮▮▮▮▮▮▮▮▮▮▮▮▮▮▮▮▮▮▮▮▮▮▮▮▮▮▮▮▮▮▮▮▮▮▮▮

R ▮▮▮▮▮▮▮▮▮▮▮▮▮▮▮▮▮▮▮▮▮▮▮▮▮▮▮▮▮▮

Comment:

▮▮▮▮ of Schuster's difficulties may ▮▮▮▮▮▮▮▮▮▮▮▮▮▮▮ ge

▮▮▮▮▮▮▮▮▮▮▮▮▮▮▮▮▮▮▮▮▮▮▮▮▮▮▮▮▮▮▮▮▮▮▮▮

▮▮▮▮▮▮▮▮▮▮▮▮▮▮▮▮▮▮▮▮▮▮▮▮▮▮▮▮▮▮▮▮ these

▮▮▮▮▮ to be aggressive, very sensitive, and und▮▮▮▮▮▮ the

▮▮▮▮▮▮▮▮▮▮▮▮▮▮▮▮▮▮▮▮▮▮▮▮ responsibility for the

b▮▮▮▮▮▮▮▮▮▮ght children.

▮▮▮▮▮▮▮▮▮▮▮▮▮ to Sal▮▮▮▮▮ to be the twelfth and last child of
these parents ▮▮▮▮▮▮▮▮▮▮▮▮▮▮▮▮▮ to start off in life with
poor health and poor eyesight. To these disabilities ▮▮▮▮▮▮▮▮▮▮
▮▮▮▮▮▮▮▮▮▮▮▮▮▮▮▮▮▮▮▮▮▮▮▮▮▮▮▮▮▮▮▮
▮▮▮ to happen to him.

▮▮▮▮▮▮▮ all his life Schuster has been ▮▮▮▮▮ ▮▮▮ for something
▮▮▮▮▮▮▮▮▮▮▮▮▮▮▮▮▮▮▮▮▮▮▮▮▮▮▮▮▮▮▮▮
▮▮▮▮▮▮▮▮▮ upon the ▮▮▮▮

8▮▮▮▮▮▮▮▮▮▮▮▮▮▮▮▮▮▮▮▮▮▮▮ to the age of seven
when he became aware of a desire to press his face against the buttocks
of a man ▮▮▮▮▮▮▮▮▮▮▮▮▮▮▮▮▮▮▮▮▮▮▮▮▮▮▮▮▮
▮▮▮▮▮▮▮▮▮▮▮▮▮▮▮▮▮▮▮▮▮▮▮▮▮▮▮▮▮▮▮▮
▮▮▮▮▮▮▮▮▮▮▮▮▮▮▮▮▮▮▮▮▮▮▮▮▮▮
▮▮▮▮▮▮▮▮s.

▮▮▮▮▮▮▮▮▮▮▮▮▮▮▮▮▮▮▮▮▮ development ▮▮▮▮▮

████████ to nestling, ███████ to be held in the lap of a man, to kiss him and be petted by him. ████████████████████████ ███████ to press his face against the buttocks of men.

████████████████████████████ to have been associated with his male teachers. ████████ ███████ to the penis. ████████████████████ to observe the penis.

████████████████████ to masturbation and passive sodomy. ████████ to engage in oral caresses of the penis of his brother-in-law ████████████████████ to experience ████████████████ to kiss the penis. ████████

████████████████████████████████████
████████████████████████████████████

████████████ to act like a man ████████ to get an erection ████████████████ to penetrate ████ to complete the act ████ ████████████ to be satisfied. ████████████████████

to satisfy them. ████████████████████████ ████████ to discuss his sexual problems with the Lesbian ████████████ to make the brother happy. ████ ████████████████ to sacrifice himself ████

████████████ to embrace him, to lie on top of him, to merge with him. ████ to be like a woman. ████████████ ████ to use his mouth to accomplish this ████████

████████████████████████████████████
████████████████████████████████████
████████████████████████████████████

satisfy ████████████████████ to his sexual desires. ████████████████

████████████████████████████ to go on. ████████ like to be relieved of all sex feelings.

██
██ to do
anything ████████████████████████████████ to be a
crash.

████████

██
████████.

████ Shot with ██████ For all his ████ ████ ██ ████. He ████████ Doing ██████ face ██████████ █████ ████████ is illusory.

██
██
████████████ With ████ ████████ Saves appreciation ████ ████████.

██
██

████

████████████

████████ ██ tall flamboyant man of thirty whose clothes, bearing ████
████████ his ████████ ████████████ His ████ ████████
████████ ██████████ ████ his ████████ small and his brows ████ ████ With his
██
█████ ████ inflections of ████████.
██
██ casionally ██ █████████ █████████ hills ██████████
██
sult. He ████ ████ ████████ ████████████ ████████
████████ The ████████ his ████████████
████████████████████████.

Après les hôpitaux, j'ai passé plusieurs années à faire semblant : d'être plus jeune et plus innocent, ou plus inconscient que je ne l'étais, de ne pas avoir peur, d'être plus salope, plus radical – un *provocateur** – mais souvent j'étais démasqué, pris sur le fait, et je me brûlais les ailes.

Juan m'avait appris à rire du passé, à rire de mon penchant pour le pathos. Il avait inventé une sorte d'humour pour moi, là-bas, sur le banc – lui et moi pathétiques mais pouffant de rire.

Pourtant, parfois, en discutant avec lui au Palais, ce faux moi, ce moi pseudo-philosophique ou naïf me revenait à l'esprit, ou alors je revoyais, le temps d'un éclair, une scène dans un bar ou bien au lit avec un homme, et à quel point j'avais été poseur, effrayé, rejeté ; à quel point je cherchais désespérément l'admiration ou la pitié, et comment je mentais pour parvenir à mes fins, me brûlais à nouveau les ailes et me retrouvais, maladroit et honteux, incapable d'aller plus loin.

« Des fois, avec toi, je me dis : *Ce n'est pas moi.*

– Pas toi, *nene* ?

– Je me dis : *J'aimerais être sincère.*

– Mon Dieu. Pourquoi ?

– Parce que, pendant qu'on discutait tout à l'heure, je me suis tout à coup senti ridicule. Je me suis souvenu d'un jour où je m'étais ridiculisé, et je me suis senti honteux, une honte plus brûlante que jamais, et même pire, parce que c'est toi, Juan.

– Raconte-moi.

– C'est vraiment un truc idiot. Je suis dans un bar avec un homme plus vieux que j'essaie de draguer. Je prononce quelques mots stupides sur la provocation et le plaisir, je roucoule un peu. J'ai dix-neuf ans, je suis novice en matière de racolage et même de flirt, et le type me regarde avec... je ne sais pas... sympathie, mais aussi...

– Incrédulité ?

– Oui. Comme si c'était un metteur en scène et que j'auditionnais pour un rôle de femme fatale hollywoodienne au moment de la Grande Dépression. Et que je passais à côté du rôle.

– Qu'est-ce que tu as dit, exactement ?

– Quelque chose du genre : "Je préfère la provocation au plaisir."

– Et qu'est-ce qu'il a répondu ?

– Je m'en souviens. Il a dit : "Tu confonds sans doute les deux." Puis il m'a tapoté la main et il m'a tourné le dos.

– J'aime bien ce que dit ce type.

– Juan, tu sais qui a effacé tout ça ? Ou ce que dit le texte caché ?

– Peut-être. Mais sans doute pas.

– Tu aimes me frustrer.

– Pas te provoquer ? Pas te donner du plaisir ?

– Laisse tomber.

– Chéri, la seule chose pour laquelle quelqu'un devrait se sentir gêné, c'est de se prendre trop au sérieux. N'est-ce pas justement ça, le mystère ? Tes trous noirs, ces ratures ? La frustration comme art ? »

cried Manuelito happily.

Juan était mourant, mais seulement en plein jour, et seulement dans son corps. La nuit, sa voix emplissait la chambre, plus nette et vive que moi.

Chaque jour avant l'aube, dans le bref instant avant le lever du soleil, la lumière du désert se faisait bleue, limpide et douce. J'ouvrais les rideaux tandis que Juan dormait et je contemplais la mort roulée en boule sur le matelas. Je savais que ce corps avait un jour été très beau – un petit garçon efféminé avec de longs cils. Juan avait servi de modèle à une illustratrice de livres pour enfants. Le dessin arraché était scotché au mur près du lit : une représentation de lui en innocent aux yeux de biche. J'observais l'image, puis Juan comme un cadavre sur le lit, et j'étais incapable de les réconcilier dans mon esprit. Bientôt, le soleil franchissait le rebord de la fenêtre, pénétrait dans la chambre et, à nouveau, il était temps de baisser le store et de tirer les rideaux pour faire barrage à la chaleur.

Tandis que Juan dormait, je suis sorti dans le couloir avec les poubelles de la journée, que je suis allé mettre au vide-ordures. Toutes les portes de chambre étaient fermées, il n'y avait aucun bruit, aucun signe de vie, alors j'ai été surpris qu'un homme surgisse de la salle de bains et se dirige vers moi torse nu, encore mouillé, sa fine serviette blanche soulignant le doux renflement de sa bite. Ça m'a rappelé les sex-clubs que je hantais à New York et, comme là-bas, le type m'a fait un signe de tête solennel au passage, un salut qui pouvait tout aussi bien être une invitation. Je l'ai suivi dans sa chambre, je me suis agenouillé et je l'ai pris dans ma bouche, mais pas longtemps, jusqu'à ce qu'il glisse les mains sous mes aisselles, me remette debout et s'agenouille à son tour. J'ai fermé les yeux et j'ai joui rapidement. On n'a pas dit un mot ; je n'ai même pas vu s'il avait giclé ou non ; je n'ai pas cherché à le savoir, égoïstement, je me suis précipité vers la porte en rangeant mon pénis dans mon slip. Il aurait pu avoir trente ans, cinquante – ou être un fantôme.

À mon retour, Juan était réveillé, tourné vers le mur, la tête posée sur un coude, en train de gratter le papier peint. Il m'a fait signe de venir voir le phoque qu'il avait découvert, ou peut-être était-ce un lion de mer, avec un ballon de plage à rayures en équilibre sur le museau. Il sentait mauvais, une odeur aigre ; depuis plusieurs jours, je cherchais à aborder la question de la toilette.

« *Nene*, tu dors ?

– Jamais, Juan.

– Là, à cet instant, où es-tu et avec qui ?

– La propriétaire. Je suis en train de partir pour de bon, je ne remettrai plus jamais les pieds dans cette maison. Je fais halte devant les portes-fenêtres qui séparent son salon du hall. Ce sont des portes vitrées sans rideaux. Je la vois, je l'entends, elle prie devant son petit autel avec les bougies et le miroir entouré d'images scotchées de saints, de photos d'enfants et de petits-enfants, de ses parents aussi, j'imagine – des clichés en noir et blanc, ses vieilles photos de l'île récupérées dans les décombres. Elle ne se retourne pas, elle ne sait pas que je suis là, mais je distingue son visage dans le reflet, il est rond et irradie le pardon. Je suis étonné de la rapidité avec laquelle elle a oublié sa colère après le dégât des eaux. Elle a mis en carton mes objets encore intacts et les a descendus à la cave en prévision des travaux ; ça serait long, et pendant tout ce temps l'appartement ne pourrait être loué. Je l'entends dire : "Où tu vas aller ?" Mais il n'y a personne, elle est seule. Elle dit : "Je dois me faire du souci pour toi ?" Je veux croire qu'elle s'adresse à moi, et je me dis que c'est la façon la plus douce qui soit de formuler la question. *Je ne sais pas*, j'ai envie de dire, *je vous en prie, ne vous inquiétez pas pour moi*. Mais je n'entre pas. Je reste derrière la porte, et je ne dis rien. »

« Quelques semaines avant le dégât des eaux, elle m'avait arrêté dans le hall. Je sortais faire une course ou retrouver un homme rencontré sur Internet, elle m'avait tendu un sac en me disant que c'étaient juste quelques bricoles, des bibelots qu'elle avait achetés pour moi dans son pays, puis oublié de me donner. Un porte-clefs en forme de palmier, une grande tasse à café avec l'inscription : à PORTO RICO IL Y A QUELQU'UN QUI M'AIME. J'avais déjà du mal à me concentrer à l'époque. Je ne savais pas quoi dire. J'ai regardé la tasse, son visage, le porte-clefs sans clef. Incapable de prononcer un mot. "Je peux te les monter si tu veux, a-t-elle dit en faisant un signe de tête en direction de l'étage. Je les déposerai devant ta porte." Et là, je lui ai rendu les cadeaux.

– Et si tu me racontais quelque chose sur ta mère ?

– Maintenant ?

– Pour le contexte.

– Mais on n'arrête pas de remonter dans le temps.

– S'il te plaît. Une seule chose. Mais arrange-toi pour que ça envoie. »

Ma mère criait tout le temps. C'était une femme nerveuse, inquiète, sujette à des accès de panique. Étonnamment, quand je me la représente en train de crier, ce que je vois et entends dans mon esprit, ça remonte à bien avant ma naissance. Elle m'a raconté cette histoire pour la première fois lorsque j'étais petit, tout petit, et la scène, marquante, est restée inscrite dans ma mémoire. Elle me racontait plein de choses ; elle s'installait dans le placard avec une boîte à chaussures remplie de photos des années 1950, 1960 et 1970. (*Avec des bordures blanches et des crénelures. Je ne sais pas pourquoi on n'imprime plus les photos comme ça ; tu le sais, toi, Juan ? Si rien ne changeait jamais, ça ne nourrirait pas ta précieuse nostalgie,* nene.) Dès qu'elle s'asseyait par terre dans le placard pour serrer contre elle la boîte à chaussures, ma mère exerçait une immense force gravitationnelle. Je ne pense pas qu'elle ait jamais eu besoin de m'appeler, ce n'était pas nécessaire, je savais qu'il fallait la rejoindre et attendre l'histoire à venir. Ses histoires me surprenaient toujours – je n'avais jamais vraiment quitté mon quartier, alors qu'elle, on aurait dit qu'elle avait parcouru la Terre entière à l'âge de quinze ans, et enceinte, en plus. Je n'aurais pas été étonné qu'elle me raconte avoir accouché de mon frère seule dans une grange des grandes plaines, adossée à une botte de foin, au milieu du doux hennissement des chevaux. Ou bien dans une crèche. À l'âge révérencieux que j'avais alors, aucune femme ne lui arrivait à la cheville en matière de beauté ou de mystère, même pas la Vierge.

Rose S.*

General impression:

Any description of Rose would be ███████████████

███

███████████████████████████████ a █████████

███

Rose ██

███

███

█████ prolong █ her vowels ██████████████████

███████████████████ hesitate ████████████████

████████████ describe ██ a statue ████████████

██████████ white, translucent skin. ██████████

███████████████████████ make her ███ a

█████ Rubens ██████████████ paint ███████████

███████████████████ her dreamy blue eyes █████

shrewd and penetrating and ███ low, █████████

███

Rose ██

██████████████████████████████████████ is still

███

███████████████████ a ██████ Rose ███████████

███████████████████████ a ████ tangible return.

Mon père s'est engagé dans l'armée de l'air alors qu'il n'était encore qu'un gamin. Il a atteint l'âge légal à la toute fin de la conscription pour le Vietnam ; c'était terminé, on cessait d'y envoyer des troupes. Sur ce coup-là, il a eu de la chance. Il a été affecté aux badlands du Dakota du Nord. De retour à Brooklyn, enfermée dans un foyer pour filles-mères, ma mère passait son temps à pleurer, à tricoter et à se languir. C'était un foyer catholique. Avec des nonnes sévères. Mon père fuyait ses responsabilités, mais ma mère a réussi à le faire changer d'avis à coups de lettres adressées à la base. Il a fini par lui dire de le rejoindre. Sans doute qu'il se sentait seul. Ou qu'il avait des remords. Ou alors peut-être avait-il vraiment découvert la foi. Quand il était jeune, son propre père avait renoncé au catholicisme pour rejoindre les Témoins de Jéhovah après avoir quitté ma grand-mère et s'être remarié. Mon père connaissait donc déjà un peu la secte quand, à Minot, un groupe de Témoins a réussi à lui mettre la main dessus et à le convertir. Les Témoins ne croient pas au service militaire – je ne sais pas comment ç'a pu arriver. Peut-être que mon père cherchait une raison de rompre prématurément son contrat avec l'armée. En tout cas, il a fait venir ma mère, ils se sont mariés et elle a accouché de mon frère là-bas, à Minot. Ils vivaient dans un camp de caravanes avec quelques voisins militaires parmi une majorité de Témoins. Mes parents se battaient au nom de Dieu. Au sens propre. Puis se réconciliaient avec passion. C'étaient deux adolescents. (*Tu vois le genre, Juan. Oui,* nene, *je vois le genre.*) Ils avaient quitté Brooklyn pour Minot. Dans le Nord, le premier hiver a été plus précoce, plus froid et plus dur que tout ce qu'ils avaient jamais connu. Mon père battait ma mère. Des voisins ont appelé les flics, tellement elle criait fort. Et elle a refusé de porter plainte. Puis la fin de l'année est arrivée : elle avait accepté de renoncer à Thanksgiving, mais Noël, c'était hors de question. *Il fallait que mon bébé voie Noël,* voilà ce qu'elle m'a dit, alors elle s'est arrangée pour récupérer un sapin en l'absence de mon père, un tout petit arbre, qu'elle a traîné jusqu'à la caravane, dressé et garni de guirlandes fabriquées avec du papier et du fil en laine, tout ce qu'elle avait pu trouver, ainsi qu'une paire de boucles d'oreilles. Pour que le bébé voie ça. Mais les Témoins ne fêtent pas Noël. Quand mon père est rentré, ils se sont disputés, il l'a frappée, elle a crié de toutes ses forces, les flics sont revenus et, cette fois, l'un d'eux l'a prise à part et lui a dit : « Gamine, qu'est-ce que tu fous ici ? »

« Maman pleurait toujours à ce moment-là de l'histoire, elle pleurait dans son placard. J'avais entendu cette histoire des dizaines de fois, et systématiquement, elle pleurait au même passage. "Je n'oublierai jamais ces mots. 'Gamine, qu'est-ce que tu fous ici ?'"

– Une question pertinente au vu de la situation.

– Tu sais, Juan, que pendant des années ce flic m'est resté en tête ?

– L'imago.

– Je ne connais pas ce mot. Je ne sais pas de quoi tu parles.

– C'est de Jung. Ou de Lacan. Si j'étais psychanalyste, tu paierais une fortune pour nos petites discussions, tu sais.

– Je ne paie pas déjà assez, Juan ?

– Qu'est-ce que tu veux dire, par "ce flic m'est resté en tête" ? À quoi il ressemblait, ce flic ?

– Je ne sais pas. Beau, grand, moustachu, mais à part ça, je ne vois rien, uniquement sa bouche, ses lèvres et sa grosse moustache – le reste est caché par son Stetson, un chapeau de flic –, et les rayures à la couture de son pantalon serré à l'entrejambe, les bottes et les gants. "Gamine", il dit tout doucement. Ma mère m'a raconté qu'il lui avait pris mon frère des bras, l'avait envoyée récupérer quelques affaires dans la caravane, puis installée à l'arrière de la voiture avec le bébé et conduite à l'aéroport, où il avait payé un billet pour qu'elle rentre chez elle, à Brooklyn. Il lui avait aussi donné un peu d'argent, histoire qu'elle ne soit pas sans rien. Je l'ai beaucoup interrogée sur ce flic : est-ce qu'il l'avait appelée pour voir si elle était bien arrivée et prendre de ses nouvelles ? Comment est-ce qu'elle l'avait remercié ? J'imagine que je voulais le retrouver. Mais ma mère balayait toutes ces questions d'un revers de la main ; le problème, ce n'était pas le flic – les flics, elle s'en tapait – mais ce "Gamine, qu'est-ce que tu fous ici ?", cette phrase l'avait terrorisée. Ça l'avait brisée. Elle avait supporté les nonnes, de se faire mettre à la porte par ses parents, l'accouchement, la conversion religieuse de mon père ; elle s'était toujours arrangée pour que son enfant soit bien nourri et soigné, elle lui avait tricoté des chaussons et des couvertures, elle avait appris à préparer des plats pour bébés en faisant cuire à la vapeur des légumes surgelés qu'elle écrasait ensuite, elle s'était occupée de ses oignons – et de ses carottes ; elle avait tenu ses angoisses à distance en racontant tout à mon frère, qui grandissait en elle, puis en face à face ; et elle s'était dit qu'elle était peut-être finalement une mère, pas une gamine.

– Elle n'avait pas osé se poser la question : *Mais qu'est-ce que je fous ici ?*

– Oui, c'est vrai. Je comprends, maintenant. J'imagine aussi que ce flic – va savoir quelles étaient ses motivations – à Minot, dans le Dakota du Nord, dans les années soixante-dix, face à deux adolescents, lui Portoricain, elle Blanche, qui sait, qui sait ? J'étais moi-même adolescent quand je lui ai demandé si l'intervention du flic n'était pas en fait une forme de racisme. Ma mère a haussé les épaules ; elle ne pouvait pas croire que je me souvienne encore de cette histoire. Elle a essayé de me faire comprendre à quel point elle était naïve à l'époque, à quel point elle aimait mon père et à quel point il l'aimait. Petit, j'étais trop bête pour deviner que ma mère ne cherchait pas un héros, un sauveur, une figure paternelle, ni la justice. Elle voulait que mon père soit le père de leur enfant, son mari, qu'il arrête de la frapper, ce à quoi elle est parvenue au bout de nombreuses années. Ils s'en sont sortis ensemble, et avec nous, les garçons.

– Tu as l'air fier, *nene*.

– Ce que je veux dire par là, c'est qu'ils en avaient dans la caboche. Je pourrais parler d'eux pendant des heures sans jamais comprendre quel était vraiment le problème. Ils étaient tous les deux complètement inconstants. Ils avaient quitté le lycée en seconde, alors qu'ils étaient hyper intelligents, et avec un esprit littéraire. Je ne dis pas que la maison était remplie de livres, ça serait mentir – il y avait des récits, et aussi des liens d'empathie avec les opprimés et les infâmes. Ils avaient tous les deux un talent de conteur ; ils partageaient le même sens de l'humour absurde sur la condition humaine et la malédiction de notre famille. Je ne voyais rien de tout ça à l'époque ; moi ce que je voyais, c'est que très souvent ils perdaient le contrôle. Je n'arrivais pas à comprendre que, à Minot, ma mère n'ait pas voulu qu'on la sauve, parce que moi, gamin, avec eux, je rêvais qu'on me sauve. Peut-être que mon père ne la frappait plus, mais nous, les garçons, il n'avait jamais arrêté, mon frère aîné surtout. Quand il est entré dans la rébellion adolescente, il a pris de sacrées raclées. Sans doute qu'en fait le flic n'était pas beau ; je pense que ma mère me l'aurait dit, que si ça avait été le cas, elle l'aurait remarqué. Il y a tellement de façons de prononcer cette phrase, d'appeler une fille "gamine", de demander "Qu'est-ce que tu fous ici ?" Mais dans mon enfance, il disait ça très gentiment, avec une bienveillance et une inquiétude teintées de ce doux érotisme qu'on trouve parfois dans les contes de fées. Je l'ai cherché partout. »

Ensuite, je devais avoir huit ou neuf ans, mon père a passé six mois en camp d'entraînement et il en est ressorti policier. Cette absence prolongée, cette carrière, ça surgissait de nulle part ; nous, les enfants, n'étions pas tenus au courant des décisions du monde adulte. Plus tard, j'ai appris qu'il avait été recruté par les stups parce qu'il parlait espagnol, et aussi anglais avec l'accent de Brooklyn, grâce aussi à sa couleur de peau et ses cheveux frisés, et parce qu'il était bon comédien. Il était déjà très costaud, mais il est revenu métamorphosé, non seulement avec de nouveaux muscles, mais aussi de grandes bottes noires qui lui arrivaient plus haut que les mollets et un Stetson en feutre avec un ruban violet ; et une arme, également. Tout à coup, il y avait sans cesse chez nous des flics qui picolaient, juraient, criaient et posaient les pieds sur la table basse. Le nouvel univers social de mon père. Mais pas un pour me sauver, m'appeler « gamin » et me demander ce que je foutais ici. « Des poulets », sifflait ma mère. C'était la première fois que j'entendais cette insulte ; je croyais qu'elle l'avait inventée.

Plus tard, bien plus tard, j'entendrais mon père déplorer au téléphone l'arrestation d'une jeune mère, la petite amie d'un dealer, pour laquelle il avait développé de la sympathie au cours d'une enquête ayant duré un an – une fille qu'on avait poussée à faire ça, et qui s'était fait pincer lors du coup de filet final. Je l'ai entendu décrire ce qui risquait d'arriver, notamment à ses enfants, et j'ai entendu la douleur dans sa voix. Puis il est passé à l'espagnol, et là j'ai su qu'il parlait à Hector, son coéquipier, un bon gars qui, lorsqu'il venait dîner, me faisait souvent un clin d'œil après une blague obscène ou une plaisanterie sur le côté beau gosse de mon père, comme si lui et moi devions nous arranger pour que mon père garde les pieds sur terre. J'adorais Hector pour ça, même si, plus tard dans la soirée, après de nombreuses bières, les plaisanteries cessaient et qu'ils se remettaient à parler boulot, toujours en espagnol, ce qui m'excluait, mais me permettait aussi de m'attacher à d'autres détails : la manière dont chacun cherchait le regard de l'autre, comment, si l'un haussait un sourcil, l'autre faisait parfois un geste dédaigneux. Je remarquais la passion avec laquelle l'un parlait d'un sujet pendant que l'autre l'écoutait avec un sérieux mortel. On m'avait dit qu'ils faisaient un métier très dangereux, et je craignais que mon père ne soit découvert, qu'il ne se prenne un coup de couteau ou une balle. Mais en les voyant picoler ensemble, j'en suis venu à penser que le danger était peut-être plus insidieux, et même qu'il s'était déjà présenté. Je sentais – de façon trouble et enfantine, sans aucune idéologie politique – que non seulement ils pouvaient subir des blessures, mais que ce qu'ils appelaient « le boulot » était déjà en train de les blesser.

Dans le désert, au Palais, j'ai fini par perdre la notion du temps – les heures et les dates, mais aussi un certain sens de la temporalité, ne serait-ce que du déroulement d'une journée. Dans ma précédente vie, mes journées étaient rythmées par le fait que j'étais fauché, que j'essayais de racoler pour récupérer un peu d'argent, que je m'angoissais à cause du manque d'argent ou que je cherchais à oublier cette angoisse. Mais ici, dans ce village, tout coûtait un prix dérisoire. Je pouvais me permettre de fumer et de m'offrir des verres. Je ne payais pas de loyer. Le peu d'argent que j'avais accumulé grâce aux branlettes et aux pipes autour du dépôt de bus semblait ne jamais devoir s'épuiser. Pourtant, les habitudes liées à la pauvreté persistent, et sous la surface couvait toujours la même vieille crainte. Le sentiment permanent d'avoir oublié de traiter une urgence obscure mais terrible. Je sortais d'un songe éveillé en sursaut, une rêverie sur ma vie d'avant, et je me disais : *Oh mon Dieu, qu'est-ce qui m'attend ?* Il arrivait sans doute que je le dise tout haut, car Juan répondait parfois d'une voix apaisante et assurée : « Rien, *nene* : Ce n'est que ton néant. » Et je glissais à nouveau dans cet entre-deux distrait, à l'écart de toute angoisse, terrestre ou autre.

Les jours se confondaient de plus en plus et je sombrais dans la léthargie ; à cause de la chaleur, je n'avais presque plus besoin de manger, et je ne ressentais presque plus la faim. Assez vite, j'ai commencé à attendre que le soleil ait plongé sous l'horizon pour sortir, et encore, pas très longtemps. Je me contentais de descendre à l'épicerie du coin acheter quelques boîtes de soupe pour Juan, parfois une bière fraîche pour moi, et chaque soir un *tamal*, que la propriétaire conservait près de la caisse sur le comptoir, dans un récipient métallique placé sous une lampe chauffante. Elle retirait le couvercle protecteur, versait une louche de *salsa verde*, plantait une fourchette en plastique dans la pâte *masa* et me tendait le *tamal*. On ne parlait pas, dans aucune langue, on communiquait seulement par gestes, et l'opération se déroulait dans une atmosphère chaleureuse et conviviale. Ce rituel me faisait penser à un vieux film en noir et blanc que j'avais vu – le motif vaudou : déballage de la poupée, coup de poignard, silence.

II

LES DÉVIANTS

Plus souvent (...) bien que contradictoires, le besoin de documenter et le besoin de disparaître sont indissociables.

HEATHER LOVE, *Underdogs*

« Tu dois me proposer quelque chose. S'il te plaît, Juan, dis-moi une chose que tu as apprise sur ces deux volumes.

– Tu veux que je t'apprenne la vie ? Toute la vérité sur les *HOMMES* et les *FEMMES* ?

– Juan, je t'en prie.

– D'accord, *nene*. Mais seulement pour récompenser ton admirable impatience. »

The Committee for the Study of Sex Variants was founded in the
spring of 1935. ██
██
██
██
██
██
██
██
████████ touching ████ embracing ████████████████████████
██
████████████ concerning ██████████████████████████████████
██
██
██
██
██ punitive
████████████████████████████████████ inadequate ████
████████████████ this monograph has been ████████████████
████ from its beginning. ████████████████████ embodied
██ by
████████████████████ a group of sex variants, ██ voluntary

v

Ils et elles étaient venus plaider, informer, protester contre les descentes et les rafles ; ils et elles étaient venus par curiosité ; ils et elles étaient venus pour s'amuser, rigoler un bon coup, mais s'étaient retrouvés avec des questions ; ils et elles étaient venus pour rendre service ; certains étaient arrivés furieux et droits dans leurs bottes ; d'autres confus et suicidaires ; plus d'un était venu dans l'espoir éperdu de quelque guérison. Ceux et celles qui étaient partis en claquant la porte étaient souvent revenus. Ils ou elles apprenaient quelque chose sur leur désir. On les interrogeait sur leurs souvenirs, et ceux-ci étaient nombreux : un père entrevu sous la douche ; s'être fait surprendre avec la jeune voisine ; une énorme raclée ; avant le nylon, quand les bas de soie descendaient tout doucement jusqu'à la cheville ; ils ou elles se souvenaient de ces enfants dont ils ou elles avaient perdu la garde ; et de ces enfants qu'ils ou elles avaient abandonnés. Et lorsqu'on leur a demandé de se déshabiller, ils et elles ont accepté, on a changé leur nom et flouté leur visage, jusqu'à les réduire au rang de symbole, nus et étiquetés : Narcissique, Homosexuel, Voyou – classés et effacés.

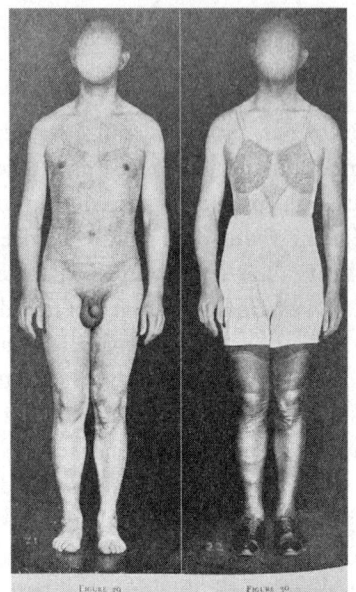

Figure 19   Figure 20

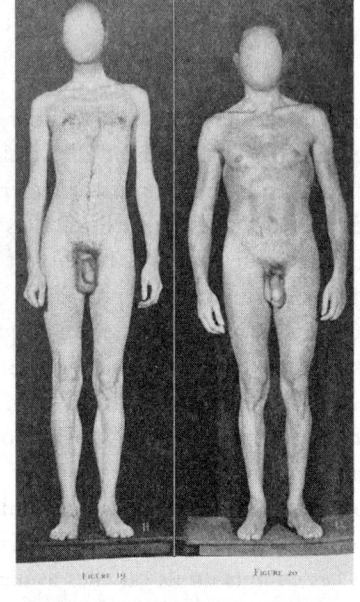

Figure 19   Figure 20

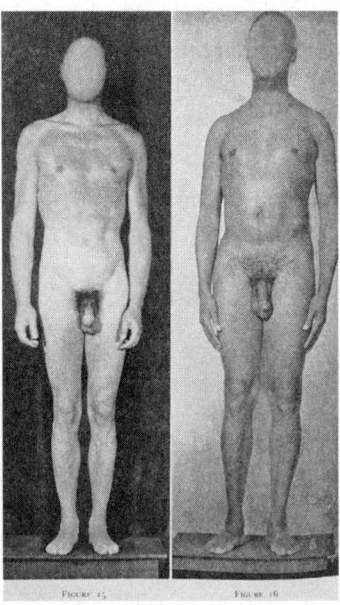

Figure 15   Figure 16

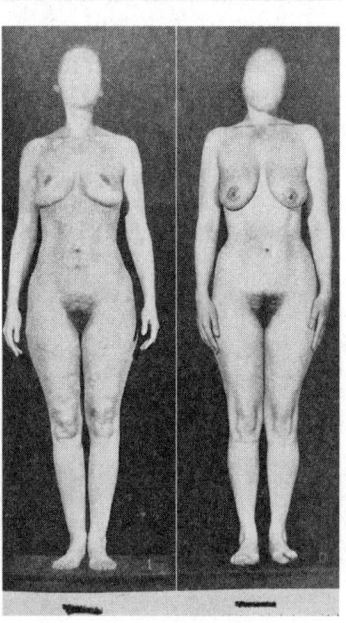

Le Dr George W. Henry a pris la direction des recherches et la présidence du comité, si bien que seul son nom apparaît sur la couverture de *Sex Variants*. En réalité, le projet a été initié par Jan Gay bien des années avant l'arrivée de George Henry. Et même quand le comité a pris la relève, Jan a continué à participer à l'étude, elle s'occupait elle-même du recrutement des volontaires. Certains étaient des amis, ou des amis d'amis, certains, tandis qu'elle approchait les autres dans les bars ou des repaires de ce genre.

L'étude a été publiée en 1941, mais les recherches sérieuses avaient commencé dès 1935. Au fil des ans, elle a inclus des cercles queer de plus en plus vastes, et aussi intégré différentes ethnies de la scène new-yorkaise : Italiens, Irlandais, Noirs, Cubains, Polonais, Juifs, Anglo-Saxons, riches et pauvres. L'époque était dure – c'était la Grande Dépression – et, le temps passant, les volontaires que Jan recrutait tendaient à venir des classes populaires et moyenne, mais aussi à être davantage artistes qu'ouvriers ou employés. La plupart des volontaires amenaient un amant ou une amante pour qu'il ou elle soit aussi examiné, un ou une ex, ou encore une sœur qui se trouvait être elle aussi *sissy* ou *butch*.

Un riche (ou plus exactement un homme issu d'une famille riche, mais qui, étant sorti du placard, avait été déshérité) a enrôlé plusieurs prostitués qu'il fréquentait. Il s'appelait Thomas Painter, et plus il recrutait de volontaires, plus il gagnait en influence. Comme Jan, il était amateur, et non professionnel, mais son intérêt pour la recherche était personnel, centré sur l'aspect physique. Il prenait des notes sur les prostitués hétérosexuels et les *studs* qui se mettaient à la disposition des *queens* ; en fin de compte, il s'est mis à prendre des notes sur chacune de ses aventures sexuelles.

Par la suite, quand le comité a eu terminé son travail et publié les deux volumes à la fin de la guerre, durant tout l'après-guerre jusque dans les années 1950 – l'époque des grandes vagues de migration portoricaine vers New York –, Thomas Painter a développé une admiration particulière pour les Portoricains. Il a fait de nombreux voyages sur l'île pour mener des recherches, des recherches sur le terrain et sur tous les terrains, qu'il espérait un jour voir publiées. Il a appelé les années 1950 ses « années portoricaines ».

« Tu les connaissais tous les deux ?

– Qui est en train de te raconter cette histoire ?

– Ça fait bizarre, Juan.

– Jan, je l'ai connue quand j'étais petit, par l'intermédiaire de sa compagne de l'époque, Zhenya. Pendant une courte période, quand on m'a envoyé dans le Nord, à New York, on m'a confié à elle, et elles m'ont servi de chaperons. Ensuite, bien des années plus tard, une fois adulte, j'ai fait la connaissance de Thom.

– Essaie de raconter dans l'ordre. Ne saute pas des étapes.

– Thom parlait parfois de son travail au sein du comité, de la femme avec qui il y travaillait – une naturiste, une *bulldagger*, assez agréable lorsqu'elle était vêtue et sobre. Il racontait sur elle des anecdotes drôles, quoiqu'un peu cruelles. Sur le moment, je n'ai pas compris qu'il s'agissait de Jan. Je ne l'ai su que bien plus tard, quand j'ai découvert les livres et que j'ai vu son nom cité dans l'introduction pour services rendus. »

JAN GAY

Jan, née en 1902 dans une famille du Midwest, a fait une grandiloquente sortie du placard à l'âge de vingt ans. Elle est partie pour l'Europe et a étudié auprès du célèbre sexologue Magnus Hirschfeld avant que les nazis ne saccagent son institut et ne brûlent les livres. Elle a fondé avec Zhenya une colonie naturiste dans le nord de l'État de New York ; elle a écrit un livre, *On Going Naked*, sur l'histoire des mouvements naturistes aux États-Unis et en Europe, qui a fait sensation, notamment en raison des photographies d'hommes et de femmes dévêtus et des dessins de Zhenya. Jan a aussi écrit le scénario de l'adaptation au cinéma *This Nude World*.

Au cours de ses allées et venues en Europe, de Berlin à Paris, de Londres à Oxford, Jan avait entamé en parallèle un projet de recherches qui documentait la vie des lesbiennes en recueillant les témoignages et les histoires sexuelles de plus de trois cents femmes – une version moins extrême de la méthode de Hirschfeld – rassemblés sous forme de manuscrit. Mais l'impossibilité de trouver un éditeur prêt à publier un texte sur un sujet aussi scabreux sans la caution d'un expert médical a entraîné la formation du comité pour l'étude des déviances sexuelles. Les recherches à titre amateur de Jan ont constitué la base, le germe, de tout ce qui allait suivre.

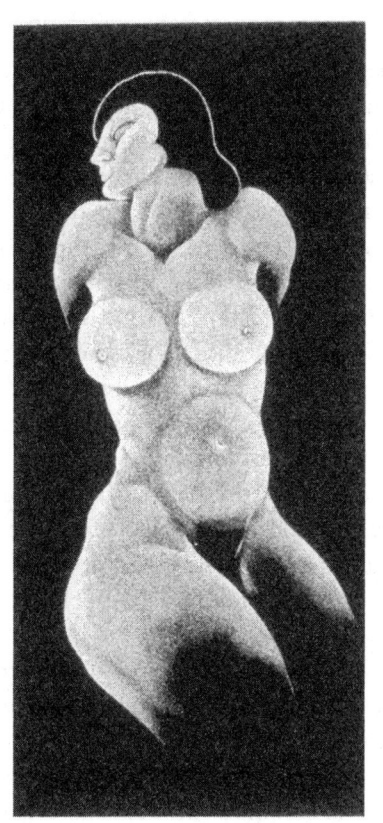

Juan avait fini par retrouver le documentaire et par lire *On Going Naked*, mais seulement une fois adulte, plusieurs décennies après sa rencontre avec Jan et Zhenya. Ce qu'il jugeait le plus remarquable, ce n'était pas tant l'histoire du naturisme que le fait d'y découvrir deux visions de l'Europe moderne qui s'affrontaient. L'ouvrage avait paru en 1932, et le film semblait constitué d'images d'archives sur les colonies naturistes françaises et allemandes entre la fin des années 1920 et le début des années 1930. Avec le recul, Juan voyait partout les signes du fascisme émergeant dans les camps de naturistes : le culte du physique, la perfection du corps en tant que forme esthétique, l'accent mis sur les traditions folkloriques et le sport, les mouvements de jeunesse. Mais il y décelait aussi un esprit anarchiste à l'opposé de tout cela : une vision collective du partage des ressources. Les colonies créées par et pour les pauvres et autres classes populaires s'intéressaient davantage à la communion entre leurs membres et à la nature ; c'étaient des lieux où l'on pouvait se nourrir pour presque rien et où l'on n'avait que faire de la notion d'un physique idéalisé.

Juan se voulait anarchiste. Sa conception de cette doctrine relevait presque de la foi, d'une pratique spirituelle. Il n'avait jamais été très actif politiquement parlant, même s'il admirait beaucoup les socialistes portoricains de New York – en particulier Jesús Colón, dont il lisait religieusement la chronique hebdomadaire dans le *Daily Worker*. Il m'a raconté l'histoire de Colón : en 1917, à tout juste seize ans, celui-ci avait quitté Porto Rico à bord d'un paquebot, caché dans un placard à linge, et débarqué sans le sou à New York. Juan insistait sur le fait que le « père » des « Nuyoricains » – les Portoricains de New York –, premier grand chroniqueur de l'expérience portoricaine en anglais, était noir et communiste ; il avait consacré sa vie à son peuple, les Portoricains, et plus généralement aux Noirs, ainsi qu'aux travailleurs de toutes origines. Colón avait adhéré au Parti communiste, comparu devant le Comité parlementaire des activités antiaméricaines et refusé de se parjurer. Juan n'avait jamais été capable d'adhérer à un parti, mais il aimait l'approche que Colón avait du racisme et du capitalisme, laquelle passait par le récit, l'humour et l'humanisme ; par l'écriture. Il rédigeait des vignettes qui capturaient un instant de vie, évoquaient un moment, évitant ainsi de tomber dans l'erreur du dogme et de l'épopée grandiose. Chaque vignette, disait Juan, était une petite méditation qui proposait de nouvelles manières de voir et de raconter.

« Jesús et Jan étaient nés à quelques mois d'écart. Qu'est-ce que ça t'inspire, *nene* ?

– Tu as bien dû le fréquenter ou le croiser à un moment donné, non ? »

« "Avec son enthousiasme, la jeunesse veille à ce que le feu ni les chants ne meurent jamais." C'est de Colón. Voici son message, que je te transmets depuis l'autre bout du temps.

– Pour que les chants continuent ?

– Et que le feu brûle, *nene*.

– Et les premières recherches de Jan, tu les as vues ?

– Il n'en reste rien. Pas la moindre trace.

– Perdues à jamais ?

– Volontairement détruites. Et pas par Jan. Tu comprends, ce comité de médecins et de scientifiques issus de diverses disciplines – psychiatres, psychologues, gynécologues, spécialistes de santé maternelle, un chimiste, le directeur du Bellevue Hospital, un ancien commissaire de l'administration pénitentiaire de New York – a incorporé à l'étude tout ce qu'il lui fallait des recherches faites par Jan sans jamais lui rendre son manuscrit. Le comité a aussi tenté de garder celui de Thom, mais il est entré dans une colère noire, il a menacé de les poursuivre en justice et leur a fait vivre un tel enfer qu'à la fin de l'étude ils lui ont tout restitué. Il est parti travailler avec Kinsey, qu'il trouvait plus réceptif à l'approche d'un documentariste de l'expérience.

– Par "expérience", tu veux dire qu'il écrivait sur des types qu'il payait pour qu'ils le baisent ?

– C'est vrai, *nene*, toute expérience érotique peut être réduite au fait brut. Mais est-ce bien utile ?

– Et toi, Juan ? Tu as été l'un de ses... amants ?

– En réalité, le comité refusait que son étude soit tout autant entachée par les théories de Thomas que par l'approche militante de Jan sur la vie des lesbiennes. Il s'est concentré sur la dimension pathologique en mêlant les assez récentes théories psychosexuelles freudiennes à des explications physiologiques de la déviance. C'était de l'eugénisme. »

"I will go to the bank by
the wood
and become undisguised
and naked,
I am mad for it to be in
contact with me."

Story by

JAN GAY

Author of
"ON GOING NAKED"

« Le Dr Henry a lui-même choisi les déviants qui figureraient dans l'ouvrage. Le comité en a interrogé des centaines mais n'a retenu pour la publication que quarante cas d'hommes et quarante de femmes dont, pour le Dr Henry, les entretiens étaient particulièrement représentatifs. Quarante hommes et quarante femmes. Quarante jours et quarante nuits. C'était une époque plus familière avec les métaphores bibliques, alors la référence sautait aux yeux. Quarante et quarante, c'est l'incarnation, le parangon d'une période d'épreuves et de tribulations. Les quarante jours et quarante nuits où Moïse jeûne dans le désert. Où Moïse reçoit la loi de Dieu sur le mont Sinaï. Où Jésus jeûne lui aussi dans le désert.

– Le Déluge aussi, non ? Il a plu pendant quarante jours et quarante nuits, ce n'est pas ça ?

– Le temps nécessaire à la purification. Et Sodome aussi. Quand Abraham supplie Dieu d'épargner la ville, le Seigneur lui fait une proposition. Il dit à Abraham : "Si je trouve dans Sodome cinquante justes au milieu de la ville, je pardonnerai à toute la ville, à cause d'eux." Mais Abraham marchande. "Si par aventure sur cinquante justes il en manque cinq : pour cinq, détruiras-tu toute la ville ?" Alors Dieu accepte de descendre à quarante-cinq, mais Abraham continue : "Dans ce cas, pourquoi pas quarante ?" Le Seigneur accepte de ne pas détruire la ville, "à cause de ces quarante".

– Mon Dieu, Juan, mais comment tu sais tout ça ?

– C'est Sodome, chéri, elle mérite de ne jamais être oubliée. "Voici, j'ai osé parler au Seigneur, moi qui ne suis que poudre et cendre." Malheureusement, "négocier avec Dieu" est devenu un cliché universel, une étape du deuil. Mais là, Abraham marchande au premier degré. Une scène formidable. J'aime aussi beaucoup l'expression "si par aventure". Il n'y a pas à dire, on savait manier la langue, dans le temps, tu ne trouves pas ?

– Je n'en ai aucune idée.

– Dans ce cas, tu vas devoir me faire confiance. Quoi qu'il en soit, pour moi, le sujet important, c'est que *Sex Variants* contient le témoignage de ces justes, ces quarante hommes et quarante femmes qui nous épargneront peut-être à tous les flammes de l'enfer ; des pervers présentés dans toute leur gloire.

– Tu as déjà vu un exemplaire de ce livre sans ratures ?

– Une seule fois, et brièvement. J'ai dû le faire venir dans une bibliothèque et je n'ai pas eu le droit de l'emprunter. La bibliothécaire m'observait pendant que je lisais. Et, *nene*, je peux te dire qu'elle avait l'air dégoûtée. Je préfère ces exemplaires, ces livres tels que je les ai trouvés, recouverts de noir. Truffés de petites illuminations poétiques. Un contre-récit de ce qu'a sans doute souhaité le Dr Henry. Il n'y a aucune obligation à les lire dans l'ordre. On peut les feuilleter au hasard et tomber sur l'esquisse d'une vie qui surgit du passé, chacune constituant un témoignage unique sur la façon dont cette personne s'en est sortie, ou pas. »

▓▓▓▓ I don't make the effort. ▓▓▓▓▓▓▓▓▓▓▓▓▓▓▓▓▓▓▓▓▓▓▓▓

▓▓

▓▓▓▓▓▓▓▓▓▓▓▓▓▓▓▓▓▓▓▓▓. Under the skin ▓▓▓▓▓▓▓▓▓

▓▓▓▓▓▓▓▓▓▓▓▓▓▓ masculine pride. ▓▓▓▓▓▓▓▓▓▓▓▓▓▓▓

▓▓▓▓▓▓▓▓▓▓▓▓▓▓▓▓ a perverted maternal complex. I don't like

babies ▓▓▓▓ they are very tiny, like bugs. ▓▓▓▓▓▓▓▓▓

▓▓▓▓▓▓▓▓▓▓ I am more ▓▓▓▓▓▓▓▓▓▓▓▓ than the average

Lesbian. ▓▓▓▓▓▓▓▓▓▓▓▓▓▓▓▓▓▓▓▓▓▓▓▓▓▓▓▓▓▓▓▓

▓▓▓▓▓▓▓▓▓▓▓▓▓▓▓▓▓▓

I never ▓▓▓ sleep ▓▓▓▓▓▓▓▓▓▓▓▓▓▓▓▓▓▓▓▓▓▓▓▓▓▓

▓▓

I love ▓▓▓▓▓▓▓▓▓▓▓▓▓▓▓▓▓▓▓▓▓▓▓▓▓▓▓▓▓▓▓▓▓▓▓

▓▓▓▓▓▓▓▓▓▓ Turkish baths, the steam and confusion, the horrible-looking

bodies ▓▓▓▓▓▓▓▓▓▓▓▓▓▓▓▓▓▓▓▓▓ cheap wine and harlots.

▓▓▓▓▓▓▓▓▓▓▓▓▓▓▓▓▓▓▓▓▓▓▓ It feels good to have

my stomach massaged.

When people talk about homosexual geniuses I think ▓▓▓▓▓▓

▓▓▓▓▓▓▓▓▓▓▓▓▓▓▓▓▓▓▓▓▓▓▓▓▓▓▓▓▓▓▓▓

▓▓▓▓▓▓▓▓▓▓▓▓▓▓▓▓▓▓▓▓▓▓▓▓▓▓▓▓▓ everybody under

the table ▓▓▓▓▓▓▓▓▓▓▓▓▓▓▓▓▓▓▓ I take a teaspoonful of

beer ▓▓▓▓▓▓▓▓▓▓▓▓▓▓▓▓ sink▓ through the earth. ▓▓▓▓

▓▓▓▓▓▓▓▓▓▓▓▓▓▓▓▓▓▓ I can't sleep ▓▓▓▓▓▓▓▓▓▓▓▓

▓▓▓▓▓▓▓▓▓▓▓▓▓▓▓▓▓▓▓▓▓▓▓▓▓▓▓▓▓▓▓▓▓▓▓▓

▓▓▓▓▓▓▓▓▓▓▓▓▓▓▓▓

▓▓▓▓▓▓▓▓▓▓ The other night ▓▓▓▓▓▓▓ I was in an operating room where

a peasant woman was having her legs amputated. ▓▓▓▓▓▓▓▓

▓▓▓▓▓▓▓▓▓▓▓▓▓▓▓▓▓▓▓▓▓▓▓▓▓▓ pleasant ▓▓▓▓▓

▓▓▓▓▓▓ women. ▓▓▓▓▓▓▓▓▓▓▓▓▓▓▓▓▓▓▓▓▓▓

▓▓▓▓▓▓▓▓▓▓▓▓▓▓ might solve my economic problems ▓▓▓▓

▓▓▓▓▓▓▓▓▓▓▓▓▓▓▓▓▓▓▓▓▓▓▓▓▓▓▓▓▓▓▓▓▓▓▓▓

▓▓▓▓▓▓▓▓▓▓▓▓▓▓▓▓▓▓▓▓▓▓▓▓▓▓▓▓▓▓▓▓▓▓▓▓

I have a fear of ▓▓▓▓▓▓▓▓ sleep and a fear of ▓▓▓▓▓▓▓ After

« Je t'ai menti, l'autre soir.

— Menti sur ?

— Abraham a continué à marchander jusqu'à faire descendre le Seigneur en dessous de quarante. Ils sont arrivés à dix. Mais tu vois, *niño*, quarante, ça collait mieux à l'histoire que je te racontais.

— En tout cas, c'est hilarant. "Trouve-moi dix bons Sodomites dans toute la ville, et je ne la détruirai pas." On dirait une blague à la recherche d'une bonne chute.

— Seigneur, j'en ai attendu un toute ma vie.

— Seigneur, c'est dur de trouver un bon pédé.

— *Nene*, c'est vulgaire.

— Sodome : "Disco Inferno".

— ¡*Basta!*... Aie pitié de ma pauvre vessie... et du matelas... »

Chaque jour, les siestes de Juan s'étiraient et se faisaient plus intenses, plus agitées. En le veillant, je remarquais les petits signes d'une grande confrontation, cette bataille longue et difficile qui se déroulait dans ses rêves. Il grinçait des dents et fronçait les sourcils ; il serrait les poings et s'agrippait aux draps ; il couinait et il gémissait. Dans la chambre, chaque mouvement et chaque son se jouaient en mode mineur, mais je savais que, sur l'autre bord, dans le monde de ses rêves, un orchestre infernal faisait retentir les cors et s'entrechoquer les symboles à mesure que Juan luttait contre un monstre sans visage, vicieux, sublime tel Jacob espérant coincer l'ange pour lui arracher sa bénédiction. Et je savais que Juan serait perdant.

Rien ne le réveillait. Je pouvais faire autant de bruit que je voulais, parfois je chantais à tue-tête pour penser à autre chose qu'à sa misérable lutte. Je ne voyais presque plus jamais ses yeux ; il dormait toute la journée et, la nuit, on restait dans une obscurité quasi complète, à peu de chose près. Juan ne supportait plus ni la lampe de chevet ni mon corps dans le lit. Si j'avais besoin d'un peu de lumière pour lui préparer sa soupe ou lire, j'entrouvrais la porte pour profiter de celle du couloir. Pourtant, dans le noir, la nuit, il reprenait vie avec cette voix désincarnée mais pleine de l'esprit doux et de l'humour de Juan. Durant la journée, je lisais et relisais les volumes et leurs ratures. Je me demandais ce que je devais chercher dans ces témoignages. Du réconfort ? Une stratégie ? Juan lui-même ? Mais quand je lui ai demandé s'il avait participé à l'étude, il s'est contenté de rire.

« Moi ? Certainement pas. Fais le calcul. Je serais mort depuis bien longtemps.

– Désolé, Juan.

– Je ne suis pas mort, *nene*, si ? »

— Tu n'es pas mort, Juan.

— Et toi ? Tu es vivant, ou tu es un fantôme ? Hein, gamin ? Qu'est-ce que tu fous ici ? »

De jour, la rue sur laquelle donnait la fenêtre était calme, il n'y avait aucune circulation et les trottoirs cuits par le soleil demeuraient déserts. Le soir, quelques âmes émergeaient, il arrivait qu'on entende un homme siffler un chien ou bien deux passants discuter, cependant jamais assez fort pour saisir leurs mots, seulement un rire ou une exclamation de surprise. Mais un soir, il y a eu des voix et du mouvement – les sons de la vie – qui peu à peu se sont révélés être ceux d'un rassemblement, ce que ni Juan ni moi n'avions jamais entendu dans cette ville. Juan m'a demandé d'aller à la fenêtre pout lui décrire ce qui se passait.

La première personne que j'ai vue, ç'a été la femme de la bodega, couverte, comme dans le temps, d'une mantille. Presque au centre du groupe, elle lissait le tissu épais de la robe de deuil en chintz noire aux reflets violets qu'elle portait. J'ai remarqué que, comme elle, d'autres personnes étaient étrangement habillées – déguisées. La femme de la bodega a saisi un panier de fleurs en papier et elle est montée sur une estrade dressée dans la rue devant notre immeuble. Les dizaines de personnes autour se sont tues. Elle a levé les yeux au ciel. Je craignais qu'elle me voie, même si je savais que je ne faisais rien de mal à regarder au-dehors. Elle a observé les fenêtres du Palais avec une attitude de supplique. « *Flores...* a-t-elle dit. *Flores para los muertos.* » Elle a répété ça en insistant bien sur chaque *o*.

« Plus fort ! » a crié une autre femme quelque part dans la foule, je n'aurais pas su dire où elle se trouvait. La femme de la bodega a haussé le ton tout en ralentissant le rythme et en rajoutant de la lassitude dans sa voix. « *Flores... Flores para los muertos...* »

« Tu en fais une tête, on dirait qu'on est en train de te conduire à Pateco, le fossoyeur.

– C'est terrible, Juan.

– Tu ne reconnais pas la scène ? Tennessee Williams. "On m'a dit de prendre un tramway nommé Désir, puis de changer pour un autre

appelé Cimetière (…) et de descendre à la station Champs-Élysées."
Nene, ils font une répétition, c'est tout. Écarte-toi de la fenêtre.

– Je la connais, la vendeuse de fleurs.

– Bien sûr que tu la connais. Écarte-toi de cette fenêtre avant qu'elle te voie et t'embarque dans une production mortifère. Allez, viens. Je vais te raconter une histoire… Ah, tu as oublié de fermer les rideaux. »

« *Mira*. J'ai passé beaucoup de temps dans cette chambre, à me détacher peu à peu de cette bonne vieille vie. Je lisais. Ils n'avaient pas encore fermé la bibliothèque, et à une époque il y avait même une librairie dans cette ville fantôme, crois-le ou non, alors j'allais de l'une à l'autre en quête de recueils – uniquement des nouvelles et de la poésie. Je n'avais plus de patience pour les romans. Je ne voulais pas mourir en plein milieu d'un roman. Je voulais une fin, un dernier vers, des adieux et des retrouvailles. Je me demandais comment se passerait ma propre fin, quelle serait la dernière phrase de mon existence. Mon verdict.

– Je pense que, maintenant que je suis là, tu vas vivre beaucoup plus longtemps.

– Ah oui ? J'étais sûr que tu penserais ça. Parfois, on ne peut pas s'empêcher d'avoir des idées stupides… Mais écoute un peu : un jour, j'ai lu la nouvelle d'une écrivaine qui m'était jusque-là inconnue. On venait de découvrir ses textes, publiés à titre posthume des dizaines d'années après avoir été écrits. Elle s'appelait Collins. Bref, le personnage principal de la nouvelle à laquelle je pense était très solitaire – une belle femme, intellectuelle ou artiste, je ne sais plus, qui avait roulé sa bosse et souffrait depuis longtemps. Un peu folle, peut-être. Une originale. Tu sais, *nene*, de mon temps, chacun de nous avait son idole personnelle, une célébrité, souvent une actrice ; on s'entraînait à imiter ses répliques, ses regards, à se jeter comme elle sur le divan, accablés – nous les *sissies* d'autrefois, on avait ces femmes en nous, ou à nos côtés, elles étaient notre conscience, nos icônes personnelles, on calquait leurs manières et leur repartie… Du mimétisme, l'imitation selon Denys d'Halicarnasse… même si ce genre de choses est sans doute passé de mode.

– Comme Greta Garbo ?

– Comme La Lupe. Comme Lena Horne… En tout cas, dans cette nouvelle, la femme est très seule et, comme moi à l'époque, elle lit de façon compulsive tout ce qui lui tombe sous la main. Mais avec plus de méthode que moi ; elle lit genre par genre. Un peu comme Boucle d'or et les bols de soupe, à ce détail près que rien ne la rassasie et que rien ne rompt son isolement. Au moment où elle croit avoir atteint le comble de la solitude, elle se plonge dans la lecture de Mémoires. "Le jour où j'ai découvert qu'aucune vie humaine n'échappe aux tribulations de la solitude a été l'un des grands moments de ma vie, dit-elle. D'autres âmes avaient subi pareils extrêmes de séparation et d'abandon, et dans leur esprit, leur ironie et le charme suranné de leurs grands airs homilétiques, je puisais de quoi m'élever momentanément pour atteindre un niveau de lamentation spirituelle." C'est là que j'ai compris ce que je cherchais : je voulais ressentir ça. M'élever. Momentanément.

– Franchement, Juan, comment tu peux te souvenir d'autant de citations ?

– Je n'avais jamais lu ça mieux exprimé. "Leurs grands airs homilétiques".

– Et qu'est-ce qui se passe ensuite ?

– Cette femme, ça me revient maintenant, était musicienne. Elle met accidentellement le feu chez elle.

– Tu me charries.

– Pourquoi je te charrierais ?

– Ben, c'est comme le dégât des eaux, l'inondation qui m'a amené ici.

– Ah. Je croyais qu'il était question de moi, pas de toi. »

Juan avait trouvé les deux volumes de *Sex Variants* dans un carton débordant de rebuts au pied de l'escalier du Palais. Sur le rabat du carton, au lieu de GRATUIT, ou d'un suppliant EMPORTEZ-MOI, quelqu'un avait écrit au marqueur noir : MAINTENANT JE SUIS À TOI. Juan s'était esclaffé devant autant de cabotinage. Il voyait très bien quelle âme solitaire avait pu écrire ces mots. Il avait fouillé, découvert les deux ouvrages, les avait rapportés dans sa chambre à l'étage, dans sa propre solitude, puis il avait lu et relu ce qui restait des témoignages de ces déviants. (*J'ai lu si longtemps, Dieu seul sait combien de temps.*) La façon habile, absurde et radicale dont les histoires des déviants avaient été effacées, ce qui demeurait de leur souffrance, de leurs espoirs et de leur désir ; le jargon et les expressions idiomatiques qu'ils utilisaient ; le vocabulaire des milieux interlopes des années 1930 – ce monde queer d'avant celui de Juan, ou plutôt ce monde dans lequel il était né et dont les attitudes avaient infusé en lui au cours de l'adolescence ; les particularités de leur souffrance à tous, les persécutions ; se rendre compte qu'ils étaient plus libres et plus fluides au sujet du sexe, des rôles et des identités ; replonger dans cette époque où beaucoup de choses restaient à définir. Pendant un long moment, ça ne lui avait apporté aucun réconfort, mais ça avait permis à Juan de « s'élever ».

« Au niveau de… Comment elle disait, déjà ?
– Un niveau de lamentation spirituelle.
– Et on en est là ?
– *Nene*, tu as remarqué que, depuis ton arrivée, les jours se

sont mis à raccourcir, et la nuit, l'obscurité, à s'étendre ? Le froid, aussi ?

– Non, Juan, c'était le début de l'été.

– L'air a changé. »

I have not been without imaginings ████ carnal. ████ unimaginable. ████ imagining ████

At times I have been compared in appearance to Christ. ████ the same serenity of expression. ████ the fine quality which we associate with womanhood ████

████ Christ-like ████ I was brought ████ from Palestine to ████ a rosary. ████ a number of knots in a string. ████ I would attempt to pray with that rosary. ████ in a chair ████ the rosary in my hands ████ Outside was sunshine, trees, flowers, warmth. ████ nothing discordant ████ I felt transported beyond the mundane. ████ heightened by prayer. ████

████ a physiological state. ████ a serene situation. ████ when I was ████ desirous but not understanding. ████

████ Those terrible years when I had so much trouble ████ when I was without a confidante. When I ████ lost courage ████ When I had ████ all these abnormalities ████ I could tell ████ I could tell ████ what I wanted ████ this serene situation.

« Tu entends, Juan ? Ils sont de retour. Les acteurs.

– Tu sais que, dans la version cinématographique de la pièce, la Mexicaine qui vend les fleurs n'était pas mexicaine, mais noire ? C'était une lesbienne, et une excellente actrice. Edna Thomas. Elle a joué Lady Macbeth dans une production entièrement noire de cette pièce dont l'action, à l'origine située en Écosse, avait été déplacée en Haïti. Et rebaptisée pour l'occasion *Voodoo Macbeth*. Elle y était sensationnelle. Elle connaissait Jan et Zhenya. Elle fait partie des déviants de l'étude. »

« J'en ai marre de parler. Je voudrais écouter, à la place.

– M'écouter moi ?

– T'écouter toi. *Dígame.* Une de tes histoires de pute. Fais-moi rire. »

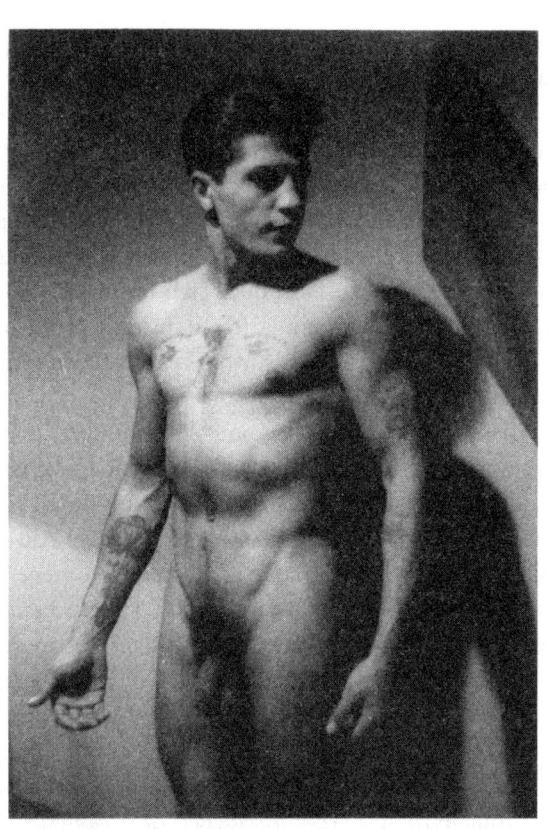

Un jour, il n'y a pas si longtemps, mais loin d'ici, j'ai publié une annonce sur un site populaire que j'ai intitulée « Qui trop embrasse mal étreint ». Je proposais des ménages, d'apporter le linge au lavomatic, de gérer toutes sortes de conneries, de promener le chien. Dans la section réservée aux hommes qui cherchent des hommes. J'avais vingt-cinq ans, mais je passais facilement pour plus jeune – je n'avais pas encore de barbe – alors j'ai déclaré avoir dix-neuf ans. C'était l'automne, je m'en souviens, je me souviens aussi que j'étais tourmenté par un besoin insupportable et contradictoire à la fois d'intimité et d'éloignement, un besoin de contact queer. Mais surtout, j'avais posté cette annonce parce que j'étais fauché.

J'ai reçu plein de réponses, assez pour les regarder, fasciné, s'accumuler dans ma boîte de réception pendant tout un après-midi. La plupart me demandaient en majuscules des photos de nu : *PICS STP*. L'un est sorti du lot à cause de son élégance et de son aisance. Il avait besoin qu'on lui fasse ses courses et qu'on promène son chien. Vu le taux horaire qu'il était prêt à accepter, le sexe était implicite, mais on restait tous deux prudents et allusifs dans nos messages. « J'ai l'impression qu'on est sur la même longueur d'onde », m'a-t-il écrit. Il avait des cheveux argentés, c'était un Blanc bien conservé d'une cinquantaine d'années. Un narcisse fortuné ; ce n'était pas tant qu'on soit sur la même longueur d'onde, mais plutôt qu'il avait l'impression de posséder tout le monde. (*Les framboises, ça se conserve, nene, mais pas les hommes. Celui-là, si. Il me rappelle le type dans* Mad Men, *mais tu n'en as sans doute jamais entendu parler, hein, Juan ? Un feuilleton dans un asile de fous ? Non, pire. Dans la pub.*)

Voici ce que je me rappelle sur sa chienne : elle passait la journée dans une cage, alors que Mad Man travaillait chez lui. Elle n'était pas dressée, et elle détruisait tout. En m'entendant arriver, elle avait peur, quand elle me voyait, elle avait encore plus peur et elle mettait les pattes avant contre la porte grillagée, ce qui n'aidait pas à la faire sortir et prolongeait ainsi son supplice. Elle n'aboyait jamais, elle en était incapable ; c'est une race de chiens trafiquée pour qu'ils n'aboient pas, alors elle faisait ça intérieurement, je le voyais à sa tête, à la façon dont elle ouvrait la gueule et faisait vibrer ses cordes vocales. Elle avait un pelage roux et brun clair, elle était d'une beauté à pleurer, elle avait l'air en bonne santé, elle avait dû coûter cher. Une basenji. Je me souviens de son regard noir qui avait l'air doux et interrogateur, de son front qui se plissait au centre quand elle abaissait les sourcils. C'était son expression la plus courante, celle de la supplique silencieuse, mais quand on était ensemble, une ombre passait et ses traits se durcissaient pour laisser apparaître sa rage. Elle essayait souvent de me mordre.

Au début, ça me peinait de la voir passer sa vie en cage, et je n'étais pas surpris par ses névroses, mais au bout de quelques semaines ma compassion a commencé à s'émousser. Un jour, Mad Man m'a demandé d'aller chercher un blouson en cuir dans le quartier, et pour ça il m'a donné six cents dollars en liquide. Un blouson pour la chienne. Il habitait le West Village, cette requête n'avait donc rien d'improbable ni d'impossible. Je payais quatre cent cinquante de loyer pour avoir un lit dans un salon – j'avais une coloc au fin fond de Brooklyn. Je n'avais même pas toute la pièce pour moi, mon lit était planqué dans un coin derrière un paravent. Je me suis rendu au magasin de vêtements pour toutous avec une fureur que j'ai transférée de Mad Man à sa chienne. Je me suis surpris à fantasmer de faire disparaître la bestiole – va savoir comment –, et de filer avec la thune. J'aurais dû me sentir solidaire, car on était tous les deux en bas de l'échelle, et Mad Man, notre maître. Au lieu de ça, j'étais jaloux de ce petit blouson parfait.

J'ai démissionné et j'ai réfléchi à me trouver un vrai boulot. Je me revois à la table de la cuisine avec mon ordinateur et mes amis qui se moquaient de moi en disant que je devais mettre « salope assistante » sur mon CV, dans la rubrique « expériences professionnelles ». La lumière du jour n'entrait que dans la cuisine, alors on se serrait autour de la table, voire devant le plan de travail, pour boire un vin merdique. Mes amis, des femmes dures à cuire et des queers, étaient tous trop intelligents et créatifs pour le boulot qu'ils faisaient. J'avais l'impression que tout mon entourage, tous ceux que je rencontrais à l'époque faisaient des courbettes devant un Mad Man pour avoir de l'argent. On se réunissait dans la cuisine pour s'encourager à supporter ces courbettes avec une bonne dose d'humour noir et des conseils qu'on se criait à tue-tête. On faisait nos langues de pute. Le truc, c'était d'éviter la honte ou, pire, la quiétude.

Je suis nostalgique, mais pas parce que j'étais heureux dans ces années de précarité. Notre débrouillardise me touchait sincèrement. On n'avait pas de parents secrètement riches ; on s'arrangeait pour ne pas couler. On buvait jusqu'à plus soif, et lorsque l'un d'entre nous sombrait, les autres lui lançaient une bouée de sauvetage composée de moqueries, de coups de main et de piques pour le maintenir à flot. Mais on espérait toujours que l'argent apparaisse, comme s'il pouvait se déverser sur nous tel un rayon de soleil. On attendait, et dans cette attente, on faisait beaucoup de bruit.

J'ai le sentiment que Mad Man a fini par se débarrasser de sa chienne. Ou alors il a réussi à la dresser. En tout cas, maintenant elle est vieille, ou bien morte. Mais ça m'arrive encore de rêver qu'elle dévore tout dans le salon et qu'elle se jette contre sa cage, sauf qu'elle a appris à faire du bruit, qu'elle jappe et qu'elle aboie, et que ça produit une sorte de musique, comme ça tout le voisinage peut entendre et comprendre sa frustration. Elle chante une complainte à la fois cabotine et teintée de blues pour dire qu'il n'y a aucune honte à être une chienne, mais, Seigneur, fais que cette chienne aboie.

« Qui est-ce qui compare la nostalgie au fait de retrouver une rue familière en constatant que la géographie a changé ? "Pour moitié à la réalité, pour moitié aux élucubrations de mon cerveau assoupi." Quelque chose dans le genre. La première fois que j'ai lu cette phrase, j'y ai vu une mise en garde : ne pas se perdre dans ce passé dont on se souvient mal, ce *barrio* qui est en partie un rêve dont on ne sait plus se sortir. Eh, *niño* ?

– Mais je t'ai quand même fait rire.

– Une chienne avec un petit blouson en cuir. Je la vois très bien, mais je lui ajoute des lunettes noires, histoire de la rendre un peu loubarde. »

Voici comment je vois les choses : ni dans le monde, ni en dehors de lui,
Rien n'est bon que le vrai : pourtant, ceci, qui se trouve bon
En ayant l'air faux, cet « autre chose » qu'est-ce ?

Un soir, Juan m'a raconté l'intrigue d'un poème épique écrit par Robert Browning. À Florence en 1860, Browning avait acheté un « vieux livre carré jaune » à un vendeur de rue. L'histoire que contenait l'ouvrage s'était mise à l'obséder. Datant de deux siècles, il s'agissait moins d'un livre que d'un ensemble de documents – pamphlets, papiers juridiques, lettres personnelles – liés à un procès ayant défrayé la chronique dans les années 1690. Au sujet du mariage d'un petit noble avec une fillette de treize ans, qui était ensuite tombée sous le charme d'un prêtre. Humilié et jaloux, le mari avait assassiné sa jeune épouse ainsi que toute sa famille. Il avait été arrêté, jugé et décapité. Le procès ne portait pas sur la question de savoir si le mari avait commis le crime mais si, en tant que mari, il avait le droit de tuer sa femme adultère et ses « complices ».

Notre projet, celui que Juan souhaitait me transmettre, n'avait rien à voir avec les détails de ce procès. (*Ne te sens pas obligé de t'en souvenir, nene.*) Juan n'avait évoqué Browning que parce que le poète soulevait des questions pertinentes sur la composition. Au lieu de raconter l'affaire, Browning médite sur le passé et le présent, l'art et les faits, le matériau et le savoir-faire. Il compare ce vieux livre jaune qu'il a trouvé à de l'or, et se compare lui-même à un orfèvre ; le métal pur et dur des faits devenant malléable grâce à l'alliage de son imagination.

Ceci que j'ai mêlé à la vérité, ces gestes de moi
Qui ont vivifié, rendu docile au marteau, l'inertie
De l'or qui n'était pas le mien – comment appelez-vous ça ?

« Comment appelez-vous ça ? »

De ce que je comprenais, Juan voulait réaliser un alliage de trois histoires : (1) le récit de mon arrivée au Palais – mes histoires de pute, comme il disait – raconté par bribes, dans l'obscurité, pour le divertir ; des histoires que je me surprenais à étirer, car j'avais ce fantasme mégalomaniaque que ça le maintenait en vie, dans cette chambre avec moi, alors je faisais en sorte de ne jamais prononcer la dernière phrase ; (2) l'histoire pour laquelle il m'avait arraché cette promesse, celle de *Sex Variants*, l'histoire de Jan Gay, à raconter après la mort de Juan (*Mais, nene, promets-moi de tordre le récit, de mentir, d'inventer, de rendre l'inertie malléable. Je te le promets, Juan.*) ; (3) la dernière histoire, celle de Juan, même s'il ne l'admettrait jamais.

III

LA PARENTÉ

Cette mise en scène, tantôt menaçante, tantôt fascinante, pose une question qui confine à l'énigme.

PATRICIA GHEROVICI,
Le Syndrome portoricain

PSYCHOPATHOLOGIC REACTION PATTERNS IN THE ANTILLES COMMAND

MAURICIO RUBIO, *Major, MC, USAR*
MARIO URDANETA, *Captain, MSC, USAR*
JOHN L. DOYLE, *First Lieutenant, MC, USAR*

A GROUP of striking psychopathologic reaction patterns, precipitated by minor stress in persons with well-defined character disorders, has been observed in a limited section of the insular (Puerto Rican) personnel of the Antilles Command. Because of their clinical resemblance to more serious conditions such as schizophrenia and epilepsy, these behavior disorders present a problem in medical management and administrative disposition.

Au cours d'une nuit, Juan a évoqué la psychiatrisation forcée de notre peuple, qu'il a qualifiée de sombre psychohistoire de la médecine américaine. Il m'a expliqué comment, jusqu'en 1974, l'American Psychiatric Association incluait l'homosexualité dans son *DSM*, le *Manuel diagnostique et statistique des troubles mentaux*, que Juan appelait la *biblia loca* ; comment le fait d'être queer était sans aucun doute possible une folie qu'il fallait traiter ; comment le retrait de l'homosexualité du *DSM* en 1974 avait été à ce point contesté par la communauté psychiatrique que, six ans plus tard, en 1980, on avait inclus un nouveau diagnostic, *l'homosexualité égodystonique*, à la troisième édition de la *biblia loca*. Apparemment, ce diagnostic constituait une sorte de trêve, un rameau d'olivier tendu à la part non négligeable des psychologues qui insistaient pour pathologiser la sexualité « anormale ».

« Voilà la définition, *nene*... tu es prêt ?

– Il y a une interro ensuite ? Je dois prendre des notes ?

– Je peux arrêter à tout moment.

– Quoi, je n'ai pas le droit de plaisanter ?

– Si. Mais tu peux aussi écouter.

– D'accord, Juan, d'accord...

– La définition comprend deux parties : premièrement, "un manque persistant d'excitation hétérosexuelle que le patient ressent comme une interférence avec l'initiation ou le maintien des relations hétérosexuelles souhaitées" ; deuxièmement, "une détresse persistante due à un schéma durable d'excitation homosexuelle non souhaitée". Tu piges le piège ? Admettons qu'on n'ait jamais parlé de façon positive ni même neutre de l'homosexualité, et qu'on y fasse en revanche assez souvent référence par le biais de plaisanteries, d'insinuations et d'accusations hostiles, eh bien, un garçon efféminé de dix-sept ans, un garçon comme tu l'étais, par exemple, aura beaucoup de mal à désirer ses propres désirs, n'est-ce pas ? Par principe, ça faisait de toi un individu perturbé, un pervers. Ce diagnostic a fini par être supprimé, en revanche le lien entre sexualité anormale et maladie mentale a perduré chez les adeptes de la Bible, de même qu'au sein des franges conservatrices de l'industrie psychiatrique. Notamment là-bas, dans cet endroit où on était internés, assis sur ce banc...

– Bien sûr. Je ne connais peut-être pas les détails historiques, mais je connais les grandes lignes ; je les ai vécues avec toi. Là, tu me sembles un peu...

– "Pédant", c'est ça, le mot que tu cherches.

– Ne fais pas la moue.

– *Nene*, pendant combien de temps tu as cru que tu étais fou ?

– Ah bon, je ne suis pas fou ?

– Quand tu as avalé tous ces cachets, là-bas, qu'est-ce que tu t'imaginais ?

– Ça t'a fait du mal ? Je me suis toujours demandé.

– Ce n'était pas à moi que tu voulais faire du mal. Bon, écoute. Pardonne-moi de reprendre le mode pédant, mais revenons un instant à la *biblia loca*. Si tu fouilles un peu, tu y trouveras un autre diagnostic posé dans les années 1950 par des médecins militaires, la maladie qui m'a pour la première fois conduit à l'asile : le syndrome portoricain.

– Dans le *DSM* ? Ce n'est pas possible.

– Je le jure sur ma tête.

– Tu l'as déjà presque perdue, ta tête.

– Sale gosse.

– Je n'y crois pas. Comment on peut transformer un peuple en syndrome ?

– C'est quoi, déjà, cette nouvelle expression que tu aimes tant utiliser...

– Ça n'a pas de sens, Juan.

– "Je suis pas en train de me foutre de ta gueule." »

PATTERNS OF REACTION

The most outstanding reaction pattern is characterized by a transient state of partial loss of consciousness, most frequently accompanied by convulsive movements, hyperventilation, moaning and groaning, profuse salivation, and aggressiveness to self or to others in the form of biting, scratching, or striking; and of sudden onset and termination. Less often there is complete flaccidity. The duration varies from an isolated crisis of a few minutes to a series, lasting a few hours in the convulsive form and up to two days in the flaccid variety. The reaction produced by the episode in the immediate environment appears to directly influence its duration; the greater the secondary gains, the longer it lasts. The crises are quite spectacular, and when they take place in the company area or at home they cause great alarm and confusion to those around the patient and, in some instances, immediate removal of the source of stress. They also bring considerable attention and special privileges to the patient, and when he is brought to the hospital and placed in seclusion in a cool, semidarkened room, his symptoms usually subside in a few minutes.

From Rodriguez Army Hospital, APO 851, New York, N. Y.

Dans l'enfance de Juan, le monde s'est mis à balbutier, à vibrer de fascination, et le petit garçon qu'il était alors a été emporté par cette fascination, ces rayons de soleil dans un verre d'eau qu'il ne quittait plus des yeux en essayant de comprendre pourquoi la lumière scintillait et brillait dans son petit verre (Nene, *c'est incroyable de penser que la lumière scintille, que la lumière danse. Tout ça pour qui ?*), ou alors il était captivé par l'empreinte d'une paume graisseuse sur une vitre qui demeurait invisible sous tous les angles à l'exception d'un seul. Des petites choses comme ça, qui l'amenaient à croire à des mondes cachés qui affleuraient. Ça commençait toujours par un besoin impératif de comprendre, mais ça dépassait rapidement la compréhension et le langage. Ses yeux se plissaient et sa bouche s'ouvrait peu à peu, comme s'il assistait à quelque chose de terrible ayant lieu au ralenti.

Dans sa famille, deux sœurs, un frère et une tante faisaient parfois des crises graves – des *ataques*. Rien de bien original. Ils se tortillaient au sol, ils grinçaient des dents et bavaient, ils poussaient des petits grognements qui venaient du fond de la gorge, et Juan ne les quittait pas des yeux. À un certain moment, dans son jeune esprit, il a élaboré une théorie purement sensorielle sur l'origine de ces *ataques*, une théorie que, même devenu adulte, il lui était impossible d'exprimer avec des mots.

« Des poils noirs comme sur les pattes d'araignée autour des articulations de Papi… Une tête qui pivotait sous le coup d'une gifle… Mami qui marmonnait une litanie, électricité, mascara… des bribes de comptines en boucle : *"arroz con leche, se quiere casar"* … tous les rejets et les chocs mineurs des différences corporelles… l'étrangeté, les perversités tactiles, comme forcées à l'intérieur de nos corps osseux, à moi, mes sœurs, mon frère, ma tante… piégées sous la peau, alors ce n'est pas surprenant qu'un jour, la rupture, la force et les paroles en l'air... encore aujourd'hui, *nene*, les mots qui sortent de ma bouche sont tellement loin et tellement proches de cet essentiel indicible que je me surprends autant que je me déçois. »

Juan avait assisté à la toute première et violente crise de sa sœur aînée. Il avait gardé son calme. Après tout, ils étaient des petits sauvages, surtout quand leur père n'était pas là, et puis, se secouer de façon grotesque, c'était leur spécialité. Juan se souvenait de sa sœur qui convulsait par terre dans la chambre des filles, se souvenait du tapis noir tissé main jonché de confettis et de petits bouts de tissus de couleur. Il ignorait s'il avait appelé ses parents, comment ils étaient arrivés et pourquoi ils se trouvaient tous les deux à la maison en même temps, mais il se rappelle leur réaction : l'air entendu et tranquille dans les yeux de son père, le brusque sérieux de sa mère – une inversion totale de leurs états naturels. Le choc le plus durable ce jour-là n'avait pas été la crise – il ne fallait pas s'étonner que sa sœur succombe à une telle folie contorsionniste au vu du chaos érotique, de l'énergie frémissante, du trop-plein de cette maison, sans oublier l'enfance même – mais le fait de découvrir Papi capable de ce genre de prévenance si apaisante, Mami capable d'un tel sérieux, d'une telle concentration. C'était cette sorte d'attention qu'il avait toujours recherchée chez eux, et maintenant, il savait, à coup sûr, quel en était le prix à payer.

« Mais encore une fois, tout ça est loin de pouvoir se comprendre avec des mots, ça passe plutôt par le langage sensoriel – la peau autour des yeux de ma mère, la posture douce et revigorante de mon père, et même une odeur indescriptible ; un changement dans les phéromones de la parentalité. »

These episodic crises are spectacular and often simulate more serious psychiatric entities, particularly when the persons concerned are examined from the viewpoint of a different culture and language. When the sources of stress are removed, however, a basic overly dependent, emotionally unstable personality becomes evident. Neurotic symptoms are completely absent in the intervals between episodes. Attempts to rehabilitate patients with these character disorders are impeded by their extreme dependency needs and the secondary gains they derive from their illness.

« Mais réponds à la question. Sur les cachets. Qu'est-ce que tu comptais faire ?

– Je ne sais pas. Me suicider ?

– Oh, arrête. Tu savais qu'on allait te trouver.

– C'est vrai, Juan. Tu as raison. Je le savais.

– Alors, sous la surface, juste en dessous de ta conscience, essaie de te souvenir de ce qui t'a traversé l'esprit. Ferme les yeux. Qu'est-ce qui t'a motivé, au fond de toi, au niveau du symbolique ?

– Je me rappelle m'être senti très décidé, très calme... Je me rappelle la difficulté, la difficulté physique, d'avaler cachet après cachet... Je me rappelle que je m'étranglais, que ma gorge se resserrait, les bruits que je faisais, un peu comme un chat qui recrache une boule de poils... Je me rappelle que j'aurais aimé aller plus vite... J'étais à genoux au pied de mon lit défait, les cachets étalés devant moi sur le matelas... Je me rappelle que c'était comme réciter mes prières le soir, ce que ma grand-mère nous obligeait à faire lorsqu'on dormait chez elle... Quand j'étais petit, je détestais avaler des médicaments, j'avais peur de m'étouffer, et ça continue... je me sentais gêné... Je me rappelle avoir pensé ça et m'être dit que c'était pareil pour la douche... J'avais peur de la douche. J'évitais au maximum de me doucher, même si là-bas on me surveillait, on me forçait à entrer dans la cabine... Je me souviens de m'être dit que ma peur de l'eau était un résidu de l'enfance, où un jour, va savoir pourquoi, j'avais été terrorisé par une douche... et ces blocages puérils ont perduré toute mon adolescence. Je savais que j'aurais dû avoir dépassé tout ça, et parfois je faisais comme si c'était le cas, mais en moi, j'étais gouverné par ces vieilles tendances morbides.

– Tu as dit que tu voulais aller plus vite. C'est peut-être pour ça que tu as pris tous ces cachets d'un coup ?

– C'est-à-dire ?

– Pour toi, à quoi servaient ces cachets ? À guérir ?

– Non, Juan, je ne pense pas l'avoir jamais cru. C'était plutôt destiné à mettre fin à une obscure vigilance. À rendre ma vie plus facile dans un monde inconfortable.

– À être libéré du désir du désir d'être libéré.

– Tu es en train de dire que toi et moi, on est pareils ?

– Non, *nene*. Je fais sans doute allusion à une ressemblance qui nous dépasse, toi et moi.

– Donc tu ne crois pas à des choses comme le syndrome portoricain ?

– Non, bien sûr que non. Mais tu ne penses pas que ça décrit quelque chose ? C'est important de réfléchir au moment où ces diagnostics, ces études, ces descriptions de pathologies ont fait leur apparition. L'étude *Sex Variants* commence à New York en 1935, à la suite de ce qui s'est appelé la *Pansy Craze*, à la fin des années 1920 et au début des années 1930 – un goût prononcé pour des personnages comme Gladys Bentley, Gene Malin, les performances de drag queens, les travestis, la scène underground de Harlem… La culture hétéro s'est intéressée à la nôtre, et cette visibilité accrue a entraîné un retour de bâton. Si un flic entrait dans cette chambre et te voyait dans ton minislibard, allongé près de moi, si faible, sur ce lit, il y verrait un crime.

– Lequel ?

– Tu occupes ma chambre sans autorisation. Tu es arrivé ici par effraction, non ? Si un journaliste entrait, il y verrait un truc à raconter, un scandale. Et si un médecin entrait, il y verrait une maladie. Pas seulement celle de mon corps, mais aussi de ta tête.

– Criminalisés, stigmatisés, pathologisés. L'élève a retenu la leçon.

– Ah ah, *nene*, très bien. Tu dois savoir que, dans les années 1950, il y a eu une espèce de *Craze* portoricaine. La facilitation des voyages aériens a tout changé pour la migration, surtout vers New York, et là, les Portoricains, de plus en plus visibles, ont attiré l'attention sur eux – celle des flics, des journalistes et des médecins. Et que crois-tu qu'ils aient trouvé ? Sans surprise, le diagnostic est venu des médecins militaires, parce qu'il se passait certaines choses, surtout dans l'armée, dans le régiment d'infanterie de Portoricains surnommés les Borinqueneers…

et plus généralement, il y avait aussi cette vieille relation coloniale... Mais ça, c'est une autre histoire, pour un autre jour, comme tu dis... Ce qu'il faut savoir, c'est que chaque culture a sa façon d'exprimer des émotions qui la dépassent : crises de panique, dépressions nerveuses, *ataques de nervios*, tout ça. Même pour la dépression, il y a des codes culturels différents, des comportements pour la rendre compréhensible, sinon acceptable. Tu connais, j'imagine, l'origine du mot "hystérie" ?

– Oui, Juan. Plus ou moins. Mais tu m'as dit que ce syndrome décrivait quelque chose. Quoi ?

– Une réaction hystérique, ou bien une peur panique des Hispaniques, peu importe comment tu appelles ça, face à la présence croissante de Portoricains.

– Le syndrome des Blancs ?

– Le syndrome des colons. Projeté sur les Portoricains, comme ça, et ensuite, on s'en prend à eux. C'est une première étape. L'autre, c'est que les gens soumis à une pression immense finissent parfois par craquer, n'est-ce pas ?

– Oui, en tout cas, nous, oui.

– Mais sans ça, comment on se serait rencontrés ? »

Pseudosuicidal attempts constitute the fourth clinical modality found in some of these men. Superficial scratches on the anterior aspects of the wrist, forearm, and chest, carefully inflicted with razor blades, fountain pens, or pins are the commonest means of self-injury. The ingestion of rat poison or disinfectants mixed in drinks and attempts at hanging are also frequent. All of these attempts are made in a dramatic fashion, in the presence of various people who can easily intercept the act. Many of them occur at home while on pass, and the patient makes a histrionic announcement of his intentions to his family.

« Mon père avait une explication pour les crises, les *ataques*, qui, selon lui, étaient en lien avec les esprits. C'était Tío Miguel qui en souffrait le plus, même si on avait aussi pas mal d'autres oncles et tantes qui faisaient des épisodes : cris, tremblements, difficultés à respirer, trous noirs. Pour Papi, les *ataques* étaient si banales qu'elles justifiaient une approche attentiste ; *laisse un peu cet enfant respirer*. Il ne pensait pas que ça puisse être dangereux sur le long terme, peut-être même que, selon lui, c'était une catharsis nécessaire. Tu sais, mes grands-parents étaient de fervents adeptes de l'*Espiritismo*, et même si mon père se jugeait plus moderne, plus rationnel, s'il avait rejeté la plupart des pratiques folkloriques, il n'a jamais remis en question le fait que nous cohabitions en ce monde avec les esprits. Il n'a jamais remis en question le fait que l'âme soit immortelle.

– Et toi ? Tu y crois ?

– Ma mère disait que les esprits sont aussi perdus que nous. Elle croyait au fait qu'on puisse devenir un fantôme par hasard. Et qu'un fantôme puisse se présenter à la porte, en quête d'assistance pour passer de l'autre côté sans vraiment savoir comment faire, ni comment laisser les choses se faire, ni même comment demander de l'aide.

– Tu veux dire, comme moi quand je suis arrivé ici ?

– Il faut se résoudre à l'évidence, *nene*. Mais ni mon père ni ma mère ne croyaient à la possession. Je ne sais pas ce qui m'a possédé, au-delà de ce que j'ai essayé de te décrire, mais deux fois au cours de ma vie, ma condition m'a été utile face aux Blancs. J'avais une vingtaine d'années, ça faisait longtemps que ma famille avait quitté Harlem pour chercher du travail ailleurs, on était montés jusqu'à Syracuse, tu vois un peu, quand mes *ataques* se sont aggravées. Je suis passé de simples absences à de véritables convulsions. Ça m'a permis d'échapper au service militaire, mais à la place ils m'ont mis à l'asile – diagnostiqué et syndromisé portoricain. Je ne sais pas si ça compte.

– À peine. Et l'autre fois ?

– J'étais encore petit. Je m'étais aventuré hors de chez moi et je m'étais perdu. On habitait à Santurce à l'époque, on était très nombreux à la maison. J'avais échappé à la surveillance des adultes et j'étais parti au marché. Je sais aujourd'hui que ce n'était pas très loin, mais l'intensité de ma peur, ma panique, ça a créé un court-circuit dans mon cerveau. J'étais près de la charrette du fleuriste et je fixais un petit seau en fer-blanc qui contenait des fleurs coupées. Dans mon souvenir, ce sont des oiseaux de paradis, mais la mémoire est trompeuse ; c'étaient peut-être des fleurs très différentes, des œillets par exemple.

– Pour moitié la réalité, pour moitié les incarnations de ton cerveau assoupi ?

– Très joli.

– Et qu'est-ce qui s'est passé ?

– On m'a retrouvé. C'est Zhenya qui m'a retrouvé. Je ne m'en souviens pas, mais par la suite elle m'a dit qu'elle m'avait regardé pleurer larme après larme, immobile, le regard fixé sur ces fleurs dans leur seau. Tout le monde s'affairait autour de moi, les vendeurs allaient et venaient avec leurs marchandises, les femmes déambulaient et se saluaient de loin. Zhenya, qui était en train de faire ses courses au marché, a d'abord cru que j'étais à ce point ému, à ce point ravi par la beauté et le chaos du monde, comme elle dans l'enfance, que j'avais sombré dans une sorte de stupéfaction mystique. Puis elle a compris que mon immobilité était en réalité le signe d'un malaise profond et mystérieux, un peu comme un zombie, alors elle s'est approchée, s'est accroupie près de moi et a attendu que je revienne de là où j'étais parti en pensée. Elle m'a parlé dans un espagnol bizarre, comme une étrangère. "Tu es perdu, elle a dit. N'est-ce pas ?" »

Zhenya était l'illustratrice de livres pour enfants qui avait fait le dessin de Juan accroché au mur. Depuis ce jour où elle l'avait rencontré au marché, il lui servait de modèle. Zhenya et Jan habitaient ensemble à Viejo San Juan, dans une maison coloniale divisée en appartements avec une cour commune – une cour modeste mais qui, à l'époque, paraissait grandiose à Juan : il y avait là des plantes en pots, une fontaine en pierre sculptée et un fauteuil en osier surdimensionné où il était souvent hissé avec pour consigne de rester assis sans bouger pendant que Zhenya dessinait son visage.

« Tu étais sa muse ?

– Si un enfant peut être la muse d'une adulte, alors oui.

– Et le fauteuil en osier ? Tu te rappelles à quoi il ressemblait ?

– Immense, avec un coussin sur le siège. Le dossier très incurvé à la base se terminait en pointe, comme une larme. *Nene*, ton fétichisme des sièges, c'est vraiment bizarre.

– Et Zhenya et Jan, elles étaient comment ?

– Elles venaient d'une autre planète, et en même temps elles m'étaient tellement familières. J'arrivais à l'âge où la tolérance pour la féminité naturelle des petits garçons diminue très vite. J'avais l'impression que tout le *barrio* fomentait une conspiration pour corriger mes attitudes. Ma famille proche et lointaine, l'épicier, la maîtresse d'école, tous me rappelaient que j'étais un garçon et que je devais me comporter comme tel, ils m'expliquaient comment je devais marcher, parler et jouer, ou plutôt comment je ne devais pas marcher, pas parler et pas jouer. Ils ne disaient pas ça pour me faire peur, ni par cruauté, c'était comme ça, c'est tout. Mais Zhenya et Jan, ces deux *señoras* venues d'ailleurs, aimaient ma façon de parler et ma timidité, même si elles ne l'ont jamais dit aussi clairement. Je ne sais pas comment je savais ce que je savais ; c'était une connaissance tacite qui passait par la chaleur de leur indulgence. »

Zhenya Gay ~~with the original~~ *with the original "Manuelito",*

À l'époque, lorsqu'il était seul dans son monde imaginaire, là où il se sentait en sécurité, et non surveillé, Juan avait l'habitude saugrenue de marcher sur les talons, orteils en l'air, bras tendus, doigts des mains écartés. Tout en chantonnant des paroles absurdes et apaisantes. Un jour qu'il entrait dans la cuisine, il a vu Zhenya imiter cette démarche, imiter sa voix d'enfant zozotante, et Jan – qui n'était jamais très joyeuse – à la table en chêne, constituant à elle seule le public, rire à gorge déployée, aux larmes, même. Lorsqu'elle a aperçu Juan, elle a tendu un bras et désigné Zhenya en haussant les sourcils, comme pour dire : *Regarde ça ! Elle le fait bien, non ?*

Juan est resté dans l'embrasure sans savoir si elles se moquaient de lui, puis Jan a tapé du poing sur la table, repoussé sa chaise et s'est levée ; et elle aussi, elle s'est mise à imiter Juan, et même s'il était trop timide pour se joindre à elle, ça lui a plu, de les voir toutes les deux comme ça, de se voir lui-même, de voir ses gestes reflétés dans leur gaieté.

Elles emmenaient Juan dans la forêt tropicale, où Zhenya dessinait les perroquets et les palmiers, ou bien s'asseyait dans la terre pour dessiner les crapauds tapis dans l'ombre de part et d'autre du chemin. Juan se tenait derrière son épaule et, fasciné, il regardait ses traits prendre forme. Un jour, il a remarqué que l'une de ces petites créatures posait avec une patience étonnante – noble, le menton bien haut et tremblant comme tous les crapauds. Il a aperçu la peau de sa gorge, et s'est dit que, la prochaine fois dans le fauteuil en osier, il s'efforcerait de rester plus tranquille. Qu'il serait immobile et royal – un prince crapaud.

A last pattern of reaction, considerably less striking than the previous four, is characterized by mild dissociation manifested by inability to concentrate, forgetfulness, loss of interest in personal appearance, some degree of preoccupation, and slight flattening of affect. It usually lasts one or two days.

Juan dormait, et je me suis rendu compte que j'étais à la fenêtre, à moitié plongé dans mes rêves, mes doigts cherchant machinalement à mon cou cette croix que j'avais perdue. Cette croix qui selon moi était un cadeau de Juan, car retrouvée dans mes effets personnels à mes dix-huit ans, quand on m'avait libéré de l'asile. Depuis, je portais et tripotais cette croix sur sa chaîne, et là, mes doigts la cherchaient encore – la mémoire musculaire. Pendant dix ans. Je l'avais gardée près d'une décennie. Ce qui est significatif, parce que je ne suis pas un gars qui trouve, je suis un perdeur. Un perdeur chronique. Un terme que j'avais découvert peu de temps auparavant dans un essai d'Anna Freud. Juan m'avait dit où aller voir, une page cornée dans l'un de ses livres de psychanalyse. J'ignorais que Freud avait une fille, et j'ai été surpris de découvrir une écriture si claire et si accessible ; et surpris de me découvrir presque convaincu. « Lis-le, m'a dit Juan. Connais-toi toi-même. »

J'ai découvert qu'un perdeur chronique passe son temps à égarer des objets utiles et nécessaires – dans mon cas, montres, clefs, portefeuilles, gants, chapeaux, lunettes de soleil, lunettes de vue. Parfois, il les retrouve, mais le plus souvent, non. De ce que j'ai compris, il s'agit d'un symptôme d'altération des processus libidinaux ; quelque chose ne s'allume pas correctement là où les désirs se forment, ce qui rend l'attachement difficile. (*Je serais donc en train de rejouer un drame dû à de la négligence dans l'enfance ? Peut-être, nene, qui sait ?*) Mais ça me semblait faire sens : dans nos attachements à des objets ou à des personnes, il y a une fluctuation continuelle de nos énergies. On veut posséder, être possédé et soulagé de nos possessions, tout ça en même temps. L'accumulateur compulsif résout le problème de la valeur et de l'attachement en gardant tout. Le perdeur chronique se défait de tout. J'ai régulièrement perdu des objets banals, mais aussi d'autres plus essentiels ; j'ai égaré plus d'un passeport, mon acte de naissance, ma carte de Sécurité sociale, de nombreux permis, tout une bibliothèque de livres. Je n'ai pas tout perdu en même temps, comme ç'aurait été le cas dans un incendie, mais une chose après l'autre, petit à petit. Et là, au Palais, je finissais par avoir l'impression que même une vie pouvait s'égarer.

« Va savoir où, quand et comment j'ai perdu le carnet de croquis que l'infirmière m'avait donné à l'asile. Je m'en suis souvenu en décidant de venir dans le désert jusqu'ici. Je me suis dit que, si jamais je te retrouvais, tu aurais peut-être envie de voir mes croquis.

– C'est vrai.

– Mais pendant tout ce temps, je n'ai jamais perdu ni la chaîne ni la croix en or.

– Eh oui, seule la mort peut séparer le prisonnier de ses chaînes.

– Ce que je veux dire, c'est que je n'ai jamais été attentif ou attaché à cette chaîne, ni conscient de la valeur que je lui attribuais. C'est seulement quand elle a disparu que j'ai compris à quel point j'y tenais. Je ne la retirais jamais. Depuis qu'elle n'est plus là, dès que mes doigts veulent la tripoter et qu'à la place ils trouvent une absence, j'ai compris qu'elle me permettait à la fois de réfléchir, de rêvasser et de rester enraciné dans le monde physique et dans mon corps. Je sais aussi combien ça peut paraître ridicule.

– C'est un fétiche.

– Tu crois ? Je ne me suis jamais vu comme un fétichiste.

– Les sièges. L'imago : le gentil flic en Stetson et bottes de cuir ? "Gamin, qu'est-ce que tu fous ici ?" Et maintenant, il s'avère que tu as un penchant pour les croix en or, ou peut-être pour les chaînes.

– Aïe, Juan. Je suis moi-même un cliché, c'est ça ?

– Mais un cliché amusant, *nene*. Allez. Ferme les yeux. Entraîne-moi dans tes associations. »

Mon père était un homme qui à la fois portait des chaînes et ne portait pas de chaînes. J'avais neuf ou dix ans quand il a commencé à travailler sous couverture – il est passé aux stups alors que jusque-là il n'était que simple flic. À ce moment-là, il a dû insister sur ses « origines », autrement dit gagner en authenticité du ghetto ; être capable de parler à la fois espagnol et spanglish, de danser le jive avec les vieux et d'employer l'argot actuel, moins poétique et plus vulgaire, avec les jeunes ; avoir le côté charmeur et inquiétant d'un gangster. Sa voiture de fonction, dans laquelle mes frères et moi aimions nous glisser en douce, avait des vitres teintées. Elle était tunée, comme on disait à l'époque. Mon père n'était pas un vrai gangster. Dans la vie, dans notre petite ville de classe ouvrière blanche, il avait de l'ambition. Il voulait s'élever dans l'échelle sociale et ne pas se laisser distancer par les voisins. Le matin, il partait habillé comme n'importe quel autre père, et il revenait dans la même tenue le soir. On le voyait rarement avec son attirail. Ce n'était qu'en de rares occasions, pour des raisons inconnues, qu'il sortait son matériel tape-à-l'œil : boucles d'oreilles en diamant, chaînes en or, croix en or, médaillons, montre en or. (Lorsque j'étais seul à la maison, je cherchais ces bijoux, mais je ne les ai jamais trouvés. J'ai fini par renoncer et par me dire qu'ils devaient être dans le coffre sous le lit où il rangeait son arme.) Il abaissait son jean sur les hanches et on imitait sa démarche. Il disait : « Mettez-y du style » ; on essayait, mais en général, ça ne fonctionnait pas. Le personnage de ces moments-là était étrange, notre père le gangster à la fois issu de stéréotypes et de cet être mystérieux qu'il nous cachait. Dans le nord de l'État, j'avais l'habitude que tout le monde voie mon père comme un type cool, alors qu'il avait l'air ringard, ne serait-ce qu'à cause de son accent de Brooklyn et de sa peau foncée, mais dans ces moments de métamorphose – le temps d'un éclair – un vrai côté cool, presque tangible émanait de lui.

Mon père était fier mais lunatique. Il pouvait se montrer sentimental, aimant, drôle, et à d'autres moments, avoir des accès de violence. Ma mère disait que c'était à cause des préjugés et des affronts de la pauvreté subis dans l'enfance. Tenter de faire oublier le « mauvais père » pour nous diriger vers le « plutôt bon père » est l'une des responsabilités cachées d'une mère. Pourtant, peu importait qui il était, dans les moments où il se montrait charmeur, qu'il exhibait cette autre personnalité, qu'il faisait preuve d'autodérision et de respect, ce personnage d'escroc cool et dur, je ne voulais pas qu'on me fasse oublier un tel homme. Je voulais qu'il soit toujours comme ça. Et dans mon esprit d'enfant, j'avais l'impression que le charme de ce père de l'ombre était lié au clinquant, aux amulettes, notamment la plus mystique et la plus magique de toutes, que je n'avais pas le droit de porter ni de toucher : le crucifix.

« Mais il s'est passé quelque chose, hein, *niño* ? Quelque chose de terrible ou de banal, mais d'assez puissant pour changer ton rapport à cette forme de masculinité brutale et ostentatoire ?

– Tu aimes cette histoire ?

– Continue. Offre-moi tes souvenirs. Au présent. »

On prend la voiture dans notre campagne paumée direction le sud pour notre pèlerinage vers Brooklyn, à six heures de route, où ma tante et mon oncle, mon *abuela* et mes cinq cousins vivent tous ensemble dans un quatre-pièces. D'autres *tíos* et cousins sont déjà là à notre arrivée, et d'autres encore débarquent plus tard. Il y a beaucoup de monde, beaucoup de bruit, l'air est brumeux – à l'époque, les gens fumaient encore à l'intérieur. On m'oblige à dire bonjour, à rappeler qui je suis, on m'encourage à parler plus fort car je suis timide. Assis par terre devant la télévision, mes petits cousins regardent des dessins animés en augmentant sans cesse le son à cause du vacarme environnant. Il y a des publicités pour des jouets et des boîtes de céréales. J'ai envie de me joindre à eux, mais je suis trop grand pour faire ça sans honte, alors je m'approche doucement. Et tout à coup, surgit un jeune homme que je n'ai jamais vu. Il est beau. À Brooklyn, il y a les oncles que je connais, mais toujours aussi d'autres hommes – cousins éloignés, beaux-frères d'un côté ou de l'autre, un petit ami qu'on présente comme « oncle untel ». Je ne me souviens pas du nom de cet oncle ni de son lien avec ma famille, uniquement que je ne l'avais jamais vu, et que je ne l'ai jamais revu. Il est beau. L'éclat velouté de sa peau est accentué par son nez et son front plutôt sévères. Tout est parfait chez lui : son teint, son rasage jusqu'aux sourcils ; ses bijoux qui scintillent – un clou d'oreille en diamant, des chaînes, une montre en or qui flotte à son poignet. Il est si beau que les hommes n'ont pas peur de l'admettre, et ils sifflent entre leurs dents en l'appelant *petit mignon*. Ce n'est encore qu'un adolescent, pourtant il distribue tranquillement des poignées de main, des tapes et des bénédictions. Je le dévisage, je le déshabille du regard quand il ouvre et retire sa veste. Il porte un T-shirt à l'effigie d'un lapin que je reconnais comme étant la mascotte des céréales Trix.

« *Silly Faggot*, est-il écrit. *Dix are for chix.* »

Je ne me souviens pas de la réaction des autres, sans doute que certains ont ri, d'autres protesté. C'est le tout début des années 1990.

Qu'est-ce que je sais à l'époque ? Je sais que la haine des pédés a à voir avec le sida, et au fond de moi, de façon obscure, que la haine des pédés me concerne aussi ; je sais qu'il est temps que je quitte le monde des dessins animés et des céréales pour enfants, mais je suis gêné parce que je ne me sens pas prêt, je n'arrête pas de me retourner. Je sais que c'est dangereux de regarder cet oncle, mais c'est plus fort que moi. Je me force à regarder au centre, plus bas que ses yeux, au-dessus de l'inscription sur son T-shirt – son crucifix, la réplique exacte de celui que mon père cache chez nous. C'est mon point de fixation, l'endroit où ma mémoire court-circuite – car surchargée par la soudaine prise de conscience de ce qui brûle en moi et de la profondeur accrue de la laideur qui brûle là-bas, dans le monde.

OVER

« Tu sais pourquoi on fétichise, *nene* ? Pour survivre à notre ambivalence. Peut-être que les chaînes et surtout le crucifix sont devenus pour toi des totems qui absorbent autant la haine que le désir. Peut-être que, dans leur scintillement et dans leur poids, tu voyais le reflet de tout ce dont tu avais envie et de tout ce que tu craignais.

– Je ne sais pas, Juan. En tout cas, je n'ai pas pensé à ça sur le moment. Mes parents ont divorcé et mon père a pris ses distances avec moi, il a disparu peu à peu, un processus qui a abouti quand je t'ai rencontré. Je ne l'ai jamais revu après ma sortie de l'hôpital, pourtant, ce n'est pas faute d'avoir secoué ma mère à ce sujet.

– Je repense à cette boutade de Wilde : "Perdre un parent peut être considéré comme de la malchance... mais perdre les deux s'apparente fort à de la négligence."

– C'est vrai. J'ai négligé ma vie et l'attention qu'ils m'ont portée, et ça a conduit à une rupture dramatique, jusqu'à ce que finalement je parte pour New York, où j'étais très seul, et très fauché. Et puis un jour, je me suis fait agresser.

– Ah, bien. Enfin un peu d'action. »

Je marche dans Chelsea avec une amie, on sort d'un club qui s'appelle Le Tunnel. Ça devait être en septembre 1998 vers cinq heures du matin, il faisait encore nuit noire. Le gosse a un couteau. Quelques personnes traînent devant le club, pourtant aucune n'intervient. Le gosse a un couteau, mais il est plus petit et sans doute plus jeune que mon amie et moi. On doit avoir l'air de cibles faciles, vulnérables, on vient d'arriver dans cette ville, on a dix-huit ans et on est bourrés. On éclate de rire, d'un rire nerveux, parce qu'on n'a rien à lui donner. Je retourne mes poches ; mon amie ouvre son sac à main et exhibe diverses babioles, un rouge à lèvres, des mouchoirs en papier, en répétant : « Regarde, j'ai rien. On n'a rien. » Aucun de nous ne possède de carte de crédit, ni même de portefeuille ou de portable. (Personne n'avait de portable à l'époque, en tout cas pas les gens comme nous.) Même nos cartes d'identité sont fausses, on a laissé les vraies chez nous. On avait juste de quoi payer l'entrée au club, et on a passé la nuit à boire le fond des verres abandonnés par les gens. Les jeunes nous ignoraient ; il y avait un tel degré de sophistication dans leur débauche ; nous, on était des bouseux. « Des bouseux mais pas pour longtemps ! » on avait hurlé dans la nuit en titubant sur le trottoir jusqu'à tomber sur la pointe de ce couteau. Je ne me rappelle pas comment notre agresseur a réagi, ni comment on s'en est sortis. Mon dernier souvenir, c'est l'image de mon amie accroupie, ivre, qui renverse son sac sur le trottoir. « J'ai rien. On n'a rien », dit-elle. Et c'est vrai.

Quelques jours plus tard, j'ai trouvé la chaîne en or avec la croix dans mes affaires, et c'était comme une agression inversée – une offrande. J'ai repensé à Juan, à cet endroit, je l'ai imaginé glisser la croix dans mon sac, mais j'ai chassé ces souvenirs ; l'expérience était trop récente, j'étais incapable d'affronter ça – je devais d'abord oublier. À l'époque, j'étais accaparé par les vicissitudes de la propriété, par cette ville bouillonnante, par la façon dont on pouvait y être fait ou défait, possédé ou dépossédé à l'envi, mais sans jamais y être seul, alors j'ai décidé de n'investir ni dans la stabilité ni dans la propriété, de ne pas essayer de retenir quoi que ce soit. Et plutôt que me sentir vidé, je me suis senti exalté. J'étais si jeune. Et maigre comme un clou. Je n'avais que des vieux T-shirts taille enfant avec des inscriptions de base-ball ou de *summer camps* ou bien, assez ironiquement, de D.A.R.E., le programme de prévention contre les drogues, sauf que j'ai décidé de les porter à l'envers, ce qui me donnait l'impression de faire plus mature et mettait en valeur ma chaîne en or. Je ne retirais jamais ma croix, même pas pour me doucher, et encore moins lorsque, comme ç'a fini par arriver, des hommes ont commencé à me brancher dans les bars et à me ramener chez eux pour baiser.

« "J'ai encore vu sous le soleil que la course n'est point aux agiles (…),
ni le pain aux sages, ni la richesse aux intelligents (…) car tout dépend
pour eux du temps et des circonstances." Quelque chose comme ça.

– Jésus ?

– L'Ancien Testament. L'Ecclésiaste… mais j'ai l'esprit un peu
trouble pour l'instant. Je ne sais plus très bien qui parle, j'ai oublié le
passage entier, l'ordre des images…

– Cette connaissance de la Bible que tu as. Et de la poésie. J'aimerais
pouvoir piller ton esprit.

– "… mais les morts ne savent rien, et il n'y a pour eux plus de
salaire, puisque leur mémoire est oubliée." Dommage. C'est faux. Tu
sais, *nene*, je crois que je vais fermer les yeux et me laisser dériver un
petit moment. Demain, tu me raconteras l'un de ces hommes rencontrés dans les bars.

– Non. Demain, ce sera à ton tour. Je n'ai pas oublié, tu sais.

– Ah bon ?

– Une bonne histoire. Tu me l'as promis.

– Une bonne histoire, alors. Pour un mauvais garçon. »

Parmi les livres de Juan, j'avais mis de côté les albums pour enfants, tous illustrés par Zhenya. Elle en avait écrit la plupart seule, et coécrit d'autres, dont certains avec Jan. J'ai aussi découvert plusieurs titres pour adultes, des rééditions de classiques que Zhenya avait agrémentés de dessins, parmi lesquels une version très sombre de *La Ballade de la geôle de Reading* d'Oscar Wilde. Sombre dans le bon sens du terme. J'ai demandé à Juan s'il possédait tous les livres d'elle.

« Je les ai tous cherchés, chéri, traqués jusqu'au dernier. Mais l'histoire à laquelle je pense, celle que je veux que tu retrouves, c'est l'une de ses dernières publications, qui date de 1965, un livre qu'elle a écrit seule. Des animaux de la savane africaine sont rassemblés autour d'un point d'eau lorsque apparaît une créature étrange, un petit garçon. J'aimerais qu'en lisant ce livre, tu imagines un bar queer clandestin d'avant les émeutes de Stonewall. Vois ça comme une immense métaphore. Le livre s'appelle *Who's Afraid?* : Qui a peur ?

– Et donc, qui a peur ?

– Pas moi.

– Très drôle, Juan.

– "Pas moi, pas moi, dit l'araignée à la mouche."

– Ce n'est pas ça.

– Et c'est quoi, alors ?

– "Et la mouche dit : 'Moi, avec mon petit œil, je l'ai vu mourir.'" »

« Un point d'eau. Il est peut-être midi. Une heure paisible et funeste. En tout cas, il n'y a là que des habitués. Quand Éléphant fait remarquer qu'il est tellement affamé qu'il a peur de manger toute l'herbe, Lion se moque de lui. Lion n'a peur de rien. Éléphant dit que ce n'est qu'une façon de parler, mais Léopard saute sur l'occasion pour se moquer de Lion en insinuant que sa bravade tient plus de la posture que de la réalité, que tout le monde a peur de quelque chose. Et ça continue comme ça : critiques, cabotinage, confusion, escalade. Des chichis. Blaireau a constamment l'impression de rater quelque chose, tellement il est près du sol. Guenon proteste : "Tout ça, ce n'est que du vent. " Ce qui déclenche le rire communicatif de Hyène et dissipe les tensions.

« "Soyons sérieux !" marmonne Hippo en plongeant la tête dans l'eau.

« Tout le monde a quelque chose à quoi il tient. Lion sa viande, Léopard son os, Guenon sa banane. Tous les animaux représentés sont des mâles. On peut imaginer Girafe en barman qui récupère ses pourboires sous forme de feuilles vertes et tendres. Quand il y a des crispations, c'est Girafe qui est chargé d'apaiser tout le monde. Lion et Léopard sont des prostitués, des machos, mais seul Lion est dominant, et Léopard a du mal à contenir sa jalousie. Éléphant est un grand inquiet qui vient de la classe moyenne. Blaireau n'est sûr ni de son corps ni de son statut. Guenon et Hyène sont des *sissy queens* ; elles savent quand et comment rire. Hippo est un ivrogne.

« Ce point d'eau, comme tous les autres, *nene*, risque à tout moment de subir une descente de flics, la visite d'un mafioso qui vient récupérer son dû ou d'un touriste hétéro qui a perdu son chemin. Certains viennent uniquement pour les insulter. Tout inconnu peut être un flic des mœurs sous couverture. Dès qu'il y a un nouvel arrivant, tout le monde prend une attitude masculine ou se replie sur soi. Blaireau se roule en boule.

« Mais cette fois, c'est un petit garçon. En détresse. Terrifié. Girafe lui dit gentiment : "N'aie pas peur. S'il te plaît, sors de ton placard et laisse-nous te regarder." »

« Éléphant supplie : "Allez, sors de ton placard." »

« Tu vois, *nene*, de ce que je comprends, les historiens remarquent un glissement du sens de *coming out* au milieu des années soixante. Après Stonewall, *coming out* restera à jamais lié au fait de "sortir du placard", synonyme de squelettes, d'isolement, de claustrophobie. Mais dans les décennies précédentes, il n'était pas assimilé au placard. Le sens premier de *coming out* vient des bals de débutantes, celles de l'élite noire comme de l'élite blanche du Sud. On faisait son *coming out* dans un monde qui vous attendait. On annonçait son arrivée, peut-être au sens propre, au bal. Le bal costumé des travelos. Ou alors on s'aventurait au point d'eau fréquenté par les tapettes du coin. En tout cas, on faisait son entrée. On se révélait.

– Tu crois que Zhenya aurait pu écrire ce livre pour toi, Juan ? Pour l'enfant que tu étais ? Ou pour le jeune homme qu'elle savait que tu deviendrais ?

– Tu aimes cette histoire ?

– Tout y est, non ? Allez, continue. »

« Chacun selon ses capacités pour les besoins de chacun. Guenon va cueillir des bananes pour calmer la faim du garçon. Éléphant le hisse sur son dos. Ils ne cessent de lui demander ce qu'il veut, comment ils pourraient apaiser ses peurs, mais le garçon ne sait pas vraiment mettre des mots sur ce sentiment d'étrangeté, ni sur son malaise, qui est quelque chose d'existentiel. "Vous êtes tous très gentils, mais j'ai quand même un peu peur – c'est très haut, ici." Hyène le distrait par son humour, elle lui apprend à rire de façon queer, à rire jusqu'au fond de l'abîme.

« Ils forment une procession pour ramener le garçon chez lui.

« "Moi, annonce Guenon, je vais monter sur le dos d'Éléphant avec plein de bananes pour le petit garçon." Clins d'œil et sourires.

« "Et nous on fermera la marche, disent Lion et Léopard.

« "Et moi, je materai tous vos culs de derrière. Hou hou hou !" Hyène souligne avec moquerie combien il serait facile de retourner ces deux soi-disant *studs*.

« En chemin, ivre, Hippo glisse sur une peau de banane. Les rires fusent, ce qu'il n'apprécie guère. Il décide de repartir vers le point d'eau. Il a besoin de se désaltérer. "L'eau va me faire du bien."

« Les autres découvrent une maisonnée immense et inquiétante. Le garçon explique qu'il s'agit de ses parents, de ses frères et sœurs, de ses oncles et tantes, et de tous ses amis. "Ils sont tous là !"

« "Mon Dieu, tu es sûr de toi ?" demande Éléphant.

« Les animaux et le garçon restent à l'écart, ils écoutent. La famille s'imagine que le garçon a été kidnappé. Ils ne croient pas qu'il puisse avoir fugué ou s'être perdu.

« "Ils disent qu'ils vont retrouver et punir le coupable." Des frissons parcourent le groupe. Ils connaissent la musique. Ils chuchotent, ils s'inquiètent. Dans sa naïveté, le garçon leur assure qu'il n'y a pas de problème. "Vous êtes mes amis, je veux que vous rencontriez mes parents et..." Mais les animaux ne le laissent pas terminer. Ils commencent à paniquer. Ils discutent tout bas entre eux, ils doivent partir, et vite.

« "Petit, ça te dérange si on ne fait pas la connaissance de ta famille aujourd'hui ? Je suis très inquiet pour Hippo, je pense que nous devrions rentrer", dit Éléphant.

« Le petit garçon comprend. Il doit faire le reste du chemin seul. Mais comment les animaux sauront-ils qu'il est arrivé à bon port ?

« "Je vais rire comme toi, Hyène", dit le garçon.

« Bien sûr. L'histoire s'arrête là, le garçon rejoint sa famille, les animaux ont hâte de retrouver la sécurité relative du point d'eau, mais ils attendent quand même le signal du garçon. Et tout à coup, ils entendent, sans équivoque, l'affirmation de la tapette qui n'a plus peur ; cet aboiement aigu et joyeux ; ce glapissement de charognard. Ce cri de reconnaissance queer, le rire reconnaissable entre mille de la hyène. »

IV

LE PALAIS
À 4 HEURES
DU MATIN

Sortant de la Coop Résolue

des hommes en bleu de « travaux » entrent
dans le soir qui monte
longues ombres de brume bleuâtre virant or et rose
près du lac Sodome (était-ce que n'importe
quel nom biblique
était un nom qui allait ?) et des garçons matent
sans honte
et sans hostilité pas du tout ce que l'homme
du bus fuyait
après son affaire d'un jour et il parle tout excité du
« piège à queue portoricain et adolescent » et
« C'est possible de *se faire* New York ! »...

JAMES SCHUYLER, « Now and Then »

Et là j'ai senti, ou perçu, dans le pourpre sombre du ciel sourd, que nous étions dans l'opposition la plus intense de la nuit, ce moment où il est difficile de croire que le jour surgira de nouveau.

« Psst. *Nene.* Tu dors ?

– Jamais, Juan.

– Alors garde les yeux fermés.

– Ils sont ouverts, Juan. Je me demandais quelle heure il était. Tout est si noir et si calme. L'aube se lève de plus en plus tard, tu n'as pas remarqué ? Si tu veux, je peux aller ouvrir les rideaux. D'après moi, il est trois ou quatre heures du matin. On pourrait peut-être voir les étoiles.

– *Le Palais à 4 heures du matin.* D'où ça vient ?

– Aucune idée.

– Laisse les rideaux comme ça. Ferme les yeux. Raconte-moi l'une de tes histoires de pute, mais sous la forme d'un film.

– D'un film ?

– Tu as lu Puig ?

– Non, je ne crois pas. Mais Liam et moi, on se racontait souvent des films la nuit. J'ai dû te le dire, Juan, non ?

– Arrête de répéter mon nom comme ça.

– Comment ?

– "Au Palais, à 4 heures du matin, on passe d'une pièce à l'autre par les murs." D'où ça vient ?

– J'aimerais bien voir les autres pièces.

– Il faut vraiment que tu apprennes à connaître les fées qui se sont penchées sur ton berceau. Puig, Piñero et les autres. Surtout les pièces de théâtre. Qu'est-ce que tu feras quand tu rejoindras ces éminents *maricones* en enfer ? Tu seras très gêné de ne pas les connaître.

– J'imagine qu'Albee, ça ne compte pas, ni Tennessee Williams ? *Flores para los muertos* ?

– Ils ont creusé un endroit là où il n'y avait pas d'endroit. Mais raconte-moi un film. Les yeux fermés. Pose-toi le temps d'élaborer ton intrigue.

166

– D'accord, Juan… Tu sais, en fait, j'ai un peu lu Piñero. Mais peut-être pas assez pour le reconnaître en enfer…

– Pour l'amour du ciel, *nene*, prends ton temps. »

Une rue bordée de brouillard. Un réverbère. Un jeune homme et un autre homme, plus âgé, un peu plus grand, barbu, le nez rougi par la couperose. Ils discutent dans le halo de lumière. Le plus âgé semble faire des avances au plus jeune, ou bien le contraire, mais la situation finit par se clarifier : le vieux propose de l'argent au jeune, soixante-dix dollars, pour qu'il pose en couche-culotte.

Cut sur une vieille demeure victorienne à trois étages. Le vieux habite au dernier, l'ancien étage des bonnes, et le gamin lui emboîte le pas dans l'escalier de service en colimaçon. Leurs chaussures claquent et le bruit résonne contre les murs. Pas précipités, une force indomptable.

Le type barbu a tout un tas de clefs pour tout un tas de serrures, et lorsque la porte s'ouvre enfin, le gamin s'avance en chancelant et s'effondre sur le lit.

« Tu m'apporterais un verre d'eau, s'il te plaît ? » demande-t-il.

« Comment il s'appelle, le gamin ?

– Appelons-le Sal. Un diminutif de Salvatore.

– Il picole ?

– Chut, Juan, écoute. Oui, un peu. »

Le gamin est affalé en travers du matelas, bras et jambes écartés, il prend toute la place. Le barbu revient au bout de quelques instants avec un gobelet rempli à ras bord. Sal doit se redresser pour attraper délicatement le verre à deux mains. Il tend le cou afin de boire sans en renverser. L'homme l'observe longtemps, puis s'assied au bord du lit, comme intimidé, et entreprend de délacer ses chaussures.

Il dit : « Tu es un gentil garçon, hein ? » en se tournant brusquement vers Sal pour le dévisager.

Sal demande au type de le sauver, mais ne le dit pas à voix haute. Il le dit avec les yeux et des airs timides.

C'est une couche-culotte pour adultes, genre pour le troisième âge, même si, bien évidemment, l'idée, c'est que Sal fasse le bébé et se comporte comme tel – en fin de compte, il n'enfile jamais cette couche. Il se déshabille lentement, déshabille le barbu encore plus lentement, le fait rouler sur le ventre et lui grimpe dessus. Il n'y a pas de musique, pas encore, uniquement les bruits classiques : ceux des mouvements des deux hommes sur le lit, des cris en provenance de dehors qui entrent par la fenêtre ouverte. Le vieux souffle comme un bœuf, Sal plonge ses doigts dans ses cheveux bouclés. Leurs corps sont vrais, ce ne sont pas des corps de stars de cinéma ; le type est un Blanc un peu adipeux, il a des taches sur la peau, et le gamin n'a pas l'air très défini, même s'il est mince et jeune. Le sexe est réel, la pénétration n'a rien de facile, à un certain moment, le type doit arrêter le garçon pour lui dire de rajouter de la salive ; tout ça est un peu maladroit, pourtant ça reste assez excitant. Bientôt, l'homme crie, ils jouissent, cut sur le titre :

AFFAMEZ UN RAT

Musique de film. De la musique classique. Douce, charmante. Cut sur un flash-back : Sal est assis au bord d'une rivière avec une bande de filles au clair de lune, toutes rient, ou plutôt l'une fait rire les autres ; elle imite un chien qui grogne sur Sal. Zoom sur ses lèvres étirées et maquillées d'un rouge à lèvres sombre qui révèlent ses dents étincelantes et le rose de sa bouche. C'est tout. Retour à l'étage des bonnes, la musique se poursuit.

« Quelle est cette musique ?
– Je ne suis pas calé en classique. À toi de me le dire.
– Du Satie.
– OK.
– *Nene*, franchement, un flash-back à l'instant de l'orgasme ?

– Quoi, c'est trop rebattu ? Elles sont importantes. Ces filles.

– J'imagine. Si elles surgissent comme ça.

– Tu as raison, je devrais les laisser en dehors de ça.

– Non, non. Maintenant qu'elles sont là, elles sont les bienvenues. Continue. »

Le barbu s'éloigne de sa platine pour rejoindre le lit – c'est sa musique qu'ils écoutent, Satie. Sal se couche sur le dos, le type grimace en se remettant au lit et s'allonge près de lui. Ils observent le plafond, qui culmine au centre, et plonge en mansarde jusqu'au sol.

« Tu te souviens de la première fois que tu as croqué dans un épi de maïs ? demande Sal. Tu te souviens de la sensation ? Comme si ça contenait tout ? La douceur du maïs juteux, le beurre chaud, ces petites peaux qui se coincent entre les dents ? Tu te souviens ? La première fois que j'ai goûté à un épi de maïs, je l'ai recraché, j'ai tout recraché sur la table. »

Le barbu rit sans bruit en expulsant de l'air par le nez.

« J'aimerais qu'on me surprenne, continue Sal. Tu aimes les surprises ? »

Le type ne répond pas. Tous deux restent un long moment silencieux : leur souffle se fait plus lent et plus profond. Dans leur poitrine, leur cœur et leurs poumons se chargent de faire circuler le sang et l'air avec régularité. Sal calque sa respiration sur celle de l'homme et trouve son rythme. Le disque s'arrête. Zoom sur Sal qui s'endort ; des voix et des bruits montent de la rue, résonnent dans l'esprit de Sal, le visage de la jeune fille qui grogne comme un chien commence à réapparaître, de même que la rivière ; les images et les sons s'agencent pour former les prémices d'un rêve…

« Tu ne peux pas dormir ici, dit le type, et Sal rouvre brusquement les yeux.

– Qui a dit ça ?

– Gamin, quel âge tu as ? Même pas dix-neuf ans. »

Le gamin a dix-neuf ans.

170

« *Je suis un nouveau-né, dit-il en insistant lourdement. J'suis même pas né.* »

Le barbu rit de son rire sans bruit.

« *Pourquoi tu ne me dis pas la vérité ? Raconte-moi une histoire vraie* », *demande-t-il.*

Sal donne l'impression d'être prêt à l'embrasser.

« *Dis-moi quelque chose sur ton père, l'encourage-t-il. Arrange-toi pour que ça soit horrible.* »

Sal donne l'impression d'être prêt à le terrasser à coups de baisers. Pourtant, il se contente de parler d'une plage sur laquelle son père et lui ont un jour marché jusqu'au bout, jusqu'à un vide fait de silence.

« Encore un flash-back ? J'espère qu'ils ne vont pas passer tout le film à papoter au lit. Toi et moi, c'est déjà bien suffisant.

– D'accord. Ils vont bientôt se lever.

– Bravo !

– Mais, Juan ? Je ne vais jamais revenir, hein ? Parce que... il n'y a pas moyen de quitter... ce...

– Chut. Le film commence. »

Flash-back : une plage. D'abord les gens, les serviettes, les radiocassettes, les bouteilles de bière couvertes de sable et de perles de condensation, les vendeurs de mangues, les sauveteurs en tenue orange, et puis, au loin, le garçon et son père. La caméra prend tout son temps pour les rejoindre jusqu'à faire sur eux un plan serré. Le soleil est en train de se coucher, le vent se lève. Le père dit qu'ils pourraient s'imaginer n'importe où, sur n'importe quelle plage dans n'importe quel pays, y compris une île qui n'a pas encore été découverte. Le garçon est pieds et torse nus, il a froid, il ne porte qu'un petit maillot de bain récupéré je ne sais où. Le père a un short bleu ciel très court avec des poches à pression et une braguette à Velcro qui ne passe pas inaperçu.

Le garçon questionne son père sur l'époque avant sa naissance, et son père lui demande de ne pas oublier qu'il était lui-même très jeune – l'âge d'être un voyou – quand il est devenu père. Puis d'autres questions de ce genre et des réponses de ce genre. Une grande partie de la conversation est emportée par le vent ou noyée par les vagues.

Ils trouvent un hula hoop en plastique décoloré par le soleil, que le garçon commence à traîner dans le sable. Ils marchent jusqu'à atteindre les restes d'un feu de camp. Le garçon plonge la main dans les cendres et y découvre des canettes en aluminium brûlées ainsi que des capsules de bouteilles. Puis il passe ses doigts noirs de charbon sur son corps et y dessine des zébrures. Le père fait un carré avec ses doigts comme si c'était un appareil photo.

« Qu'est-ce que tu sais faire avec ça ? demande le père en indiquant du menton le hula hoop.

– Je suis capable de le faire tourner autour de mon cou, répond le garçon.

– Laisse-moi te prendre en photo. »

Cut sur le lit. Sal dit au barbu : « Essaie d'imaginer mon paps : une touffe de poils frisés sur le torse, de gros tétons comme des cônes mous, et l'un de ces shorts avec des poches à bouton-pression. Essaie d'imaginer à quel point il était costaud. Maintenant, imagine une fontaine sur cette plage – un de ces machins en ciment avec des pierres et des bouts de coquillages incrustés sur les flancs. Et imagine-moi. Pendant tout ce temps, je crois que paps et moi, on se dirige vers la fontaine, mais tout à coup je me souviens que la fontaine à laquelle je pense n'est pas sur la plage, mais sur un sentier forestier ! Je crois que je n'ai jamais eu aussi soif.

– Soif », répète le barbu.

Il a l'air content – et Sal sait quel effet ça lui fait, la façon dont il raconte cette histoire.

Cut sur la plage. Le hula hoop est couvert d'une fine couche de sable qui griffe le cou du garçon en tournant, pourtant on dirait qu'il fait ça depuis toujours. Paps met longtemps à trouver un angle, il s'accroupit,

puis se dresse sur les orteils, approche d'un côté, de l'autre. Pendant tout
ce temps, le cerceau ne cesse pas de tourner.
  Sal dit au barbu : « Tu vois paps ? Il rigole. Je ne l'ai jamais vu rire.
Il n'arrête pas de me dire que j'ai l'air d'un petit sauvage. Un petit
sauvage, il répète encore et encore, et rien d'autre : "Un petit sauvage."
Alors je continue. Mais le problème, c'est que je finis par m'étrangler avec
le cerceau, j'ai de plus en plus le tournis, alors que lui, il est aux anges. »

  Cut sur le lit, Sal se tourne vers le type. « Sauvage, il répète, j'ai soif,
je suis en colère et j'ai peur, mais il prend des photos et il rigole, alors je
continue à m'étrangler. » Le type se tourne sur le lit et imite la pose de
Sal ; il regarde le gamin droit dans les yeux.
  « Pour lui ?
  – Pour lui.
  – Tu es un gentil garçon, hein ? »
Sauve-moi, *dit Sal.* Il demande d'être sauvé.
Ils s'endorment. Fin de la scène.

  « Tu parlerais vraiment comme ça ? À tes amants ? "Sacrebleu, j'ai
que de l'opossum à me mettre sous la dent depuis des jours."
  – Oui, Juan. Parfois, oui.
  – Et ça a marché ?
  – Seulement quand j'y croyais moi-même à moitié... ce qui était
tellement facile que c'en était gênant.
  – Continue, *nene.* J'aime bien ton film. »

  Le lendemain, ils sont toujours au lit. Le barbu tend la main à Sal et
lui dit pour la première fois son nom : Norwood. Il explique que c'est le
nom du village de son père. Sal lui répond que, dans ce cas, lui devrait
s'appeler Brooklyn, ou plus exactement Gowanus. Alors le type commence
à l'appeler comme ça. À partir de ce matin-là et durant tout le film,
il l'appellera Gowanus, parfois Petit Go-Go, et parfois simplement G.
  Dans l'appartement de Norwood, les sous-pentes sont barrées de poutres
en bois très solides et très anciennes, et bien que le gamin ne voie que

des têtes plates et rouillées, Norwood lui explique que les clous qui les maintiennent sont carrés et pas ronds, et tous façonnés à la main par un forgeron.

« Je suis pas fan des vieilleries, dit-il à Norwood, qui le regarde en clignant des yeux. Je suis pas ce genre de gars. »

Norwood tend ses vêtements au gamin et va prendre une douche. Sal s'habille, défroisse le drap-housse et rabat la couette. La cuisine est exiguë, il y a de la vaisselle dans l'évier et une minuscule fenêtre avec quatre carreaux. Le gamin se retrousse les manches puis se met au boulot. Il cherche à s'attirer les bonnes grâces du vieux. Il se retourne sans cesse pour comprendre la routine matinale de Norwood. Celui-ci revient, les cheveux mouillés et une serviette autour de la taille, soulève le couvercle en plastique de la platine et met un 33 tours – une femme avec une voix désagréable qui cherche par tous les moyens, et sans aucune gêne, à paraître agréable. Sal ouvre les placards, trouve du café et le prépare. On voit Norwood regarder d'un air pensif la grande couche-culotte intacte et la ranger dans le tiroir inférieur d'une commode.

Pas sauvage, pas culotté ; le gamin veut être agréable.

Il y a des tasses de différentes tailles et couleurs, il en choisit une pour Norwood et une pour lui. La façon dont il prend la tasse montre qu'il réfléchit au long terme. Puis Sal, qui est en train de faire cuire des œufs, commence à expliquer qu'il voyage léger. Tout ce qu'il possède pour l'instant, c'est des vêtements dans un sac polochon en toile. Le sac est tellement plein qu'il a dû louer deux consignes à la gare routière pour y répartir ses affaires.

« J'aimerais bien me poser, dit-il, mais lorsqu'il se retourne, Norwood est passé dans l'autre pièce – il n'a pas entendu. Quel âge tu as ? » lance Sal.

La barbe du type est un peu grise, son nez marqué par la couperose, il a de la bedaine, des poils à l'intérieur des oreilles, mais ses cuisses et ses fesses sont fermes et musclées. Sa platine et ses chanteuses folks sont un peu datées mais c'est tout, alors pas facile de savoir sous quel angle le prendre.

Norwood revient dans la cuisine, prêt pour sa journée. Il regarde les œufs en train de cuire.

« Après, annonce-t-il, je te raccompagne en bas. »

Norwood ne dit pas ça avec amertume, en revanche, le gamin lutte sans cesse, et violemment, contre sa propre amertume. Sal lui demande s'il se souvient de l'histoire qu'il lui a racontée la veille. Les doigts de Norwood forment le carré d'un appareil photo qu'il porte à son visage. Il appuie sur le bouton et dit : « Clic.

— Non ! »

Le gamin frappe du poing sur le plan de travail et, ainsi, perd cette bataille.

« Ne me prends pas en photo. Ne fais pas comme mon père. Ne me raccompagne pas en bas. »

Cut sur Sal et les filles au bord de la rivière, tous très sérieux maintenant. Elles regardent l'eau fixement tandis qu'une voix off explique :

« Mes amies et moi, on jouait à un jeu appelé Deux vérités et un mensonge, mais le truc, c'était de dire trois mensonges, ou trois vérités, sans se faire attraper : Prends-moi en photo. Fais comme mon père. Laisse-moi rester ici.

Une ville peuplée de Blancs, les filles étaient toutes des Blanches, et des dures. Ces soirs-là, on partageait une bouteille qu'on avait chapardée et on ne se regardait pas ; on regardait la rivière. Ce n'étaient pas des petites vérités ou des petits mensonges, c'étaient des choses horribles. Parfois, quand quelqu'un finissait de parler, il y avait un silence si profond et si douloureux que le seul bruit, c'était celui de nos lèvres qui tiraient une bouffée sur le filtre de cigarette avant de la recracher dans la nuit. Ce qu'on disait, il fallait le dire, il fallait raconter ce sentiment de perdition, ce désespoir et cette méchanceté, chaque histoire concernait notre famille, et si on cherchait un peu dans nos familles, il y avait les pères, ces hommes à moitié fous — la faute à leur esprit ou aux esprits —, méchants à cause d'un travail de merde, de leur corps brisé. Et du sexe. On regardait la rivière, nous autres imbéciles assis en rang d'oignons, et on savait que cette rivière ne s'assécherait jamais — tout ça était très nouveau, très proche de moi, tout le temps. »

« Tu veux dire qu'en plus des flash-back, maintenant il y a une voix off ?

– D'accord. Peut-être que rien de tout ça n'est vraiment nécessaire. Peut-être que le gamin reste dans la cuisine, en transe, et qu'il sombre dans un trou noir. »

Cut sur Norwood qui pose une main sur l'épaule de Sal. Sal sursaute.
« Assieds-toi, dit Norwood. Attends. Tu as fait du café. »
Le gamin croise les bras et avance la lèvre d'un air boudeur.

« De toute façon, G, hier soir, j'avais envie de te demander quelles questions tu lui posais, à ton père, dans ton histoire, j'avais envie de savoir. »
Le gamin retrouve le sourire.

« Tu as aimé mon histoire ? demande-t-il en essayant de prendre un air timide. Tu as vraiment envie de savoir ? »
Le café est amer. Il prend la tasse de Norwood et la vide dans l'évier avant qu'il puisse le boire. Fin de la scène.

« Un sale gosse.

– Bien sûr, Juan. Mais à cette époque, à mon niveau, il n'y avait qu'un seul moyen pour qu'un type tombe amoureux de toi : lui en faire voir.

– Lui en faire voir ? Une bonne idée… Entre jeu et violence inutile. C'est donc ça le secret, hein ? Si j'avais su…

– Dans le lit et hors du lit, tout le temps, lui en faire voir. »

Nouveau plan. Le gamin continue à gagner sa vie comme avant, Norwood se moque de lui en disant que c'est le plus vieux métier du monde. Le gamin conclut un marché avec Norwood : il ira passer un examen médical tous les quinze jours, mais il ne le fait pas. Ce gamin est capable de gros mensonges.

On le voit avec des hommes différents, des fétiches différents, mais tous se ressemblent, tous sont du même genre. C'est un jeune homme de dix-neuf ans qu'ils paient – mince, avec un visage poupin, mais émotionnellement déjà vieux et furieux (quoique pas encore aigri), ce qui signifie qu'il sait faire le lapereau vulnérable avant et après, mais aussi avoir l'air méprisant et dégoûté en plein acte. Tous sont blancs, absolument tous. L'origine ethnique du gamin est ambiguë, sans évidence. Ils demandent : « Tu as du sang égyptien ? » « Oui ! » « Dominicain ? » « Oui ! » Le gamin abaisse les sourcils et demande : « Comment tu as su ? » Et il apprend plein de choses au sujet de la géographie et de la géopolitique : ces hommes sont fiers d'avoir vu juste et ils adorent lui parler de ces pays dont il est originaire.

Les origines, les origines, on connaît la chanson. Ils jouent à un jeu dont ils ne se lasseront jamais, en sales gosses inépuisables qu'ils sont, et le gamin, lui, se pavane, prend la pose et se fout de leur gueule, mais il a envie, et besoin, d'être agréable.

Seul Norwood connaît la vérité : la petite ville, la rivière, les filles blanches et dures à cuire. Autre flash-back : il décrit à Norwood l'endroit où ils s'asseyaient, cette dalle en béton coulée sur une canalisation. On voit l'eau de pluie dégouliner dans les caniveaux reliés à la canalisation, puis la bande atteindre la dalle et regarder l'eau couler dans la rivière. Un joint circule. Sal a des problèmes avec les gars blancs et baraqués dans les couloirs du lycée, sur les petits chemins et dans l'unique restaurant de la ville. C'est une cible facile pour toutes les munitions que ces garçons ont en réserve. Ses amies comprennent, mais elles connaissent ces garçons depuis toujours et elles ne veulent pas renoncer à eux. Elles voudraient qu'il traite ça par le mépris ; elles montrent à Sal comment traiter ça par le mépris, lever les yeux au ciel, faire un doigt d'honneur et cracher – on sent qu'aucune de ces options n'est envisageable pour lui. Aucun de ces garçons ne s'en prendrait jamais à une fille en public, en revanche, les types comme Sal se font attaquer et réattaquer et humilier. Il a envie de dire ça, mais il se tait et baisse la tête. Il aime bien ces filles, et il veut qu'elles le sachent. Il n'y a pas de doute, c'est un pédé, tout le monde le sait, pourtant une fille l'emmène dans les bois au-delà de la canalisation pour lui apprendre certaines choses. Il introduit sa langue dans sa bouche, il glisse ses doigts dans sa culotte, elle essaie de *lui montrer ce qu'il faut faire ensuite, mais il s'éloigne, il lui dit qu'il est trop défoncé pour bander.*

« Et qu'est-ce qui lui arrive, à cette bande, *nene* ? Elle s'en sort un jour ? Ils quittent tous la ville ? »

Cut sur Sal et Norwood dans un bar. Le jeune finit de raconter son histoire en expliquant que ce qu'il voulait avant tout, c'était que les filles le protègent, mais qu'il ne pouvait pas toujours compter sur elles, et que parfois, peut-être, il les détestait pour ça.

On sait que c'est le bar où le jeune trouve la plupart de ses clients. Il est placé dans un angle, si bien qu'il forme un triangle. Il a deux murs entièrement vitrés, le troisième, c'est le comptoir, alors souvent les clients tournent le dos au barman et posent les coudes sur le bar de façon à voir ce qui se passe dans la rue. Il y a pas mal de bars dans le quartier, tous bruyants et fréquentés par un public jeune, et dehors il y a beaucoup de types avec le genre de tenue qu'on met pour aller dans les lieux bruyants et fréquentés par des jeunes – jean serré à l'entrejambe, boucle de ceinture brillante et surdimensionnée. La clientèle du bar triangulaire est plus âgée, parfois nettement plus âgée ; dans ce bar, personne ne danse, et c'est pour cette raison, ainsi que pour une autre, plus cruelle, qu'on l'a surnommé Le Cercueil en verre.

Dedans, la musique est douce, agréable, sérieuse et toujours très basse. C'est presque l'heure de la fermeture ; la soirée a été calme, même pour ce genre d'endroit. Au lieu de danser, les quelques hommes encore présents sont assis. De temps en temps, l'un ou l'autre lève le bras pour accompagner un air qu'il aime particulièrement en faisant flotter une main et en mimant les paroles. On dirait qu'il jette un sort. Être assis dos au bar n'est pas très confortable, alors le vieux qui accompagne Sal est tourné dans l'autre sens, mais il ne quitte pas des yeux le miroir incliné où se reflète tout ce qui se passe dans la rue, tous ces travestis qui défilent vêtus de couleurs éclatantes.

« *Qu'est-ce qui lui arrive, à cette bande ? demande Norwood. Certains s'en sortent un jour ? Et quittent la ville ?* »

« Très mignon, *nene*. Ça ne me dérange pas que tu me taquines. Mais là, c'est comme si le film était déjà fini. Tu as sauté trop d'étapes. Il en faut davantage pour comprendre la relation entre eux deux.

— Norwood et le gamin ?

— Exactement.

— Bon, d'accord, j'ai peut-être omis le milieu du film. On les voit souvent s'embrasser. On voit Norwood demander au gamin de moins se servir de sa langue. Certains soirs, Norwood fait un petit signe de tête en direction de la commode où il garde cette ridicule couche-culotte et demande s'ils pourraient réessayer, mais le gamin attrape le visage de Norwood, le tourne vers lui et le réduit au silence avec des baisers. Norwood est créateur de bijoux. On a l'impression qu'il gagne assez pour habiter dans un plus grand appartement. Il part chaque matin pour se rendre à son bureau, ou à son atelier, ou quel que soit le genre d'endroit dans lequel on crée des bijoux.

— Quelques images de lui au travail, ça serait pas mal.

— Oui, avec des petits marteaux, des pinces et l'un de ces monocles loupes avec une lampe frontale. Des trucs comme ça. Chaque matin, Norwood fait sortir le gamin ; il ne l'autorise pas à rester tout seul chez lui. Norwood l'encourage à ne revenir que dans la soirée, après le dîner. En général, il leur sert un gin tonic et ils discutent. Sal lui parle de sa ville, de son groupe de copines dures à cuire, de son paps. Le sac polochon est dans un coin près du lit, ses vêtements à moitié sortis et étalés un peu partout, et parfois, à son retour, il retrouve tout dans le sac, le sale mélangé au propre, le sac fermé par son cordon. Sal imagine qu'un soir, à son retour, il découvrira ses vêtements lavés, pliés et rangés dans des tiroirs. Dans le lit, il laisse Norwood l'appeler son fils, son petit garçon.

— *Nene*, continue ta scène de bar. »

Intérieur : Le Cercueil en verre. *Norwood et Sal sont au bar.*
« *Quitter la ville ? Et pour aller où ?* » *Le gamin s'agite, hausse le ton.*
« *Ici ? Ici ?* »

Un autre vieux, assis de l'autre côté du gamin, donne un petit coup de coude à Sal. Le regard de Sal se porte sur le coude, puis sur la manche du pull en cachemire jusqu'à la main veinée de bleu qui tient le verre, la bague en or à l'auriculaire, et termine sur le visage du vieux.

« Cet homme t'embête ? demande le vieux en désignant Norwood.

– Peut-être. »

Sal rit. Son paps aurait parlé de jugeote.

« Vous savez quoi ? Offrez-moi un verre, et je vous laisserai m'embêter aussi.

– Hum », lâche le type.

Il jauge Sal du regard ; le gamin ne vaut pas grand-chose. Ce n'est pas de la jugeote, c'est de la gloriole. L'homme se tourne vers le barman.

« Je ne sais pas pourquoi vous acceptez ces gosses ici ; celui-ci n'est sans doute même pas majeur.

– Il ne pose pas de problème, dit le barman.

– Ça me déprime.

– Il ne pose pas de problème », répète le barman.

« Oh, j'ai oublié, mais dans le plan précédent, on voit le barman suivre le gamin aux toilettes et le plaquer contre un mur en farfouillant dans son caleçon tandis que le gamin regarde droit devant lui sans un mot, crispé.

– Il n'aime pas ça ?

– Si, sans doute. Mais de l'extérieur, c'est difficile à dire.

– C'est l'un de ces barmen de cinéma en bretelles ? Avec un torchon sur l'épaule ?

– Bien sûr, mais on ne le voit jamais essuyer un verre. »

Dans le bar, Norwood rougit et se penche vers l'autre vieux.

« Soyez gentil », dit-il au type, et Sal rit d'un air gauche, la tête rejetée en arrière, alors Norwood rougit encore plus.

Puis Sal grogne à l'intention du vieux, et là, flash-back sur la fille avec ses grosses lèvres brun-violet, la caméra recule, et elle est là, cette fille

*magnifiquement dure dans un maillot de corps usé de l'Armée du Salut,
avec ses longs cheveux séparés par une raie centrale et une frange qui lui
tombe devant les yeux. Retour dans le bar.*

« *Dans cette ville, à cette époque, explique le gamin à Norwood, presque
toutes les filles pubères et les femmes trafiquaient leurs sourcils, elles les
sculptaient et les épilaient, mais mes amies avaient toutes des mille-pattes
sous leur frange, et moi j'adorais ça.*

– *Des mille-pattes* », *répète Norwood, ivre.

Le gamin se voûte.

« *Je m'ennuie. On y va.*

– *Tu ne veux pas finir de me raconter la bande dans ta ville ?* » *demande
Norwood pour le taquiner.

On a l'impression que Sal serait capable de continuer sans jamais s'arrêter. Mais on sent que ces filles authentiques issues d'une petite ville ne
méritent pas qu'on les affiche dans un endroit comme ça pour les juger.
Le bar s'est à peu près vidé, le ressentiment de Sal croît, il se dit qu'il n'est
qu'un divertissement. On a envie de le voir descendre de son tabouret et
s'en aller.

Mais à la place, qu'est-ce qu'il fait ? Il contourne le sujet en se mettant
à parler des mères de ces filles.

Il raconte que leurs mères se moquaient toujours un peu de lui, mais que
certaines lui faisaient des sourires entendus. Et ces sourires lui plaisaient.
Elles avaient bien compris qu'il était queer, mais elles le nourrissaient en
lui mettant entre les mains une assiette de pâtes au beurre et au fromage
râpé ou un plat réchauffé au micro-ondes, comme elles l'auraient fait pour
n'importe quel petit copain de leur fille.

Un monologue, à présent. Sal ne cesse de faire tourner son tabouret
pendant qu'il parle.

« Il y avait plein de mères célibataires dans notre ville, des femmes
dures, toutes du même genre. Mes amies et moi, comme n'importe quel
autre gosse de la ville, on savait presque au centime près combien d'argent
notre mère avait dans son porte-monnaie, combien elle gardait dans le
tiroir de la cuisine ou dans une boîte à chaussures au fond du placard ;
on savait si l'électricité avait été payée ou si ça attendait encore ; on*

connaissait le prix de chacun des articles qui entraient à la maison, notamment les trucs de luxe qu'on n'avait pas le droit de toucher, le savon Dove ou les boîtes de beignets au chocolat, le bain moussant, les crèmes et les lotions. On savait combien avait été dépensé en cigarettes, en bière, en vin, en loto. On savait d'où venait cet argent – gagné en travaillant à la brasserie, comme serveuse, en faisant les trois huit, en s'occupant d'enfants handicapés ou en faisant des ménages. De retour du boulot, nos mères s'épilaient les sourcils, se faisaient les ongles et se posaient du vernis, elles se mettaient des paillettes dorées sur les lobes d'oreilles, le décolleté, les doigts et les poignets et, comme toutes les mères du monde, parfois, elles tournoyaient devant nous dans le salon, parfumées et coquines, en demandant : "De quoi j'ai l'air ?" avant de filer au bar avec leurs copines. Elles énuméraient les années et les mois passés avec ou sans homme à qui voulait bien l'entendre, leur lien avec chacun, qui était notre père ou pas, leur sexualité brutale, et tout ça planait sur notre adolescence... Mais les genres, les genres », dit-il.

Le monologue prend fin.

Sal fait flotter son bras au rythme de la musique qui passe dans le bar.

« Et à quoi il pense ? Il est dans quel état d'esprit ?
– Je ne sais pas, Juan. Sans doute qu'une part de lui est gênée par son côté sentimental, et qu'une autre se dit : *Comment reprocher à quelqu'un d'avoir besoin d'amour ?* »

Retour dans le bar, Norwood, toujours taquin, dit :
« *Il est arrivé quelque chose à cette bande. Il t'est arrivé quelque chose.* »
À côté, le vieux gémit.
« *Pour l'amour du ciel* », dit-il, *mais sans quitter son tabouret.*
Norwood commande quatre shots de tequila, un pour chaque client encore présent dans le bar, plus le barman.
« *J'ai sonné la cloche pour la dernière commande il y a vingt minutes. Le bar est fermé* », annonce le barman.

Il les sert quand même.

La caméra montre l'extérieur du bar par la devanture, cette rue où les gens marchent en rythme avec la musique qui passe à l'intérieur, alors qu'ils ne l'entendent pas. Ils titubent, crient et se flanquent de grandes tapes dans le dos, pourtant la musique les rend gracieux et fluides, comme dans une sorte de chorégraphie, comme s'ils étaient plongés dedans et flottaient paisiblement sur son tempo.

Changement brutal, plan opposé, la caméra est cette fois dans la rue et regarde par la devanture. La musique s'arrête. On n'entend plus que les bruits agressifs de la nuit : les bars qui se vident, les klaxons, les cris, les basses qui s'échappent d'une voiture qui passe. On voit le gamin, un adolescent qui fait la pute, une anguille au milieu des tortues. Dans la rue, des hommes tournent la tête en passant devant le bar et lui sourient – le même sourire que les mères de ses amies.

Puis retour dans le bar, où le gamin est en pleine lutte interne : il se demande s'il doit garder sa dignité, et comment. Il y a trop de choses à dire, à avouer, trop de bars avec des hommes plus vieux avides de certaines histoires enveloppées dans un paquet-cadeau jeune et désirable. C'est ce qui ressort de la façon dont il regarde le miroir incliné au-dessus du bar, et là, on voit le reflet de la rivière.

Flash-back. L'une des filles lui dit : «Tu te promènes avec une putain d'énorme flèche en néon au-dessus de la tête comme ces motels qui indiquent CHAMBRES DISPONIBLES, *sauf que ton néon à toi, il dit :* IL M'EST ARRIVÉ QUELQUE CHOSE D'HORRIBLE, *et tu fais exprès de garder cette flèche allumée au-dessus de ta tête, tu veux que les gens te demandent quoi, putain, tu veux que le monde entier te plaigne, mais peu importe combien de fois tu racontes ton histoire, ça compte pas, personne comprendra jamais, et ça te suffira jamais.»*

Ce à quoi le gamin rétorque : «J'ai baisé avec ces types.»

Pendant un moment, la bande garde le silence. Puis une fille rit, une autre hoche la tête. Elles sont défoncées.

«Pour l'argent. Pour avoir de l'argent de côté.»

La pluie tombe et creuse des fossettes sur la rivière. Le gamin veut avancer, mais il est piégé ici, avec elles. Il ne quitte pas la rivière des yeux.

« Oh, merde, j'ai oublié une scène qui se passait avant, où le gamin va enfin passer son examen médical. Il a attrapé quelque chose. Norwood va forcément le savoir.

– Et c'était quoi, cette scène ?

– Il n'y a que Sal et l'infirmier, ou l'aide-soignant, quelqu'un comme ça, un homme jeune, qui demande au gamin quelle va être, selon lui, la réaction de son partenaire. Il lui demande ça de façon détachée, par routine, mais aussi par gentillesse. Sal tourne ça à la rigolade : "Oh, il ne va pas me frapper. Il va sans doute se contenter de mettre mes affaires dans mon sac et de le jeter dans l'escalier."

– Je vois, le sale gosse de l'acte deux.

– L'infirmier ne trouve pas ça drôle, mais Sal insiste, il fait semblant d'être ému. "Et là, qui pour m'aimer ?"

– Avançons. »

Intérieur : Le Cercueil en verre. Le gamin veut avancer. Norwood lui a passé la main sous l'aisselle, comme son père le faisait, pour le tirer à lui.

« Hé, G. T'es en transe ou quoi ? »

Il ne regarde pas le visage de Norwood, il regarde la rivière.

« Santé ! »

Sal, le vieux, le barman et Norwood lèchent chacun la partie entre leur pouce et leur index puis saupoudrent de sel. Et mordent dans le citron vert.

« Après ça, je te dirai la vérité, dit-il. Je vais te raconter une histoire vraie. »

Qui n'a pas envie d'être agréable, de mériter d'être protégé ? La devanture, les filles au bord de la rivière, les travestis tape-à-l'œil, le bar plus bas et l'avenir qui attend, quelques parties de son reflet, tout ça scintille dans le miroir incliné.

*Le film se termine sur cette scène. On suit Norwood et Sal hors du bar,
dans la rue, puis dans l'escalier jusqu'à l'étage des bonnes, où le gamin
enfile la couche-culotte et pleure comme un bébé.*

« Sur son sort ?

— Oui, Juan. Sur son sort. »

Starve a rat today.

New York City Department of Health

« Mais, *nene*, d'où vient le titre du film ?

– C'est vrai, désolé. Tu te souviens du début, quand le garçon marche sur la plage avec son père, qu'on n'entend pas ses questions, uniquement les réponses du père ? Eh bien, la dernière chose qu'il lui dit, c'est qu'à Brooklyn, à Gowanus, dans la cité où le père a grandi, il y avait un peu partout des panneaux pour demander aux résidents d'être vigilants et de bien mettre le couvercle sur leur poubelle. Sur les panneaux, il y avait écrit : AFFAMEZ UN RAT AUJOURD'HUI. L'idée, c'était que, si on juge quelqu'un à ses fréquentations, et que ce quelqu'un est une saloperie, eh bien, il attire les rats, alors quel genre de garçon il était ? Et quel genre d'homme il voulait devenir ? Le gamin avait intérêt à apprendre à tenir sa langue. »

Résumé:

████████ Tendency to femininity ██████████████████████.
Mother dominates father.
████████████. Attached to mother. Helped her ████████████ Called
sissy. ██
████ nauseating.
██
████████ decidedly ████████████████.
████████████ Homosexual ████████████████████████████████████
████████████████████████████████

DENNIS C.

General impression:

On a hot afternoon ████████████ Dennis comes ████████████████ neatly
██ with prominent ████████
████████████████ trousers, apparently unaware of the ████████████
████████████████ mincing ████████ rotatory swaying of his hips ██
████████ coy ████████████████████ and unclear ██
████████████████ why he has always been called ████ Neverthe-
less ████████████████████████████████ he is delicate and
chivalrous ████████████████████████ he permits ████████████
freer play ████████████████████████████ the gayest of the "queens."

Dennis has a gracile body ██████████████████████████████████
██ his embarrassment.
His capacity for grace ██
████████████ the small, but firm ████████████████████████████
████████████████████████████ pink cheeks ████████████████████
████████████ long lashes ████████████████████████████████████
████████████████████████ health ████████████ in his face, a little
more than might be expected ████████████████ It is probable also
that ████████ an old lover ████████████████████████████████████.
████████████████████████████████ of his youthful zest.

████████████████
██ Protest ██

V

EL CALDERO

et la Reine, la Sorcière qui allume sa braise
dans le pot de terre, ne voudra jamais nous
raconter ce qu'elle sait, et que nous ignorons.

ARTHUR RIMBAUD, « Après le déluge »

À force de recherches, Juan avait fini par retrouver le nom de jeune fille des deux femmes : Zhenya Gay s'appelait autrefois Eleanor Byrnes, et Jan Gay, Helen Reitman. À partir de là, il avait pu commander des microfiches, et ainsi tomber sur certaines mentions dans des journaux locaux, mais uniquement sur Jan. Tout ce qu'il a pu apprendre de Zhenya, ç'a été par l'étude de ses livres illustrés, où il cherchait des petits indices autobiographiques cryptés dans les textes et les dessins, des scènes de révélation érotique où un enfant queer découvre quelque chose sur lui-même dont il n'avait aucune idée.

"Oh, you mean squirrel, you!" squeaked Carolyn. "I'll pull your tail and I'll pull your ear, too, you silly squirrel, you!" And she did.

And then Sarah and Carolyn really lost their tempers. There was a great deal of pulling and squeaking and chattering. Even bits of fur floated about. Suddenly Sarah and Carolyn stopped quarreling and just looked at each other. Then they ran to their homes, Sarah up the tree and Carolyn into the tiny hole in the ground.

Elles s'étaient rencontrées en 1927, l'année de naissance de Juan, sous les prénoms de Helen et Eleanor. Peu après, elles s'étaient « mariées » en privé, et en secret. Eleanor avait brièvement pris le nom de famille de Helen, Reitman, avant que toutes deux ne décident qu'il leur fallait une réinvention plus radicale. Eleanor Byrnes est ainsi devenue Zhenya Gay, et Helen Reitman, Jan Gay.

Zhenya est un diminutif russe, et un surnom au genre indéfini. Tout comme Lesley, le prénom Jan a changé de connotation de genre au fil du temps. Dans son enfance, dans le lieu où elle avait grandi, le Midwest au début du vingtième siècle, ce prénom était plus fréquemment attribué à des hommes, puisque c'était l'équivalent scandinave de John (prononcé *Yahn*).

Pendant leurs voyages aux Caraïbes et en Amérique centrale, elles ont écrit ensemble leur premier livre pour enfants, *Pancho and His Burro*, qui racontait l'histoire d'un petit garçon à la peau foncée. D'autres ont suivi, et Zhenya a également écrit avec une autre femme, une peintre, un ouvrage intitulé *Manuelito of Costa Rica*. Les superbes illustrations de Zhenya magnifiaient leurs ouvrages, qui trouvaient facilement preneur chez un éditeur ; Jan participait au récit et Juan leur servait de modèle. Le couple aimait imaginer d'autres vies pour cet enfant, leur protégé, ce petit garçon que Zhenya avait trouvé perdu dans ses rêves en pleine rue à San Juan, et que ses parents leur avaient ensuite confié pour la traversée entre son île et les États-Unis, où il devait rejoindre de la famille – un garçon évanescent qui avait brièvement, et affectueusement, été le leur.

L'avantage de choisir un prénom de genre indéfini c'est que, sur le papier – sur la liste des passagers pour leur lune de miel en croisière dans les Caraïbes, par exemple, ou sur la couverture des nombreux livres qu'elles ont écrits ensemble –, leurs noms pouvaient figurer côte à côte et on pouvait leur prêter ou non un lien conjugal. Elles avaient passé plus de temps que prévu aux Caraïbes et, pour les besoins de la traversée vers New York, où elles avaient la responsabilité de Juan, elles lui ont donné à lui aussi le nom de Gay.

« À l'époque, "gay" ça voulait déjà dire gay ?

– Oui, mon garçon. Pour ceux qui savaient. Même si ça voulait aussi dire joyeux.

– Et pourquoi tu as gardé ce nom ? Après avoir perdu leur trace ?

– Qu'est-ce qui te fait penser que ce n'est pas elles qui ont perdu ma trace ? J'étais un enfant. Nous étions arrivés ensemble à New York sur un paquebot en provenance de San Juan. J'imagine qu'elles ont payé pour mon voyage en échange du travail de mannequin que j'avais effectué pour elles, mais personne ne m'a rien expliqué, on m'a simplement dit que j'irais vivre chez un oncle et une tante à Spanish Harlem, même si je ne sais pas si on appelait déjà ça Spanish Harlem à l'époque, ou si ce nom est plus tardif. Quoi qu'il en soit, ces *tíos* de Harlem n'avaient pas d'enfants ; je serais inscrit à l'école, et un jour, bientôt, mes parents, mes frères, mes sœurs et moi serions réunis, mais en attendant, je devais prendre mes études très au sérieux.

– Tu avais quel âge ?

– J'étais petit. Très petit. Je devais avoir, quoi, six ou sept ans ? "Apprends l'anglais", on m'a dit.

– Tu devais être terrifié de quitter ta mère, de quitter tout le monde.

– Je n'avais pas assez de notions de géographie, du temps, de l'espace et de la distance pour comprendre. Et j'étais fasciné par Jan et Zhenya, et par l'idée de voguer sur l'océan…

– Et ce petit garçon à la peau foncée sans nom dans la jungle de *Who's Afraid?* et toutes ces versions de son prénom : Pedro, Manuelito, Pancho, Pablo, ce garçonnet sur lequel Zhenya n'a cessé d'écrire et de dessiner, qu'elle a renommé et réinventé pendant des dizaines d'années, Juan, ce petit garçon toujours doux et féminin, c'est toi ?

– Ce sont des dessins habiles. Tendres. N'est-ce pas ? »

Did you ever pat a baby goat
And learn how soft he feels?
Did you ever watch him walk about
On his four little black high heels?

« D'accord, Juan, je suis prêt, si toi tu l'es. Quel est le titre de ton film ?

– *The Opening of a Door*. Je l'ai volé au livre que lisait Jan à l'époque où j'étais avec elle, pendant cette traversée.

– Toi aussi, tu l'as lu ?

– Oui, mais des années plus tard. Formidablement gay pour l'époque. Mon film n'a rien à voir avec l'intrigue du livre, à part son titre, qui m'est revenu tout à l'heure, dans ce lit, alors que je me demandais comment inclure l'histoire de Jan à ce film imaginé pour toi, et que je cherchais un concept capable de contenir une vie sans véritables limites. »

Intérieur : Brooklyn Hospital, début des années 1930. Première image : une main sur un bouton de porte. La main d'une silhouette dans l'ombre, filmée de dos, on ignore s'il s'agit d'une femme ou d'un homme, car si elle n'a ni bague ni vernis à ongles, elle a pourtant une poigne forte et ferme. La caméra recule : une veste d'homme aux épaules carrées ; elle recule encore : c'est notre Jan. Elle fait tourner le bouton de porte et pénètre dans un bureau, où elle est visiblement saisie par l'atmosphère âcre et enfumée presque irrespirable qui y règne. Zoom sur un cigare, un cubain dans un cendrier sur le bureau, duquel s'échappe la fumée ; la caméra remonte jusqu'au visage du médecin, un septuagénaire aux cheveux blancs avec un visage rose et une barbe blanche. Il se contente de se lever sans faire le tour de son bureau et désigne une chaise.

« Je vous en prie, asseyez-vous », dit-il.

Il a donné rendez-vous à Jan après sa dernière consultation ; il a remonté ses manches et sirote un liquide ambré dans un verre – un scotch. Il n'en propose pas à Jan. À part ce détail, il est excessivement poli. Avant leur rencontre, Jan n'a réussi à glaner sur lui que quelques informations trouvées dans un vieil exemplaire du Who's Who. *Né en 1861, il a fondé le*

Comité national pour la santé maternelle. Et depuis peu, il s'intéresse au problème de l'homosexualité féminine.

Eh bien, me voilà, docteur, *se dit Jan,* tout autant spécimen qu'experte.

« Ce film, ce n'est pas un film historique réalisé de nos jours mais un classique de Hollywood, c'est ça ? En noir et blanc ?

– Si tu veux. »

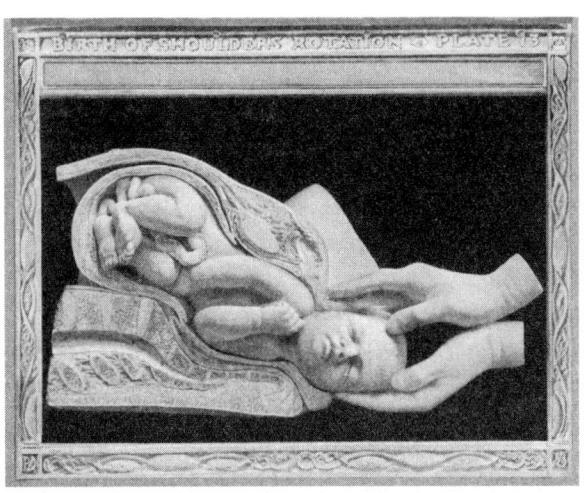

BIRTH OF SHOULDERS ROTATION · PLATE

Pendant la discussion entre Jan et le médecin, lent panoramique dans le cabinet. Sur un mur, une grande planche anatomique de protrusions labiales encadrée qui, Jan doit l'admettre, est plutôt belle. Le plan est assez étroit pour qu'on distingue la signature en majuscules suivie d'un slash : DICKINSON/. D'autres croquis encadrés tapissent le mur derrière : vagins, clitoris, hymens, mamelons et vulves. Une série de plaques sculptées représente les différentes étapes du travail jusqu'à l'accouchement.

« C'est vous qui avez fait tout ça ? demande Jan.

– C'est une passion », répond le médecin.

Dickinson explique à Jan qu'il cherche à rassembler des preuves gynécologiques de l'homosexualité. Il voudrait pouvoir mesurer et dessiner les organes génitaux des déviants sexuels de sexe féminin. Il pense – en se basant sur les quelques croquis et échantillons qu'il a déjà collectés – que ses dessins lui permettront de mettre en évidence les différences physiologiques des homosexuelles et de contribuer ainsi de manière significative à l'élaboration de la théorie sur les causes de l'homosexualité.

« Mais, mademoiselle Gay, je dois commencer par réunir davantage de preuves. »

Il s'écoute parler – inutile de retracer la nature précise de ses théories, il suffit de rappeler que l'époque était marquée par la folie de l'eugénisme. Il évoque les avantages qu'il y a à stériliser les pauvres, et pourtant il assure être jugé progressiste dans sa pratique, comme si Jan l'ignorait, ou ne voulait pas le savoir. Il relate les risques considérables qu'il a pris au fil des ans pour défendre le contrôle des naissances et protester contre la loi Comstock.

« Pire que puritaine, dit-il, non scientifique. »

Il parle avec admiration de Margaret Sanger. Il est un fervent partisan de l'avortement et de l'euthanasie, mais aussi un homme profondément religieux. Il deviendra vice-président du Planning familial, où, en guise de nouveau logo, il proposera une croix, ce qui sera rejeté.

On comprend au visage de marbre de Jan qu'elle n'est pas venue pour ça, mais au sujet de tout autre chose. Au bout d'un moment, elle l'interrompt.

« Mon intérêt pour la vie sexuelle des femmes n'a pas grand rapport avec la reproduction, docteur. »

Il tressaille légèrement, mais un sourire ironique apparaît sur son visage.

« Oui, bien sûr, oui, bien sûr, mademoiselle Gay. »

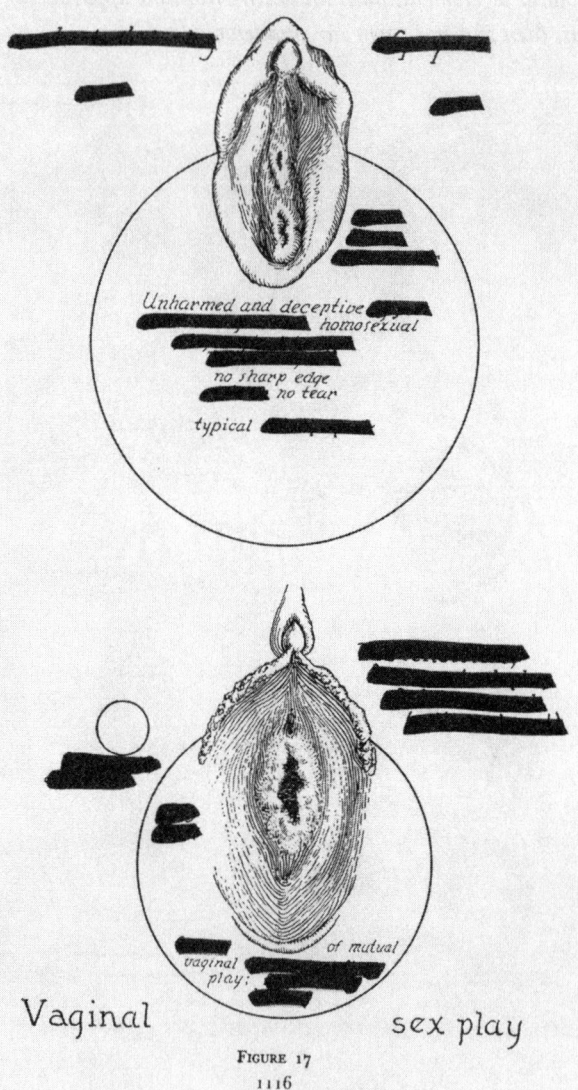

Unharmed and deceptive
homosexual

no sharp edge
no tear

typical

Vaginal   sex play

FIGURE 17
1116

« Juan ?

– Oui, mon enfant. Qu'est-ce qu'il y a encore ?

– C'est quel genre de film ? Un film noir ? Un mélodrame ? Un porno ? Je n'arrive pas à situer.

– Ces interruptions sont un peu hypocrites.

– Désolé, Juan, mais j'ai du mal à croire que tu es ici, dans cette chambre. Quand je ferme les yeux, j'ai l'impression que le récit vient de mon esprit.

– C'est une histoire de fantôme. Garde les yeux fermés.

– Une histoire de fantôme. D'accord, c'est bon à savoir. Merci, Juan. Continue. »

Lors de l'entretien, Dickinson semble vouloir insister sur deux sujets : d'abord, son admiration pour plusieurs lesbiennes et, ensuite, sa conviction que l'homosexualité est une affliction, une maladie, et qu'il est de sa responsabilité, en tant qu'individu intéressé par la santé sexuelle féminine, de faire progresser la science dans le sens d'un traitement et d'une éradication.

« Mais, docteur, pensez-vous que ce soit un péché ?

– Il est de mon devoir d'étudier et de soigner, pas de dénigrer, mademoiselle Gay. Bien que je n'aille pas aussi loin que certains de vos médecins allemands. Je ne vois aucune raison de se réjouir du désordre. »

À un certain moment, Jan ouvre son sac et en sort un manuscrit. Elle annonce à Dickinson qu'il contient la totalité de ses années de recherches.

Les quelques détails qu'elle connaît sur Dickinson, ses réponses, voire son attitude lors de cette première rencontre, montrent qu'il y a de l'ambivalence chez cet homme. Jan est surprise de découvrir une ambition à ce point inavouée et une telle énergie à un stade aussi avancé de sa carrière ; elle se demande s'il ne cherche pas à léguer quelque chose à la postérité. Quant à son attitude à l'égard des lesbiennes, elle s'y attendait : ni empathie ni pitié, mais une certaine curiosité. Dickinson semble être un homme curieux dans tous les sens du terme, or la curiosité peut être utile à Jan. Si bien

que, lorsque le médecin lui demande de lui confier le fruit de ses recherches, elle s'exécute, quoique ce ne soit pas sans quelques réticences.
  « Docteur, c'est mon unique exemplaire.
  – Je vous promets de le lire avec attention. »
  Jan retient son sourire ironique. Elle se dit : Peut-être, peut-être.
  « Revenez me voir, lui dit-il. La semaine prochaine, à la même heure. »
  Puis apparaît le titre :

THE OPENING OF A DOOR

  « Tu vois, chaque scène commence par un bouton de porte qui se tourne. La main sur le bouton peut être ferme ou timide, c'est parfois une main d'homme, parfois de femme, parfois d'enfant, mais toujours une porte s'ouvre. On ne sait jamais sur quel endroit.
  – Un film expérimental. Très chic.
  – Le récit n'est pas chronologique et ne s'arrête pas au point de vue d'un unique personnage. Non seulement tu ignores dans quelle pièce il entre, mais tu ne sais même pas à quelle époque il appartient jusqu'à ce que la porte s'ouvre et que tu aies des repères grâce à des indices visuels.
  – Mais le fantôme, ce n'est pas Jan, hein, Juan ? Ça, je n'aimerais pas.
  – *Nene*, les fantômes ne sont pas encore là. Mais il y en a beaucoup. Et ils vont venir. »

Succession de scènes : la carrière de Dickinson depuis la toute fin du dix-neuvième siècle jusqu'à la période contemporaine. On le voit ouvrir la même porte et entrer encore et encore dans la même salle d'examen, bien que les patientes changent et que les années passent. L'évolution de la médecine se remarque à l'ameublement du cabinet, aux vêtements des patientes, à l'équipement gynécologique, ainsi qu'à la manière que Dickinson a de les examiner et de faire ses expériences.
  La scène se situe quelque part entre l'humour et l'horreur – la forme et le poids des spéculums métalliques, des cuillers d'accouchement, des forceps, des dilatateurs cervicaux, des sous-vêtements encombrants – et, au fur et à mesure que le temps passe, là où l'on s'attendrait à voir du progrès, une

transformation scientifique, on assiste au contraire à une déformation. Le spectateur peut frémir ou être saisi d'un rire nerveux devant la brutalité relative de l'histoire médicale récente ; on peut se dire : Heureusement que je n'ai pas à subir cela. *On sait qu'il faut avoir une certaine tolérance historique à l'égard de rôles genrés et d'une éthique médicale dépassés, mais lorsque Dickinson dissimule un appareil photo dans un pot de fleurs de son cabinet et photographie en secret les femmes qu'il examine, lorsqu'il en stimule certaines pour étudier leurs réactions et déclare à un confrère qu'il est souhaitable, même si ce n'est pas strictement nécessaire, qu'une infirmière soit présente dans le cabinet par souci de bienséance, l'atmosphère s'assombrit.*

Autre plan : Dickinson saisit le bouton de porte mais, au lieu d'entrer dans la salle d'examen, il s'avance dans le bureau d'une femme d'apparence très intelligente d'une trentaine ou d'une quarantaine d'années avec des lunettes sur le nez – un médecin semble-t-il, ou une intellectuelle entourée de papiers et de dessins. C'est Lura Beam, une chercheuse, elle-même secrètement lesbienne. Jan et Lura ne s'étaient encore jamais rencontrées, mais Jan avait entendu parler d'elle par la lesbian connection.

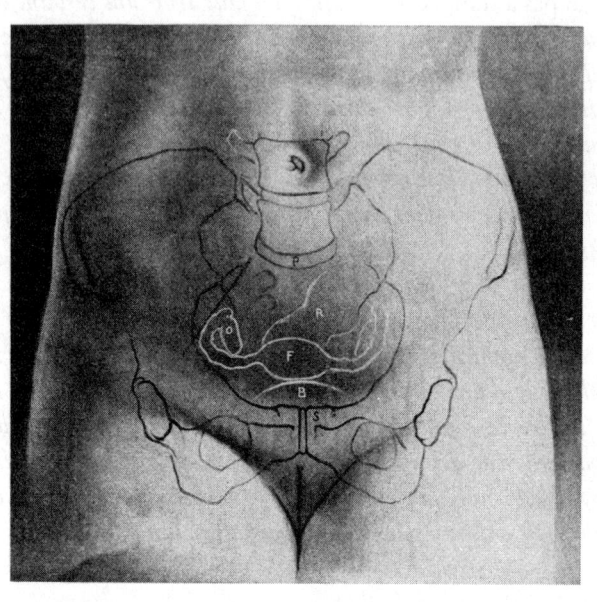

« Il y a autre chose que Jan ignore à ce stade, c'est à quel point son histoire sera effacée – éclipsée –, d'abord par celle de Dickinson, puis par celle d'un autre médecin, le Dr Henry. Pour l'instant, elle sait uniquement que ses recherches – trois cents entretiens menés à Londres, Paris, Berlin et New York – ne peuvent être publiées sans l'adoubement d'un médecin. Et un médecin de sexe masculin. Elle a pourtant essayé. Partout. Depuis des années. C'est un paradoxe.

– Quel paradoxe ?

– La vie de Jan ne peut être racontée sans patriarche alors qu'il n'y a pas de patriarche dans sa vie. C'est une autodidacte que son père a abandonnée dès la petite enfance. L'ironie, c'est que son père était lui-même gynécologue, un gynécologue réputé, un vrai gauchiste. Le célèbre médecin des *hobos*. Qui s'occupait de ceux qui n'avaient pas d'argent pour se faire soigner, de ceux que les médecins refusaient de recevoir : les clochards, les vagabonds et les prostitués ; atteints de cirrhose, de gonorrhée, de syphilis. Un homme respecté par la gauche radicale, mais en aucun cas respectable. Le grand amour d'Emma Goldman, et grand défenseur de l'amour libre, bien qu'il n'aime pas les lesbiennes, surtout les gouines masculines et agressives. Jan ne l'aimait pas, elle lui en voulait de les avoir abandonnées, sa mère et elle, et même si elle respectait ses idées anarcho-sexuelles, elle détestait le peu qu'elle connaissait de sa personnalité.

– Attends, tu as bien dit Emma Goldman ?

– Elle-même.

– Juan, tu vas trop vite, tu laisses trop de choses de côté.

– Vraiment ? Désolé. Bon… »

Une main sur un bouton de porte. Celle de Jan ; la porte s'ouvre sur le bureau de Dickinson. C'est leur deuxième rendez-vous, mais cette fois, il s'agit davantage d'un entretien. Dickinson a lu son manuscrit et il a de nombreuses questions. Il se penche vers elle, il sourit, écoute Jan raconter ses visites à l'Institut für Sexualwissenschaft de Hirschfeld ; de quelle manière elle a lu tout ce qu'elle a pu trouver, et certainement tout ce qui a jamais été publié sur le lesbianisme, l'homosexualité, l'inversion, l'hermaphrodisme, la sexualité déviante – des termes souvent utilisés de manière interchangeable, un peu au petit bonheur la chance – dans les bibliothèques de Berlin, de Londres et d'Oxford ; comment, au cours des années 1920 jusqu'au début des années 1930, elle a interrogé toutes les lesbiennes qu'elle a pu rencontrer dans ces villes ; comment elle a compilé trois cents études de cas, trois cents récits de lesbiennes, dans leurs moindres détails.

« D'un point de vue scientifique, très chère, je crains que votre manuscrit ne soit pas recevable. » Dickinson marque une pause et, comme Jan ne dit rien, il se justifie : « Sagesse populaire. »

Jan a l'air furieuse, mais sous sa colère, on sent qu'elle est ébranlée.

« J'ai un éditeur à Londres prêt à publier l'ouvrage, docteur. Tout ce que je vous demande, c'est l'approbation d'un expert de renom. »

Dickinson n'a aucune envie d'apposer son nom de docteur réputé sur cet ouvrage, en revanche il est très intéressé par les amies et les connaissances de Jan, par son accès à l'underground déviant, par son intrépidité. Il se fait tout doux, il assure à Jan qu'elle est précieuse, une jeune femme formidable et intelligente. Qu'il aimerait beaucoup trouver un moyen de travailler avec elle afin de bénéficier de ses immenses recherches – l'œuvre de sa vie jusqu'à présent. Il propose de mettre en route un processus qui aboutira à la formation du Comité pour l'étude des déviances sexuelles. Le travail de Jan consistera principalement à recruter, mais aussi à conseiller, voire peut-être à administrer. Finalement, elle accepte. Le comité finira par briser Jan, mais quand Dickinson quitte son siège pour lui serrer la main, lorsqu'il lui offre enfin ce verre, on comprend, à l'expression du visage de Jan au moment où ils trinquent, qu'elle estime s'en être bien sortie.

Une porte qui s'ouvre : cette fois, c'est Jan qui est installée à un bureau.
Le sien. Du temps a passé, et la personne qui entre est Thomas, un étudiant-
chercheur qu'apparemment Jan initie à l'étude en lui apprenant à inter-
roger le passé. Ils utilisent le cas personnel de Jan.

« *Lisez-moi ce que vous avez écrit jusqu'à présent, demande-t-elle. Com-*
mencez par vos impressions.

– *D'accord, eh bien : "Mlle Gay n'est pas…"*

– *Jan G.*

– *Oui, bien sûr, désolé. "Jan G n'est pas maquillée, ce qui confère de*
la distinction à son visage. Une lisibilité teintée d'impertinence. Elle ne
fait pas mystère d'avoir vieilli, vécu, souffert."

– *Lisibilité teintée d'impertinence. Je vois que vous penchez du côté de*
la poésie. Qu'avez-vous écrit d'autre ?

– *Vous vous moquez de moi.*

– *Peut-être. Peut-être que ça me plaît. Continuez.*

– *J'essaie d'imiter les exemples que vous m'avez donnés. Vous m'avez*
dit de me lancer.

– *Alors continuez.*

– *Elle sent la cigarette et la chaleur du musc. Les rides et la pâleur de*
son visage, de même que son rire rauque, trahissent son penchant pour
l'alcool. C'est un personnage à la fois singulier et familier.

– *Alors comme ça, je bois ?*

– *Ce n'est pas le cas ?*

– *J'ai toujours été brillante. C'est mon problème…* »

Jan désigne le carnet de notes ouvert sur les genoux du jeune homme
pour lui indiquer qu'il devrait prendre des notes.

« *J'ai toujours été sensible au moindre détail dans une pièce, alors oui, je*
bois. Mais de façon organisée, uniquement en soirée et le dimanche, pour
chercher à ralentir mon esprit. Mon père, que je n'ai rencontré qu'une fois
devenue adulte, a diagnostiqué ma personnalité sitôt qu'il m'a vue. "Tu
es du genre à ne jamais rater quelque chose, il m'a dit, avant d'ajouter :
Tu vas en souffrir." »

Thomas pose son stylo et lève les yeux vers Jan :

« *On dirait qu'ils en viennent toujours à leur père, n'est-ce pas ? Ou à*
leur mère ?

– Pas vraiment. Même si c'est ce qui ressort dans les dossiers. Une partie de votre travail consiste à les conduire aux parents ; j'ai simplement accéléré un peu le processus. Mais voyez-vous, mon père, car c'est un fait important, était assez célèbre. Ou tristement célèbre. Un infâme filou. Le dernier grand hobo intellectuel.

– Je le connais ?

– Il ne faut jamais poser cette question. C'est trop intrusif. Si vous le connaissez, vous rappelez au déviant l'impossibilité d'un véritable anonymat. Dans le cas contraire, vous risquez de l'embarrasser en le faisant passer pour un mythomane. »

Thomas acquiesce. Il attrape son stylo. Il réfléchit un instant.

« Qu'est-ce qu'il voulait dire par "Tu vas en souffrir" ?

– Je ne sais pas ce qu'il entendait par là, mais je peux vous dire que ça m'a emplie de fierté. Pendant des années, j'ai considéré que le fait de "ne jamais rater quelque chose" était la forme suprême de l'intelligence. Plus tard, je me suis rendu compte de ce qu'il en coûtait de s'en remettre à ce point aux pouvoirs de la perception. Dans ma vie de tous les jours, au sein du comité, j'oscille entre des états d'hypervigilance anxieuse et d'égoïsme fantasmatique. Mais voyez-vous, le soir, je deviens incapable de me bercer d'illusions et de m'évader, alors je bois, je bois, même si je continue à ne rien rater. Je trouve des moments de grâce dans l'alcool, généralement au crépuscule, ce qui me permet de ressentir les choses de façon un peu moins vive.

– Avez-vous déjà essayé d'arrêter de boire ?

– Non. Reformulez votre question. Ne vous focalisez pas sur les prétendues défaillances morales. Vous allez rencontrer des alcooliques, des délinquants, des drogués, des femmes des bas quartiers et d'autres de la haute société. Toutes auront leurs secrets. Tous auront leurs faiblesses. Mais n'oubliez pas que toutes ces personnes ont survécu et que, pour ça, elles ont dû faire preuve de créativité. N'oubliez pas de les interroger là-dessus. En outre, chaque déviant arrive avec une idée en tête. Si je suis prête à évoquer aussi librement ma consommation d'alcool, c'est peut-être parce que je ne veux pas que vous cherchiez ailleurs. Reprenez. »

Pendant que Jan parle, on voit le visage du jeune homme changer. Son air concentré et consterné disparaît, remplacé par le sourire béat de l'acolyte. Une idée lui vient à l'esprit.

« Parlez-moi du travail », dit-il.

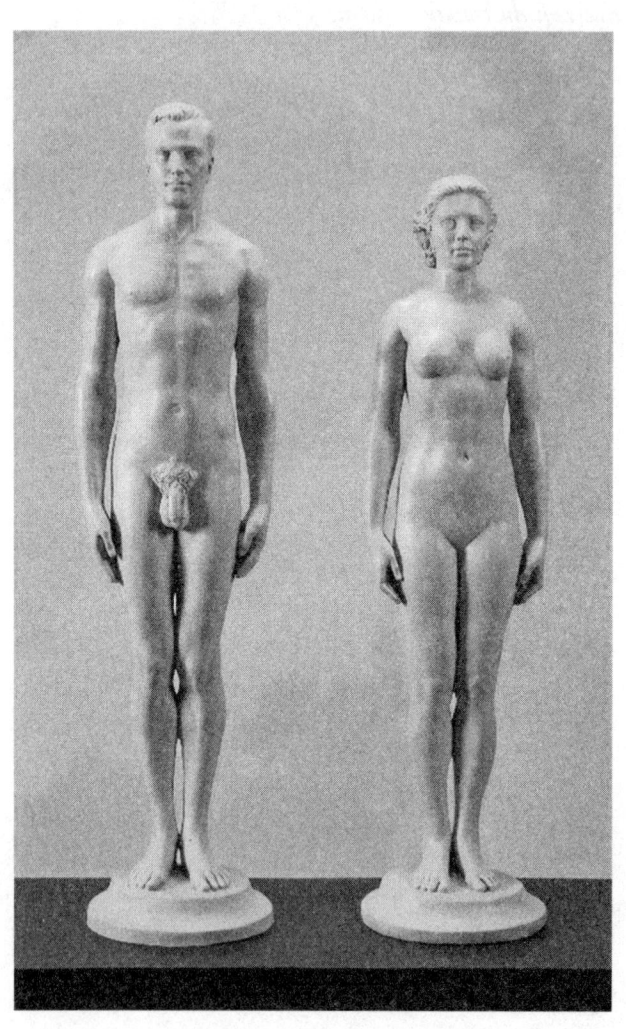

« *Au début, au sein de la communauté scientifique, notre travail était considéré avec scepticisme, voire condescendance. On soupçonnait le comité d'être entièrement composé de pervers, même si ça ne vaut sans doute que pour la moitié d'entre nous. Le Dr Henry est strictement hétérosexuel. Le Dr Dickinson croit à toutes sortes d'absurdités sur les hiérarchies raciales et autres, et il a même créé ces poupées ridicules, Normman et Norma, censées représenter les proportions et les caractéristiques humaines parfaites. Des poupées en albâtre. N'importe quoi. Cette étude n'existerait pas sans moi, mais j'ai l'impression d'être chaque jour un peu plus mise à l'écart. Au début, j'étais libre de mes allées et venues, je m'exprimais, je m'habillais et j'agissais comme bon me semblait, ce que j'ai toujours fait, mais Henry s'est mis en tête que mon comportement et mon statut semaient le trouble chez les déviants et les chercheurs. Un jour, un décret est tombé : interdiction aux femmes de porter le pantalon. J'ai dû acheter un tailleur. Une jupe droite qui descend jusqu'au mollet, suffisamment ample pour ne nécessiter qu'une fente de dix centimètres – asexuée, bien sûr – et, même si elle ne m'empêche pas de marcher, je ne peux pas courir avec ça. Dès que je rentre chez moi, je me déshabille. Je me suis pas mal penchée sur la question du nudisme. Je suis sûre que vous en avez entendu parler.*

– Oui, les autres me l'ont dit. Votre ouvrage circule parmi eux, mais je n'y ai pas encore eu accès.

– Eh bien, Thom, vous ne perdez rien pour attendre. En tout cas, on nous a accordé un étage inutilisé divisé en petites salles sordides pleines de meubles cassés que nous avons fait de notre mieux pour réparer ou évacuer. Il y avait une erreur dans la note de service autorisant l'étude : telle ou telle salle du sous-sol devait être réservée au "palais" d'observation. Et le nom est resté : "Le Palais d'observation". »

« Juan, attends, le Palais ?

– Ça y est, tu as compris. »

Une main sur un bouton de porte. La main d'un déviant, Salvatore N, qui ouvre la porte et jette un coup d'œil timide à l'intérieur. C'est un bureau beaucoup plus grand que celui dans lequel Jan a eu son entretien avec l'étudiant en thèse. Une plaque gravée indique que l'homme derrière le bureau est le Dr Henry, qui, d'un geste brusque, indique à Salvatore d'entrer.

« Bon, dit Henry, vous allez vous asseoir, oui ou non ?

— Oui, oui, désolé, oui. Je crains d'être un peu à la dérive. »

Le grand amour de Salvatore, un docker italien, est reparti pour Naples, et depuis, Salvatore a le cœur brisé. Il tente de décrire la scène des adieux, mais Henry le ramène plusieurs fois à des questions sur ses pratiques sexuelles, et bien que Salvatore s'y plie, il est clair qu'il préférerait ne pas s'étendre sur le sujet ; il veut décrire le lien qui était le leur, et il veut par-dessus tout que ce soit consigné.

Salvatore est doux, vulnérable, aimable. Il ne s'agite pas sur son siège, il est immobile et attentif. Il raconte à Henry que le docker avait une sœur cadette, Nora N, et qu'il y a encore peu de temps, tous les trois vivaient ensemble. Nora participe elle aussi à l'étude.

« Je pense que je lui ai montré la voie, annonce Salvatore. Elle ignorait tout de l'homosexualité jusqu'à ce que je lui en parle, et depuis lors, elle est ouverte et épanouie. Il y a un an, je l'ai encouragée à nous quitter pour aller vivre avec une autre fille. Elle refuse d'être soignée. Depuis qu'elle a compris qu'elle était homosexuelle, elle a jeté toutes les conventions aux orties. Elle se dit sans doute qu'elle peut mener sa vie comme elle l'entend.

— Et vous pensez que ce n'est pas raisonnable ?

— De vivre librement ? Si une telle chose est possible, elle doit le faire.

— Et vous ?

— Oh, pour moi, je n'y crois pas. J'aimerais être soigné, moi. Redressé.

— Avez-vous tenté d'avoir des relations sexuelles avec une femme ?

— J'étais amoureux de notre médecin de famille. Je pensais qu'il pourrait me guérir, c'était un très bel homme. Voyez-vous, je donnerais n'importe

quoi pour avoir une liaison avec lui, et ensuite l'interroger sur mon comportement sexuel. »

Le Dr Henry ne peut s'empêcher de sourire. Il ravale un petit glousse-ment.

Une ombre passe sur les traits de Salvatore.

« Rien de ce que je veux ne m'est accessible, dit Salvatore. Parfois, il me semble que le seul moyen de m'en sortir... Je ne sais pas, docteur. J'aimerais être normal. J'aimerais avoir un mari. J'aimerais vivre normalement de façon anormale.

– Après cet entretien, nous procéderons à un examen physique approfondi. Vous devrez coopérer pleinement.

– Je comprends. »

Salvatore se lève, attrape sa veste posée sur le dossier de la chaise et la met sur son bras. Henry prend quelques notes, puis lève les yeux pour découvrir que Salvatore lui tend la main. Un instant, Henry semble vouloir décliner ce salut, puis il lui serre rapidement la main, et Salvatore s'en va en refermant doucement la porte. Une fois qu'il est parti, Henry lance le calepin sur le bureau, tourne le dos à la caméra et observe la rue par la fenêtre.

« Ça me plaît, Juan. Tu es très habile. Mais dis-moi, pourquoi est-ce qu'il a hésité à serrer la main de Salvatore ?

– Peut-être parce qu'il savait que cette main serait moite, son poignet mou, le toucher trop tendre... Peut-être que ça paraissait risqué de saluer une personne dans une telle détresse. N'oublie pas : toutes les ambiguïtés n'ont pas besoin d'être levées, *nene.* »

La caméra fait un panoramique sur le bureau, les notes, et on est surpris par leur ton : « L'avenir lui paraît sombre... idées de suicide mais trop lâche pour ça... Si les choses suivent leur pente, court à la catastrophe. »

Une main sur un bouton de porte. Jan rentre chez elle, un loft situé au premier étage d'une ancienne caserne de Chelsea dans la 21ᵉ Rue, entre la Huitième et la Neuvième Avenue. C'est un immense studio de danse avec deux chambres que délimitent des rideaux. Un logement qui échappe aux règles, sans aucun doute : pas de cuisine, seulement une plaque chauffante ; et une glacière dans la salle de bains. Jan est beaucoup plus âgée maintenant. Elle a cessé toute collaboration avec le comité il y a plusieurs années déjà. Un échec. Elle est seule dans l'appartement. Elle suspend soigneusement ses vêtements dans l'armoire en noyer, puis retire et plie ses sous-vêtements. Nue comme un ver, elle se prépare un cocktail, un Manhattan. Elle ajoute l'une de ces cerises au marasquin à l'ancienne, celles d'une riche couleur noire, d'avant qu'on les passe à l'eau de Javel pour les rendre rouge vif.

Cut sur la préparation méticuleuse d'un deuxième cocktail. Entre-temps, d'autres personnes sont rentrées. Depuis la chambre, mais masquée par les rideaux, on entend une leçon de danse. Autre plan : un troisième Manhattan préparé de façon moins méticuleuse. Puis une succession de plans : Jan rentre, se déshabille, se prépare un verre, fait les cent pas ; tantôt elle est avec sa compagne, tantôt elle est en colère et pousse les invités vers la sortie ou raccroche brusquement le téléphone. Parfois, seule, assise par terre, elle fixe du regard un tas de papiers sur la table basse et elle griffonne.

Son amante est Franziska Boas, la danseuse à qui appartient le loft. Zhenya a depuis longtemps disparu du tableau. Franziska et Jan sont toutes deux filles de « grands hommes ». Le père de Jan est tristement célèbre. Franz Boas est un homme éminent, le « père de l'anthropologie américaine ». Les locataires de la deuxième chambre sont Andy Warhol et Philip Pearlstein, un peintre.

percussion instruments, piano, drums, ubangy and chinese records.
2. books, plants, tapestries, naked statues of franzyka
Boas — the woman with whom we share
the studio with, and another lady who
writes on nudity. ~ very strange. but don't
misunderstand me, we have our own room. we share
the studio we paint and she dances.

come up any time. any time you nothing to do
its really a very arty place. real nice

i just stepped on a bug

« Andy Warhol ? Tu te fous de ma gueule !

– Je ne me fous pas de ta gueule. À l'époque, il s'appelait encore Warhola. Il venait d'arriver à New York. C'était en 1949 ou 1950, dans ces années-là. Andy Warhola, pauvre et inconnu. Mais ce n'est pas lui, le sujet, *nene*. Le sujet, c'est Jan. La première chose qu'elle faisait en rentrant, c'était plier et suspendre ses vêtements dans l'armoire. Comme ça, peu importait où la soirée la menait, peu importait à quel point elle était mal ou en retard le matin, elle avait une tenue impeccable à enfiler. Elle buvait toujours dans un verre, elle sortait toujours les glaçons d'un bac en fer-blanc, elle ajoutait toujours du vermouth, même si la tentation était grande de porter la bouteille de bourbon à ses lèvres et de téter. Certains soirs, elle parvenait à moins boire, à se plonger dans le travail, à noter les événements de la journée, elle cherchait à construire une réponse, un contre-récit à *Sex Variants*. Comment rétablir les torts qu'avaient causés ces médecins en réorientant l'étude ? Si elle parvenait à diminuer l'intensité de ses pensées, sa consommation d'alcool diminuait elle aussi, et là, elle était capable d'atteindre son lit sans tituber. Mais c'était le plus souvent en titubant. De rage. Ou de paranoïa. Dans ce cas, elle n'avait aucun ami à appeler – ils n'acceptaient de lui parler que si elle était sobre –, alors elle faisait les cent pas en énonçant ses griefs tout fort. Elle rentrait chez elle, elle tombait, elle titubait.

– Et comment se termine la scène, le plan ? »

La caméra s'éloigne puis sort par la fenêtre. On voit Jan dans son appartement, le studio de danse, seule, toutes lumières allumées. Nue, bien sûr. Elle danse avec grâce, et c'est comme si elle flottait dans la lumière. La caméra continue à reculer ; on découvre l'immeuble, d'autres appartements – presque toutes les fenêtres sont plongées dans le noir, et par celles qui sont éclairées on voit des couples sédentaires en train de dîner, peut-être, ou de lire sur le canapé. Seule Jan est en mouvement, même si elle n'est plus qu'une silhouette qui danse au ralenti, et même lorsqu'elle s'effondre, c'est long, très posé et très beau.

« Juan, je pense que le film devrait montrer que Jan est encore capable de rire d'elle-même. Je n'aime pas l'imaginer aussi amère, abattue, tout ça.

– D'accord. Très bien. On va ajouter des rires.

– Et cette Franziska Boas, qui est-ce ?

– Un personnage intéressant, *nene*, très impliqué dans les droits civiques, la chorégraphie de spectacles multiculturels, qui donne gratuitement des cours aux enfants pauvres du quartier. C'est elle qui a inventé la thérapie par la danse. Son père, une personnalité fascinante, a cherché à démonter les théories eugénistes ; il a introduit l'idée du relativisme culturel en anthropologie. La transmission de leur héritage est assez mitigée, je dois dire, bien qu'ils aient fait le maximum. Mais il s'agit de Jan, pas d'eux. Dans quoi devons-nous nous plonger maintenant ? Son enfance ?

– Avant qu'elle ne devienne Jan Gay ?

– Très juste, *nene*, quand elle était encore quelqu'un d'autre : une enfant. Une enfant née en 1902 sous un autre nom. Jan fait deux petites apparitions dans les journaux locaux avant ses vingt ans, de simples encarts, mais déjà parlants, déjà queer. La première cite Jan comme l'une des premières à avoir adhéré au tout nouveau club de tir pour femmes. L'autre mentionne que, à la prochaine réunion de la Young Women's Christian Association au sujet des femmes dans la Bible, "Helen Reitman évoquera l'histoire de Ruth. La réunion sera suivie d'un goûter".

« À peine deux mentions dans les journaux locaux, mais déjà un portrait émerge, celui de la jeune Jan Gay, fusil à l'épaule, quelques pages sur l'histoire de Ruth arrachées dans la Bible, pliées et gardées dans sa poche comme un talisman – prête pour la bataille à venir.

– Juan, je ne connais pas l'histoire de Ruth.

– Dans la Bible, Ruth est la bru de Naomi, mais Ruth et Naomi sont aussi amantes. Et veuves. Le mari de Naomi a été le premier à mourir, puis celui de Ruth, et là, un lien s'est créé entre elles, mais va savoir, peut-être que leur liaison avait commencé avant la mort de leurs époux. Le mot en hébreu pour "s'attacher" qui est utilisé pour décrire le lien entre Ruth et Naomi est le même que celui qui décrit le lien entre Adam et Ève. Orpa, la sœur de Ruth, est mariée à un autre fils de Naomi. Il meurt, lui aussi. À ce stade, tous les hommes de la famille sont morts. Naomi tente de chasser Ruth et Orpa car elle sait que leur avenir financier dépend des nouveaux époux qu'elles pourront trouver tant qu'elles sont encore jeunes. Orpa proteste gentiment, doucement, puis hausse les épaules et part en quête d'un Moabite convenable. Mais pas Ruth. "Ne me presse pas de te laisser, de retourner loin de toi ! Où tu iras j'irai, où tu demeureras je demeurerai ; ton peuple sera mon peuple, et ton Dieu sera mon Dieu ; où tu mourras je mourrai, et j'y serai enterrée. Que l'Éternel me traite dans toute sa rigueur, si autre chose que la mort vient à me séparer de toi !"

– "Ne me presse pas de te laisser."

– Le vœu de Ruth est souvent utilisé par les couples hétérosexuels au cours de leur cérémonie de mariage. L'histoire de Ruth et de Naomi est peut-être le premier désir lesbien exprimé dans la littérature, avant même Sappho.

– Et Jan, elle, elle a compris, elle a accepté, alors qu'elle était encore si jeune ? Comment ?

– "Une rose est une rose est une rose", et elle savait ce qu'elle savait qu'elle savait.

– Parle-moi de sa mère. Arrange-toi pour que ça soit horrible. »

Intérieur de la maison d'enfance de Jan. La main d'une jeune enfant sur le bouton d'une porte qui s'ouvre sur le salon où la mère de Jan est en train de faire ses gammes sur le Steinway. On devine, à sa posture droite, à la pureté et à la délicatesse de sa musique, qu'elle aurait pu être concertiste. Jan, qui n'est encore qu'une petite fille, entre et s'approche du flanc du piano ; elle aime se hisser sur la pointe des pieds pour regarder, à l'intérieur du piano ouvert, le feutre des marteaux frapper. On comprend, à la manière dont la mère ne lui prête pas attention, que l'enfant a le droit d'être là et qu'elle fait souvent cela, mais aujourd'hui, il se produit un événement tragique : une corde du piano casse et lacère la joue de Jan juste en dessous de l'œil. L'enfant pousse un grand cri puis tombe par terre en se tenant le visage. Mère s'effondre à l'idée qu'elle a peut-être rendu sa fille aveugle, mais de toute façon, s'effondrer, Mère fait ça tout le temps.

Oma, la grand-mère de Jan — corpulente, allemande, catholique —, surgit et attrape Jan pour voir ce qui se passe. D'un ton apaisant, elle lui explique le réglage des cordes et déclare que l'accordeur les a trop tendues, tandis que, par-dessus la tête de Jan, elle reproche à Mère de continuer à frôler l'hystérie, tout en maudissant le père de la petite fille qui a détruit les nerfs de Mère.

Tout à coup, Jan comprend quelque chose à propos de sa mère, mais pas à partir de mots ou d'images précis : elle compose quelque chose d'enfantin à base de cordes faites de nerfs, beaucoup trop tendues, qui se brisent l'une après l'autre. Mon père, l'accordeur, voilà ce qu'elle pense. Suivi d'une image de Mère, impuissante face à lui et sa clef d'accord.

« Et comment on voit tout ça dans le film : les cordes en nerfs, le père ?

– Comme tu en as envie, *nene.* Peut-être à l'aide d'un pastiche de Buñuel : le père qui surgit en accordeur de pianos et tend les nerfs de la mère sous le regard horrifié de la grand-mère et de l'enfant ? Si tu as besoin de voir ça, représente-le-toi. Mais arrête de m'interrompre.

– Attends, et comment est la grand-mère ?

– Pour Jan, la grand-mère est un idéal d'archétype féminin : dure, sèche. "Pourquoi tu ne pleures jamais, Oma ?" demande Jan, et la grand-mère hausse les épaules. "Il vaut mieux être aride." »

Intérieur : un asile d'aliénés à Leipzig, en 1902. La porte s'ouvre sur un service où la mère de Jan, alors très jeune, a été internée. Elle est enceinte et vient de ressentir les premières douleurs de l'accouchement. Les infirmières se précipitent. Elles appellent le médecin en allemand. La mère de Jan ne parle pas cette langue. Elle vient du Midwest. Elle a été abandonnée par son mari en pays étranger et elle a sombré dans la folie à force d'inquiétude. C'était pendant leur lune de miel. Ils se sont disputés, et il a disparu. Il est parti à travers l'Europe, sans attache et sans contrainte. Mère n'a pas supporté le choc. Son âme ne l'a pas supporté. C'était sept ou huit mois plus tôt, elle ignorait même qu'elle était enceinte, et voilà qu'elle se retrouve à accoucher dans un asile de fous. Cris cinématographiques habituels. Expulsion. Vagissements de bébé Jan, sa voix totalement inédite.

Intérieur : un asile d'aliénés à Leipzig, en 1903. Une main sur un bouton de porte. La chambre de Mère. C'est Père, M. Ben Reitman, qui franchit la porte. On l'a convaincu de rentrer de Prague, de Paris, d'Amsterdam, de Madrid ou d'où que ce soit, pour rejoindre sa femme et son enfant. Il tient son chapeau à la main, il a l'air penaud. Mère paraît folle. L'enfant s'agite dans son berceau. Ils retourneront tous les trois dans le Midwest, franchissant l'Atlantique en troisième classe, car ils n'auront plus d'argent. Avant que Jan atteigne l'âge de deux ans, il est déjà reparti, cette fois pour de bon.

Père sort de la famille et entre dans l'infamie. Au fil des ans, à mesure que sa notoriété grandit, des nouvelles filtrent quoi que l'on essaie de cacher à Jan. Père est un anarchiste. Père est un vagabond. Père est le roi des hobos. *Il a parcouru les chemins de fer pendant des années et des années. Jan s'intéresse à l'argot des* hobos. *Elle a l'intention de le rejoindre un jour et de l'impressionner avec tout ce qu'elle a découvert par elle-même. Elle apprend par cœur le nom de toutes ces catégories de personnages hauts en couleur, elle aime les passer en revue dans sa tête, « ceux... qui hantent les gares de triage, ceux qui frappent à la porte de derrière... les fous errants, ces mendiants de profession qui essaient de vous soutirer quelques pièces ; les vieux pochards qui se détruisent avec de l'alcool frelaté ; les trucheurs, qui se glissent dans les camps de bûcherons et de mineurs pour leur piquer leur portefeuille les jours de paie ; les malandrins, qui font sauter les coffres et braquent en bande ; les faiseurs avec leur kit de réparation de parapluies sur l'épaule, qui cherchent à gagner leur vie honnêtement ; les poseurs de rails et leur célèbre tortillement du cul ; les terrassiers qui remuent la merde... les chemineaux, des jeunes aux pieds tendres sans idée de la route et de ses dangers ; les pathétiques charognards, qui se nourrissent des restes des festins de* hobos... ».

    À la puberté, Jan s'allonge sur le ventre, coince un oreiller entre ses cuisses et pousse son bassin contre le matelas en fantasmant sur Emma Goldman. (Plus tard, elle rira en repensant à ce premier élan amoureux.)
    Elle sait que Père et Emma Goldman sont amants depuis des années. Emma l'appelle « mon bel animal ». Lorsque Emma parcourt le pays pour défendre la liberté d'expression, le contrôle des naissances et le démantèlement du capitalisme, Père ne fait pas seulement partie de son entourage, il est à ses côtés, et dans son lit.

La première fois que Jan a rencontré le mot « homosexuel », c'était par Emma, qui réclame l'amour libre et la dignité pour les homosexuels – ce que personne ne faisait à l'époque en Amérique, et d'ailleurs presque nulle part dans le monde. Elle sait que Père chauffe le public avant qu'Emma ne monte sur scène ; Emma pousse les masses à une réinvention radicale de leur propre vie, elle les pousse à se connecter à leur sentiment d'indignation. En quittant un rassemblement d'Emma, un homme a tiré sur le président des États-Unis. Et il l'a tué. L'assassin a déclaré qu'Emma Goldman avait allumé un feu en lui. Jan connaît bien cette impression. En public, Emma appelle à l'amour libre, mais des années plus tard, Jan découvrira que, lorsqu'il s'agissait de Père, elle se montrait jalouse et possessive. Tous deux étaient poursuivis par la police, et souvent jetés en prison. Serrés, disent les hobos.

À la bibliothèque municipale, lorsque Jan rapporte une sacoche remplie de livres, il arrive que le bibliothécaire lui dise : « Jeune dame, j'imagine que vous avez envie de jeter un coup d'œil aux nouvelles ? » C'est le code pour dire qu'on parle de Père dans la Columbia Gazette, *ou quelque journal de Chicago, voire de St. Louis, et là, le bibliothécaire conduit Jan à la salle de lecture pour placer le journal devant elle, déployé à la bonne page. Dans les articles, il est surtout question d'Emma, mais certains sont consacrés à Ben Reitman, et c'est là qu'il prend vie, sous forme d'encre et de pâte à papier. Jan imprime son nom sur son doigt en l'appuyant sur la page.*

1922, sa grand-mère meurt. Jan a vingt ans. Elle trouve dans un des livres en allemand d'Oma une coupure de journal de 1912 qu'on lui avait manifestement cachée, où elle apprend qu'un shérif a enlevé Père à San Diego pour le conduire à une cinquantaine de kilomètres dans le désert et dans la nuit noire. Un groupe l'attendait autour d'un feu. Père a été forcé de se mettre à genoux dans le faisceau des phares de l'automobile, le sable et la poussière. On lui a arraché ses vêtements. Une fois nu, les individus se sont livrés à des « actes de barbarie diaboliques et répugnants qu'il est impossible de relater en détail ». La sodomie, Jan connaît. C'est une jeune femme intelligente et pragmatique qui est déjà au fait de la complexité des codes sexuels, et bien décidée à les déchiffrer tous.

Père a supplié ces hommes de l'achever, mais ils voulaient lui laisser la vie pour qu'il parle. L'un d'eux, un inspecteur de police, a plaqué son front contre celui de Père. « Dans la vie, on est juste des hommes d'affaires, des médecins, des avocats. Mais ce soir, on est des caïds. » Ils ont brûlé Père avec des cigares ; ils l'ont enduit de goudron, d'herbes du désert et de cactus, et ils lui ont ordonné de chanter l'hymne national en le frappant à la première fausse note. Père a tout raconté aux journaux. « J'étais nu au centre d'un cercle jaunâtre de Blancs qui s'avançaient deux par deux, leurs yeux brillant dans la lueur des torches à l'idée de me faire mal. L'un d'eux m'a demandé si je croyais en Dieu. J'ai répondu qu'aucun dieu ne permettrait des actes aussi cruels. Chacun des quatorze types s'est avancé et m'a posé une question. Je répondais honnêtement et ils me frappaient au visage pendant ce temps. » Ils ont enfoncé un drapeau américain dans la gorge de Père jusqu'à ce qu'il manque de s'étouffer. Puis ils lui ont rendu ses sous-vêtements et laissé vingt dollars avec un message pour Emma disant qu'elle risquait le même sort si jamais elle revenait à San Diego. Ils l'ont laissé tout seul dans le désert, charge à lui de retrouver son chemin.

Jan avait déjà lu des articles sur Père dans les journaux ; ils étaient toujours brefs, véhéments, dogmatiques. Cette fois, son père était longuement évoqué en tant qu'être humain. Elle lit tout ce qu'elle trouve sur la lutte pour la liberté d'expression à San Diego – une bataille notoire dans ce qui semble être une guerre des classes sans fin. Elle trouve des photos d'hommes couverts de bandages. Elle apprend l'histoire d'une femme, Juanita, qui a marché droit sur les lances à eau de la police et a été surnommée la Jeanne d'Arc des temps modernes. Elle découvre que les Wobblies, surnom des membres du syndicat des Travailleurs industriels du monde, constituaient la seule organisation à ne pas faire de discrimination sur la base de la couleur de peau quand ils acceptaient de nouveaux adhérents, et elle essaie de se représenter Père battu et meurtri au centre de tout ça. Elle garde l'article, déjà jauni, plié en tout petit dans son portefeuille. « Et maintenant, qu'est-ce que je vais faire ? » avait demandé Père.

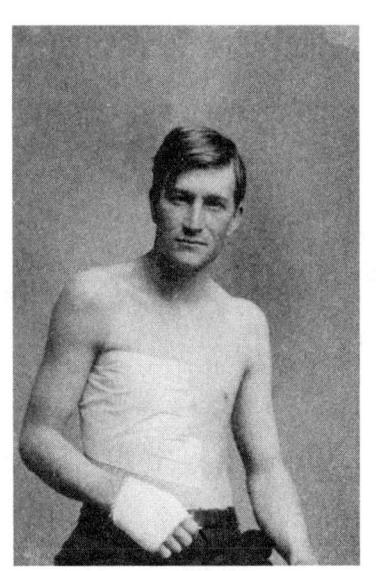

« La liaison entre Emma et le père de Jan Gay prend fin lorsqu'une autre de ses amantes tombe enceinte. Il a des enfants avec au moins quatre femmes, et il semble qu'il se soit marié à trois reprises. C'est un héros populaire qui, selon l'histoire, a réussi à faire des études de médecine sans passer par le concours d'entrée. En tout cas, de vagabond, il est devenu médecin. Bactériologiste. Le médecin des *hobos*. Il a écrit un livre sur les proxénètes, *The Second Oldest Profession*[1]. L'ouvrage est quelque part dans cette chambre, au milieu d'une pile de livres. Il a écrit sur une clocharde nommée Boxcar Bertha, une forme d'autobiographie rédigée à partir de ce qu'elle lui a raconté. Et tiens-toi bien, *nene*, quelques décennies plus tard, Martin Scorsese en a fait un film incroyablement mauvais.

– Tu te fous de ma gueule.

– Pas du tout. Il a fondé à Chicago son université des *hobos*, la plus grande en l'espèce. Ce n'est pas tout. Il était fils de Juifs russes, plutôt grand, séduisant et sexy. Il connaissait de première main le traitement infligé aux indigents qui se tournaient vers l'État pour trouver un abri ou avoir accès à des soins. Il demandait aux clochards de veiller les uns sur les autres ; sa devise était "Rendre service sans paperasserie".

– Est-ce qu'il a repris contact avec Jan ?

– Il lui envoie une ou deux lettres quand elle est encore petite, mais ensuite, plus rien. Pourtant, les mentions de Père dans les journaux se multiplient, elle suit ce qu'il fait à Chicago, ainsi que sa vie légendaire. Chaque article est comme une ombre qui s'abat sur elle. Elle éprouve de la rage, de l'excitation et de l'émerveillement. »

1. « Le deuxième plus vieux métier du monde. »

« Ça alors, *nene*, j'ai oublié de continuer sous la forme d'un film. J'ai abandonné l'idée en cours de route.

– Je sais, Juan. Mais j'arrive quand même à me la représenter. Peut-être que je la vois encore mieux comme ça.

– Reprenons tout de même la forme cinématographique. Imagine un journal en noir et blanc avec ce gros titre qui tourne à toute vitesse dans les presses d'imprimerie : UN NOBLE OU UN *HOBO* ? LE SANG VA PARLER. Helen Reitman, étudiante à l'école de journalisme de l'université du Missouri, travestie en homme, a « sauté » vendredi dans un train de marchandises en provenance de Santa Fe, direction Chicago…

– Lu avec la voix d'un présentateur d'autrefois ?

– C'est ça. Il s'agit de l'un des nombreux articles consacrés aux tentatives de Jan de recréer un lien avec son père. C'est impressionnant de voir à quel point cette histoire a été médiatisée. Ç'a été repris par les journaux un peu partout dans le pays. Cette image frappe sans doute à un niveau œdipien révélateur. Cela faisait dix-huit ans qu'il n'avait pas revu sa fille et la voilà, habillée en homme, en clodo, comme lui – le retour du refoulé. Ben Reitman a dû avoir l'impression de voir un fantôme : l'inquiétante familiarité de son visage ; et se demander si elle venait lui pardonner ou récriminer contre lui. »

« Le père de Jan n'était pas difficile à localiser. Son université des *hobos* était la plus grande du pays. Les gens venaient de partout pour écouter des conférenciers en tournée, des putes, des proxénètes et des profs de fac. Magnus Hirschfeld lui-même y a fait une intervention.

« À l'époque, tout le monde considérait le terme *"hobo"* comme un synonyme de *"vagabond"* ou de *"mendiant"*, à l'exception des travailleurs pauvres et des indigents. Au fil du temps, ces différences se sont davantage aplanies encore, si bien que l'image qui reste, c'est celle de cet être inoffensif, peut-être un peu clownesque, en tout cas archaïque – l'image du va-nu-pieds. Les *hobos* que Jan a rencontrés par l'intermédiaire de son père étaient des travailleurs migrants ; la plupart avaient un toit, mais passaient d'un petit boulot saisonnier à un autre partout où c'était possible. Beaucoup arrivaient de Grèce, d'Italie, d'Irlande, d'Angleterre, de Pologne et de Russie. Beaucoup étaient noirs, issus de la grande migration afro-américaine. C'étaient les équivalents des ouvriers agricoles migrants qui viennent actuellement du Mexique et d'Amérique centrale. »

« Ce que Jan n'a pu s'empêcher de remarquer des années plus tard en travaillant pour le comité, c'est à quel point ses méthodes, sinon ses intérêts, recoupaient ceux de son père. *The Second Oldest Profession* se termine par plusieurs études de cas dans lesquelles il retranscrit les témoignages de personnes rarement autorisées à faire entendre leur voix. Petit, il avait vécu dans la pauvreté avec une mère célibataire, une vagabonde – à quatorze ans, il était déjà sur les rails. Il a grandi parmi les proxénètes et les prostituées, puis il a cherché à leur venir en aide. Tout comme Jan, il a voulu donner la parole aux stigmatisés en composant un récit alternatif à l'opposé du sensationnalisme. Dans le chapitre x, *White Girls Tell Why They Have Negro Pimps*[1], Pauline, Ada et Pansy affirment que leurs macs les traitent correctement, mieux que les proxénètes blancs qu'elles ont pu avoir, ou alors elles disent tout simplement : "Je l'aime et je sais qu'il m'aime." »

---

1. « Les Blanches expliquent pourquoi elles ont un mac noir. »

« Jan s'est certainement lancée dans son projet – documenter la vie lesbienne –, avec le même espoir et les mêmes ambitions que son père dans *The Second Oldest Profession* ; et au début, avec Henry, Dickinson et le reste de l'équipe, elle a participé avec enthousiasme au recrutement, aux entretiens et à leur transcription en faisant appel à son entourage. Mais l'aventure s'achève dans l'amertume. Elle finit par écrire une lettre au comité, qui commence par ces mots : "Messieurs, après une lecture attentive du manuscrit du Dr George W. Henry sur l'étude des cas d'un groupe d'homosexuels hommes et femmes de ma connaissance, je dois dire que ma principale réaction est la déception. (…) N'importe quel évangéliste est capable de moraliser et de qualifier ses auditeurs de 'parias sociaux'. N'importe quel travailleur social…"

– Qu'est-ce qu'il y a, Juan ? Tout à coup tu as l'air très…

– Ne t'inquiète pas, *nene*. Je suis fatigué, c'est tout.

– Tu peux continuer ? "Travailleur social", et ? Je veux la suite… Je suppose qu'elle ne pouvait pas faire grand-chose, à ce moment-là ?

– En fait, on va la laisser tranquille.

– Pour de bon ? On en reste là ?

– Mais la suite, tu la connais déjà. Et si tu me parlais de ton Liam, plutôt ? Lui aussi, il est temps de le laisser partir.

– C'est ce qu'on est en train de faire ?

– Commence par la fin, la dernière fois que tu l'as vu. Et remonte jusqu'au début.

– D'accord, Juan. Par la fin. Ça me plaît bien.

– Et *niño* ? Essaie de m'exciter.

– J'ai cru que tu ne me le demanderais jamais. »

J'ai vingt-sept ans, Liam en a lui aussi vingt-sept, il me lit un manuel de jardinage. Il m'annonce que je peux rester un ou deux jours, trois au maximum, à condition que ce soit bien clair qu'on n'est plus ensemble. « C'est fini entre nous, il me dit, une bonne fois pour toutes. » Et je le sais. La façon dont il tend les hanches vers moi pour que je m'enfonce encore plus en lui. C'est parfait, en tout cas pour moi – il obtient quelque chose en échange. Pendant toutes les années de notre relation, on a parfois eu des pratiques sexuelles ambitieuses et acrobatiques, mais moins qu'on aurait dû, et moins que ce qu'on imagine de garçons comme nous, mais c'était ma faute, c'était à cause de mes complexes et de mes trous noirs, que Liam a respectés. Si c'est vraiment les dernières fois qu'on baise, on veut tous les deux en avoir pour notre argent, on veut que ça soit mémorable. Liam finit par jouir, mais moi, j'ai l'esprit ailleurs, et j'abandonne.

On reste allongés côte à côte, il me parle des courges et de leurs graines. Parfois, surtout après, j'adore qu'on m'explique des choses, j'adore écouter. Il connaît des sujets très étranges : l'héritage, le patrimoine, les espèces invasives.

On s'endort, on se réveille, on est de nouveau excités. L'aspect définitif de notre séparation agit comme un aphrodisiaque. Liam travaille entre autres comme jardinier à temps partiel pour la mairie. Au boulot, il n'a pas le droit d'enlever le T-shirt qu'on lui a fourni, alors il en a découpé les manches. Il a le bronzage agricole le plus contrasté que j'aie jamais vu ; on dirait qu'on a remplacé les bras et le visage d'un Ken tout blanc par ceux d'un Ken beaucoup plus foncé. Je trouve ça incroyablement sexy – « démembré » est le mot qui me vient à l'esprit. Je plonge le nez dans ses aisselles. Il roule sur le dos, je lèche, je crache, et une fois en lui, je me concentre sur la limite du bronzage à la base de sa nuque. Tout ce qui est au-dessus est chaud et coléreux, tout ce qui est en dessous est froid et lisse. *« Décapité », c'est le mot*, me dis-je. *Recapité. Sans queue ni tête.*

Lorsqu'il se lève enfin, il met un disque, la reprise par Roberta Flack de « Hey, That's No Way to Say Goodbye », ce qui peut paraître exagérément mélodramatique, mais en réalité, quand on était ensemble, il passait ça chaque matin, et ça n'avait rien de prémonitoire, c'était simplement la musique qui accompagnait notre réveil et nos au revoir. Je le regarde s'habiller pour partir au travail. Il a un deuxième job, il fait la plonge dans une salle de concerts de la ville. Liam est lui-même musicien. Ce soir-là, il veut que je voie le groupe qui joue, il sait que je vais aimer, parce que Liam me connaît, il connaît mes goûts, surtout en matière de musique. Le plan est le suivant : je fume quelques clopes en attendant dans la ruelle derrière, quand Liam ouvre la porte de service, je me glisse dans la cuisine, on va tous les deux jusqu'au bord de la scène ; puis je me mêle au public et il retourne bosser.

Il cherche quelque chose par terre dans le placard, sans doute des bretelles.

« Tu as besoin d'argent ? » demande-t-il.

Je vais me faire cent dollars avec un riche qui veut me masser et me sucer jusqu'à me faire jouir, pourtant je sais que ça va énerver Liam. Il n'est pas prude, mais j'évite de lui rappeler tous les mensonges que j'ai pu lui raconter du temps où on était ensemble. Alors si je ne veux pas me trahir, je dois dire oui à l'argent qu'il me propose. Je me sens honteux, quoique de façon lointaine, assez faible, en fait surtout par narcissisme. Ce que je devrais ressentir, c'est de la culpabilité. Je fais semblant de ne pas l'avoir entendu.

Liam est l'un des rares Blancs à ne jamais rougir au soleil. Il dore ; en été, ses cheveux bruns s'éclaircissent jusqu'à avoir la même teinte sable que ses yeux, et à partir de là, il n'y a plus que de l'or, de l'or, de l'or, jusqu'en bas. Il a une bite épaisse et saine. Au lit, il n'est jamais bêta, il est affamé, alors qu'en dehors il aime bien être bêta. Moi, je suis en permanence affamé et souvent déchaîné, avide, alors qu'au lit j'éprouve un détachement lointain que je sais très bien cacher, que je cache pour le bien de Liam, en tout cas je me dis que c'est pour son bien, pour le protéger, c'est comme ça que je justifie tout ce qui touche à la prostitution, c'est ma façon de relâcher la pression. Là, au moins, je peux être moi et détester le sexe dont j'ai besoin.

« Tu as besoin d'argent ? répète Liam.

– Un peu pour manger, je réponds. Et on n'a plus... tu n'as plus... de papier toilette. Ni de drogue. »

Il rit et me tend quelques billets d'un dollar restés dans son pantalon depuis la veille au soir ; à la fin du service, les barmaids viennent à la cuisine lui filer un pourboire. Il a déjà couché avec des filles, et ça lui a plu ; ces filles étaient amoureuses de lui, alors je m'imaginais souvent toutes les barmaids amoureuses de lui, et ma jalousie s'aggravait à l'idée de ces filles qui déposaient des billets d'un dollar dans sa paume tendue. Bien sûr, aujourd'hui, je vois le lien avec la charge érotique, le sentiment de ma propre valeur lorsque des hommes plus âgés déposent des billets de vingt dollars dans ma paume.

C'est le tour de « The First Time Ever I Saw Your Face ». Liam revient dans la chambre, et on chante ensemble : *I felt the earth move in my hand / like the trembling heart of a captive bird / that was there at my command*[1]. On adore ce couplet, l'absurdité de cette métaphore, mais qu'est-ce que ça signifie ? On adore aussi la façon dont Roberta commence par un cri aigu, puis passe à un registre plus doux et plus grave.

---

1. « J'ai senti la terre trembler dans ma main / comme le cœur palpitant d'un oiseau captif / qui était là, à ma merci. »

« Ce n'est pas facile de remonter le fil de mes sentiments.

– Courage. Pense à la femme de Loth au moment où elle quitte Sodome. De quelle manière elle ose se retourner.

– Elle n'a pas fini en statue de sel à cause de ça ?

– Tu crois qu'elle ignorait le risque qu'elle prenait ? Elle avait entendu l'avertissement de Dieu, *nene*, mais elle s'est quand même retournée.

– Pourquoi ?

– Selon toi, qu'est-ce qu'elle a vu ?

– De la souffrance ? Les incendies. La fureur des anges.

– Et la beauté de la destruction, non ? À une certaine distance, on ne dissocie plus la catastrophe du sublime.

– Et l'histoire de Jan se termine aussi par un regard par-dessus l'épaule ?

– Peut-être. Peut-être que, pour Jan, ça se termine par un trou noir.

– Je n'ai rien connu de comparable à ça.

– Non, bien sûr. Mais repars en arrière, remonte le temps, va plus loin, et tu verras bien où tu atterris. »

3.

J'aperçois une plume dorée au bord du quai en ciment. Elle m'attend, tandis que moi, j'attends le métro. J'invente une blague, des rats qui ont dévoré un pigeon doré, mais je n'ai personne à qui la raconter. Il y a un clochard qui arrive à dormir sur un banc bien trop étroit, une femme qui se fait toute petite, plus loin, et qui ne quitte pas ses orteils des yeux, un très jeune homme qui me décoche un regard très dur. Je ramasse la plume, elle est au bout d'une petite chaîne, mais je reste accroupi au bord du quai, la tête dans la zone dangereuse. Je vois jusqu'à la station précédente, où la rame est arrêtée, ses phares comme des yeux de tigre dans la jungle du tunnel. J'attends, en équilibre, fasciné, que la rame s'approche et que les yeux du tigre grossissent. Lorsque je sors enfin de ma torpeur et que je me redresse, la femme et le jeune homme ont les yeux braqués sur moi. On est liés, tous soulagés que je n'aie pas sauté. J'agite la plume au bout de la chaîne en guise d'explication, ça ne dure qu'un instant, puis la rame surgit en grondant, les portes s'ouvrent et chacun monte dans une voiture différente. Il est tard, plus de minuit, je me rends dans les quartiers chic pour faire le ménage chez un homme.

Il habite dans un penthouse avec vue sur Central Park. Je dois annoncer mon nom au portier, puis celui de l'homme à qui je rends visite. J'utilise le nom que je me suis inventé : Salvatore. Le portier se présente sous le nom de Freddy et me fait un clin d'œil. C'est un Noir à la peau assez claire, il a sans doute la cinquantaine.

« Tu es d'Amérique latine ?

— De Porto Rico, dis-je en enfonçant mes mains dans les poches arrière de mon pantalon et en bombant le torse.

— Ouais, dit Freddy en souriant. Ça se voit. »

Pendant que je m'avance vers l'ascenseur, Freddy me rappelle. J'opère un demi-tour et je m'arrête face à lui, mais il fait un geste pour me suggérer d'approcher plus près, car ce qu'il a à dire ne doit être entendu que par moi, quand bien même on est seuls dans le hall de l'immeuble.

« Tu ressembles à tous ces jeunes gars maigres à la peau foncée que j'ai vus franchir cette porte d'immeuble et aller exactement au même endroit que toi. » Freddy se penche davantage vers moi. « Tu leur ressembles, et à vous tous, vous savez ce que vous êtes ? »

J'attends.

« Tu sais ce que vous êtes ? »

Je baisse les yeux vers l'entrejambe de Freddy, son petit bureau, ses magazines de voitures de sport, puis je les remonte lentement jusqu'à son visage ridé, ses yeux malicieux et suffisants. Je l'observe patiemment, délibérément.

« Ce que vous êtes, c'est l'armée d'un pays du tiers-monde », annonce Freddy en éclatant de rire.

À mon arrivée, le type me demande de garder mes sous-vêtements. L'appartement est vaste, très moderne, avec des plafonds à trois mètres et une paroi entièrement vitrée.

Je me déplace le long de ce mur de verre pour le nettoyer avec de l'ammoniaque et du papier journal. J'aime mon reflet dans la vitre nocturne, la façon dont mon corps devient presque translucide, ses limites et ses traits à peine suggérés, la façon dont les lumières de la ville et la percée noir verdâtre de Central Park y pénètrent et s'en déversent à la fois. Le reflet de mes sous-vêtements en coton blanc tend à devenir opaque, à prendre réalité, et la plume en or scintille juste en dessous de ma croix en or. L'homme commente toutes les parties habituelles de mon corps, mais aussi des parties moins habituelles – mes mollets, la dernière vertèbre en saillie au sommet de mon dos. Commenter n'est pas nécessairement complimenter, on en est tous les deux conscients.

Je ne le regarde pas. Je me regarde dans la vitre : à moitié effacé, mince et jeune. Je me déplace d'un air assuré. Si tu ne montres pas ta vanité, les types ne sont pas satisfaits. *Regarde ma peau lisse, regarde mon jeune visage, mate ma plume en or !*

Et là, quelque chose d'autre, de la conviction, prend le dessus ; je suis très doué pour faire semblant. Alors, plus que tout, voilà ce que j'ai envie de dire : à cet instant-là, je suis heureux.

2.

« Explique-moi, explique-moi », demande Liam, mais en réalité il n'a aucune envie que j'explique quoi que ce soit. Je suis devenu un monstre pour lui, et il a besoin que je reste ce monstre. Alors je garde le silence et je fais lentement tourner du bout du doigt un sachet de sucre sur la table. La serveuse opère un large détour pour nous éviter – Liam pleure ouvertement –, pourtant, j'aimerais bien qu'elle vienne remplir ma tasse vide. J'écoute Liam, je le regarde pleurer, je cherche en moi un souvenir, une blessure qui me donne à moi aussi envie de pleurer. Je me suis comporté comme un salaud, je baise ailleurs depuis le début de notre relation qui a commencé il y a presque dix ans, j'ai baisé avec un nombre incalculable d'hommes – souvent, mais pas toujours, pour de l'argent –, alors, en guise de pénitence, j'aimerais pleurer pour lui, lui offrir ça. Mais j'ai beau chercher, mes yeux sont secs. Et puis, pleurer à propos d'autre chose, me moquer de lui, ça ne serait qu'une tromperie de plus, alors que je tente justement de faire preuve d'honnêteté.

« Explique-toi ! » exige Liam. Il frappe sur la table. Un homme qui braille comme ça, vêtu d'une veste de costume rose aux coudes rapiécés en provenance d'une friperie et coiffé comme un dandy : on fait très gay, et un peu pathétiques. J'imagine comment on est perçus par la famille installée sur la banquette voisine ; j'entends les pensées des types qui mangent seuls au comptoir le dos voûté ; la serveuse, bien sûr, j'ai compris, n'approchera plus avec sa cafetière. On a l'air ridicules, surtout Liam. Je devrais pouvoir faire taire mon jugement et mon souci des apparences. Je devrais regarder Liam, rien que Liam, et ressentir quelque chose.

« Allez », dis-je. Je sors vingt dollars de ma poche et je m'assure d'attirer le regard de la serveuse en déposant le billet au bord de la table – vingt dollars pour deux cafés et le fait d'être gay dans un *diner* du sud de Brooklyn qui reste ouvert toute la nuit.

« Explique, explique », gémit Liam.

Je me lève et j'attrape son pardessus miteux sur la patère.

« Habille-toi. Et sèche tes larmes. On y va. Tiens, voilà une serviette. Mouche-toi. »

Je tends à Liam son écharpe, qu'il a tricotée lui-même, il est si fier de ses couleurs criardes, de ses trous et de ses mailles ratées, de son inélégance globale. Je le regardais faire depuis le lit, un livre à la main, tandis qu'il passait ses soirées à tricoter à la lueur de la lampe de chevet, notre petite chatte obèse et sourde sur les genoux, au son des disques qui passaient. Je le trouvais beau, doux, agréable, mais il y avait aussi la poussière, le bordel et les poils de chat, et c'étaient toujours les mêmes vinyles qui sautaient toujours aux mêmes endroits, je réfléchissais à ce qui rendait Liam si doux – la peur – et ce qui lui faisait tellement peur – moi.

« Explique-toi. J'ai besoin que tu m'expliques, enfoiré.

– Lève-toi. Allez, viens. Ça suffit. Je te raccompagne. »

Il y a un vent incroyable, un vent glacial qui s'introduit dans chaque boutonnière, et je n'ai pas de chapeau. Je suis content qu'il y ait du vent ; tout le monde marche la tête baissée, les mains glissées sous les aisselles. Personne ne regarde personne, personne n'a envie d'être regardé – mais moi, je laisse le vent percuter mon visage, le mordre, et je regarde les hommes ; même là, je regarde tous les hommes.

Notre petit appartement miteux est devenu le sien. Il ne veut pas me laisser monter, c'est compréhensible, mais je lui dis qu'il fait trop froid pour que je puisse expliquer quoi que ce soit sur le trottoir.

« C'est une blague ? C'est un piège ? demande Liam. Ça pue l'attrape-couillon, ça. Et c'est moi le couillon ? »

Il introduit une clef dans la première serrure, puis dans la suivante. Il tremble. Je n'ai pas envie de baiser, mais je sais qu'il a besoin que j'en aie envie.

Dans l'appartement, la chatte se frotte contre nos jambes.

« Tu lui as manqué », dit Liam.

J'ai envie de la prendre dans mes bras, mais je porte un long manteau noir et elle est toute blanche. J'attrape la main de Liam et je l'entraîne vers la chambre.

« Non, il dit. Là où on l'a jamais fait ici. »

Il ouvre la porte de la salle de bains et tire sur la ficelle pour allumer l'ampoule.

« Par terre. »

Il suffit de jeter un coup d'œil au carrelage blanc octogonal pour ressentir un froid vif et dur jusque dans les os, mais j'obtempère et je me déshabille consciencieusement, puis je plaque mon dos nu contre le sol et j'attends. Liam revient avec un préservatif ; on n'en a jamais utilisé, pas une seule fois.

« Où est-ce que tu as trouvé ça ?

— Tais-toi.

— Non, sérieux, tu en as acheté ? Déjà ? Tu en as déjà acheté ?

— Enfile-le. »

J'obéis. On s'y met. Sous moi, le sol devient de plus en plus froid et dur. Alors qu'on prend le rythme, Liam met ses mains sur mes épaules et me redresse, je crois, pour m'embrasser – on n'a pas encore échangé de baiser – mais, au lieu de ça, il me renverse d'un coup, et mon crâne heurte le sol dans un bruit blanc, un bruit aveuglant. Je mets quelques instants à me rendre compte que je suis recroquevillé sur le côté en me tenant la tête, les yeux fermés, sans plus sentir le poids de Liam sur moi. Je rouvre les yeux. Il a quitté la salle de bains et il m'observe depuis l'embrasure de la porte de la chambre. Il n'a pas l'air bien – choqué, nu, avec notre chatte dans les bras. Il n'a pas l'air bien du tout.

« Ça va, je n'ai rien », dis-je.

Il ricane, pousse un soupir de fou mêlé d'un rire et donne un coup de pied dans la porte de la chambre pour s'enfermer.

1.

Je ferme la librairie à clef et j'éteins la musique, mais je laisse la lumière – la boutique paraît tout à coup immensément silencieuse, ses étagères un peu vides, avec des livres qui ont besoin d'être remis en place. Je retourne les chaises du coin café sur les tables et je laisse ouvert le tiroir-caisse vide pour décourager les curieux de lancer une brique dans la vitrine. Je compte la recette dans l'arrière-boutique. Un jour, j'ai volé cent dollars dans le tiroir-caisse – en billets de un et de cinq dollars – et ç'avait rendu Liam tout rouge, ça l'avait mis hors de lui à mesure que je sortais des billets de mes poches. De combien de boulots je m'étais fait virer, combien j'en avais quitté au fil des ans, et combien de longues périodes d'inactivité entre ? Je me sentais libre. Je me suis toujours senti libre ; Liam ne s'était jamais fait virer, il n'avait jamais démissionné sur un coup de tête, il avait toujours travaillé dur, avec acharnement, pour des associations qui défendent la justice sociale, il payait le loyer de notre appartement miteux dans le sud de Brooklyn, il payait les courses, la nourriture pour le chat et les disques d'occasion. « Les gens volent, lui ai-je dit. Les gens mentent, les gens trichent. C'est manger ou être mangé. » Mais lui, il ne volait pas, ne mentait pas, ne trichait pas.

Quoi qu'il en soit, je suis dans l'arrière-boutique en train de compter la recette, et le téléphone sonne. Je me dis que c'est lui. Je l'attends d'une minute à l'autre. Il est censé me rejoindre après le travail, mais c'est Liam qui m'appelle de dehors.

« Passe une tête, dit-il. Tu me verras.

– Je suis en train de faire la caisse.

– Arrête-toi deux secondes, allez, passe une tête, que je te voie.

– Si je fais ça, je perds mon boulot. Rentre. Je t'ai dit que je sortais ce soir.

– Tu sors ? Et moi je dois rentrer ?

– Avec Lorena. Je te l'ai dit. Elle veut me voir tout seul, pas avec toi. Tu sais comment elle est ; elle va avoir envie de picoler, de se lâcher, et toi tu bosses demain matin. De toute façon, c'est moi qu'elle veut voir, pas nous. C'est ce qu'elle m'a dit. Ne le prends pas mal ; elle considère qu'elle vaut mieux que moi, elle me trouve plus taré qu'elle, alors elle…

– Il y a un homme, dit Liam, sur un vélo. »

Je me tais.

« Il regarde par la vitrine. Il est assis sur son vélo, et il regarde par la vitrine. Je veux que tu me dises la vérité. Cet homme t'attend ?

– Bébé.

– Incroyable », murmure Liam. Puis quelque chose d'autre, un autre mot. Ou alors, c'est le vent. Puis il ajoute : « Il a l'air très sympa. Tu es un incroyable enfoiré. »

Ce n'est pas un gars sympa, mais il sait se faire passer pour tel.

On est toujours au téléphone, je suis toujours dans l'arrière-boutique. Liam repart vers le métro. L'homme sur le vélo attend. Je supplie, je me confonds en excuses, je fais comme si je ne voulais pas rompre alors que j'ai vraiment envie de rompre. Pendant tout ce temps, je ressens une immense colère ; j'en ai tellement marre de m'excuser. Liam passe son temps à récupérer des plantes et à les rapporter pour leur offrir une seconde vie. Partout dans l'appartement, il y a des plantes qui poussent. Ça aussi, ça m'insupporte – et quand Liam me demande de ne pas rentrer, qu'il me dit de passer le lendemain, pendant qu'il est au travail, pour récupérer mes putain d'affaires et de ne plus jamais revenir, je pense à ces plantes, à un endroit dans le monde sans elles. Mais en vérité, il y a eu un temps où on croyait tous les deux que sa bonté et son soleil suffiraient à me réhabiliter.

« C'est fini, dit Liam. Tu es libre. »

0.

Liam et moi, on part travailler dans une petite ferme d'un seul hectare en Virginie – un champ de rocaille en pente niché quelque part dans les Blue Ridge Mountains. On y va d'une traite, on se relaie au volant. C'est la voiture de Liam, cette vieille guimbarde dans laquelle il a mis toutes ses économies. On gravit avec peine le versant des montagnes, puis on se laisse dangereusement glisser de l'autre côté en évitant le plus longtemps possible de freiner, agrippé au volant, en criant au destin et à ce tout nouveau droit de faire ce qu'on veut, et ensemble. On a tous les deux vingt ans, on s'est trouvés.

À la première station-service, je vole une paire de lunettes à verres jaunes et grosse monture en plastique noir. Elles donnent l'impression de nager dans le miel. Liam commence à délirer sur ce que j'encours, il spécule sur les prisons du coin et les conditions de détention, les préjugés et l'hostilité des autres détenus, mais je lui mets les lunettes de soleil sur le nez pendant qu'il roule, je l'embrasse dans le cou et je lui dis : « Regarde. »

Et il dit : « Ouah, c'est magnifique. »

On arrive de nuit, le déluge a presque emporté le chemin de terre qui mène à la ferme. Les pneus s'enfoncent dans des trous remplis d'eau qui éclabousse le pare-brise, c'est comme si on avançait dans une station de lavage. On passe trois fois devant le chemin avant de le repérer, c'est un chemin en terre et non balisé, on dirait deux sentiers parallèles, deux sillons creusés par les pneus avec de l'herbe au centre. De chaque côté, des feuilles et des ronces griffent les vitres. On le remonte sur cinq kilomètres à la lueur des phares, il n'y a pas de lune, pas d'étoiles, uniquement des arbres et une obscurité si profonde et si puissante qu'on ne dit pas un mot, on a le cou tendu jusqu'à presque toucher le pare-brise du front pour distinguer quelque chose dans cette immensité d'un noir d'encre.

« On a basculé par-dessus le bord du monde », dit Liam.

Les phares éclairent deux yeux étincelants, une bestiole dont on ne voit pas le reste du corps. Dans la voiture, la lumière verte du tableau de bord se reflète sur la peau blanche sous le menton de Liam. On dirait qu'elle irradie de lui.

« Qu'est-ce qui te fait si peur ? »

Liam quitte un instant le sentier des yeux pour se tourner vers moi.

« Arrête. Tu fais toujours comme si rien ne te faisait peur. »

Le fermier apparaît au bord du chemin, une main en visière, armé d'un fusil de chasse. Liam arrête la voiture et baisse sa vitre.

« Va falloir laisser votre voiture ici, annonce le fermier, qui ne s'excuse pas pour l'arme. Vous avez une lampe de poche ? »

Il nous emmène à une petite cabane de guingois, quatre murs recouverts de bardeaux et un poêle à bois. Elle se dresse au premier tiers du flanc d'une minuscule montagne et il y a sous son seuil des dalles de pierre, une de plus chaque année pour l'empêcher de basculer dans la pente et de glisser jusqu'aux champs de framboises sauvages en contrebas. Il nous explique tout ça en agitant sa lampe torche. On l'a rencontré au printemps, quand il avait autorisé à camper chez lui des nuées de manifestants qui se dirigeaient vers le palais du gouverneur pour protester contre l'emprise de la Banque mondiale et du Fonds monétaire international sur les pays en développement : une semaine de fureur et de fête tumultueuse. (*La jeunesse et son enthousiasme, hein, nene ? C'est ça, Juan, les feux et les chants.*) Liam et moi, on faisait partie de ces stupides idéalistes qui avaient dormi à la ferme. On avait raté une journée de manifestations tellement on avait aimé les semis, la serre, la montagne et ce vieux hippie qui avait fait son retour à la terre et nous racontait des histoires délicieuses et paranoïaques en nous invitant à revenir l'été suivant, lorsqu'il aurait besoin d'un coup de main. Mais là, dans la nuit, sur le flanc de la montagne, il a l'air éteint et désagréable.

« Elle tient à peine debout, dit le fermier. Elle aimerait bien piquer du nez, mais elle passera l'été.

— Vous en êtes sûr », dit Liam, trop timide pour terminer sa question par un point d'interrogation.

Je suis essoufflé par la marche et le poids de nos affaires, mais j'essaie de ne pas faire de bruit en respirant.

« Y a pas d'étoiles, dit le fermier. À cause de l'orage. D'habitude, y a des étoiles. Bonne nuit. »

Je suis incapable d'ouvrir la porte de la cabane, je suis incapable de décrire la nuit qu'on a passée, la façon dont on l'a passée, ainsi que ce premier matin humide ; je suis incapable de parler de l'éclosion, des bourgeons, des fleurs et des fruits ; je suis incapable de raconter les ruches, le miel, les poussins qui arrivent par colis postaux, les éclairs des orages d'été, notre peau qui brunit, le spectacle depuis le sommet de la montagne, nos glissades pour redescendre, ces mots que j'ai appris, *zinnia*, *motoculteur*, celui pour appeler les cochons qui bouffent toutes nos épluchures, la peau des cochons, la peau de mon homme, comment il est devenu mon homme, les promesses et les faux-semblants, les scénarios qu'on se racontait en l'absence d'électricité. Je suis incapable de parler de la petite chatte sauvage blanche et toute sale, la plus fragile d'une portée née dans l'étable, du ricanement du fermier à l'idée que Liam fasse une chose aussi stupide que la recueillir et la corrompre avec de la nourriture. Je suis incapable d'ouvrir la porte de cette cabane.

Non, on est simplement sur le versant d'une petite montagne, dans le noir, et on se demande dans quoi on s'est foutus et comment ça va se passer.

« Tu connais la différence entre un confesseur et un martyr ?

– Dis-moi.

– Un confesseur est persécuté et torturé pour sa foi, mais il a la vie sauve. Un martyr, on le tue.

– Mais les deux sont des saints, non ?

– Je n'en suis pas sûr. Je crois que ça prend un peu de temps. Il y a un rapport avec les miracles.

– Et la façon dont on choisit de se souvenir de ces gens ?

– La façon dont on choisit de l'oublier – cette dimension humaine.

– Dans ce cas, dis-moi quelque chose, Juan : je n'en reviendrai pas.

– "Ne te presse pas de me laisser" ? Toute fin est merdique, *nene*. Ce qui nous attend, c'est le grand oubli. Les trous noirs vont très vite arriver. Quant au corps… *Nene*, toute fin est merdique.

– "Ne me presse pas de te laisser." »

December 3, 1956

December 3, 1956

Well, fool, that 's the date, and where are your
senses?

Where they've been well hidden for years, in a
spirits bottle

Aren't you, my merry, my free, going to purloin
them, ambuscade them?

Well, sirrah, no, not now. I am too beholden to
other gods

Which gods

Oh, the Catholic, the lesbian, even, if all be told,
the general, the usual

Where, then, is time, where tide? Why am I not
afraid of all these others?

Nip out and find me drink

Where time, where tide?

Go on away and let the others stay and pay and pray

and play at generalities.

Jan Gay

VI

LA CAGE
AUX VOIX

tu les entends
Ces voix qui appellent
Dans le sommeil ; elles sont de retour
Et tu dois écouter.

HORACE GREGORY, « The Cage of Voices »

Juan est mourant. Des personnes se présentent à lui. Elles lui rendent visite sur son lit de mort et se lancent dans une conversation. En plein milieu d'une phrase. Ou reprennent des conversations longtemps restées en suspens. Elles ne me révèlent rien sur elles-mêmes. Juan dit que les voix parlent d'un lieu qui n'est ni intérieur ni extérieur. S'ensuivent des trous noirs ; la mémoire de Juan se dégrade. Je perçois autour de nous une détérioration générale.

« Le néant, Juan. Ce sont juste des cauchemars.

– Des cauchemars injustes.

– Allez, redresse-toi un peu sur les oreillers, ça te fera du bien.

– "C'est plus qu'un rêve, récite Juan, c'est une chose éveillée au milieu d'un rêve." »

Elles viennent lui raconter ce qu'elles ont fait et ce qu'on leur a fait. Juan doit les écouter. Il ne peut ni les chasser ni chasser leurs voix. Après leur départ, ne restent que des fragments, des bribes de ce que ces personnes ont dit, mais pas de chronologie ; Juan en soupçonne d'autres de passer sans laisser d'impression. Elles s'asseyent au bord du lit, ou elles se tiennent à la fenêtre et parlent à Juan en lui tournant le dos. L'un d'entre ses visiteurs, me dit Juan, a un corps incroyable, tout en muscles noueux, il tient la main de Juan et lui rappelle les années où il glissait sa langue dans les endroits terreux, les plis et replis, aisselles et autres, le goût de la sueur. Je lui demande de m'en dire davantage : à quoi ressemble-t-il, cet homme musclé, comment s'appelle-t-il ? Mais son nom et son visage se sont évanouis de l'esprit de Juan ; il se souvient de la moiteur de la paume de cet homme, de ses callosités, de sa poigne. Juan me dit que quelque chose de cette excitation bien connue flotte tout près, mais que cela reste inaccessible. Pour la première fois depuis longtemps, il se réveille avec une érection, mais sans désir de se branler, ni même de se caresser. Je lui demande de me montrer comment il fait, je le caresse timidement, mais déjà il débande, il est ailleurs. « Quel âge j'ai ? demande-t-il. À quoi je ressemble ? » « Tu es beau, dis-je. Distingué. Bien monté. » Juan ne se souvient pas plus du visage de ses visiteurs que du sien, égaré quelque part dans les recoins de son esprit. Il me demande de lui apporter le miroir, ce petit miroir rond bon marché avec un cadre en polystyrène, mais le miroir n'existe plus, je l'ai cassé l'autre jour en le posant en équilibre sur le rebord de la fenêtre pour me raser à sec. La salle de bains au bout du couloir, avec ses lavabos en fonte émaillée et ses tablettes en marbre, était trop loin. Je ne voulais pas quitter la chambre, je ne voulais pas laisser Juan un seul instant. Il allait bientôt mourir, rejoindre les fantômes de l'autre monde, et je voulais être présent à l'heure de sa mort. Je voulais être là pour lui, mais aussi pour moi, pour assouvir cette curiosité macabre sur ce qui se passait et ce qu'on ressentait – au dernier souffle.

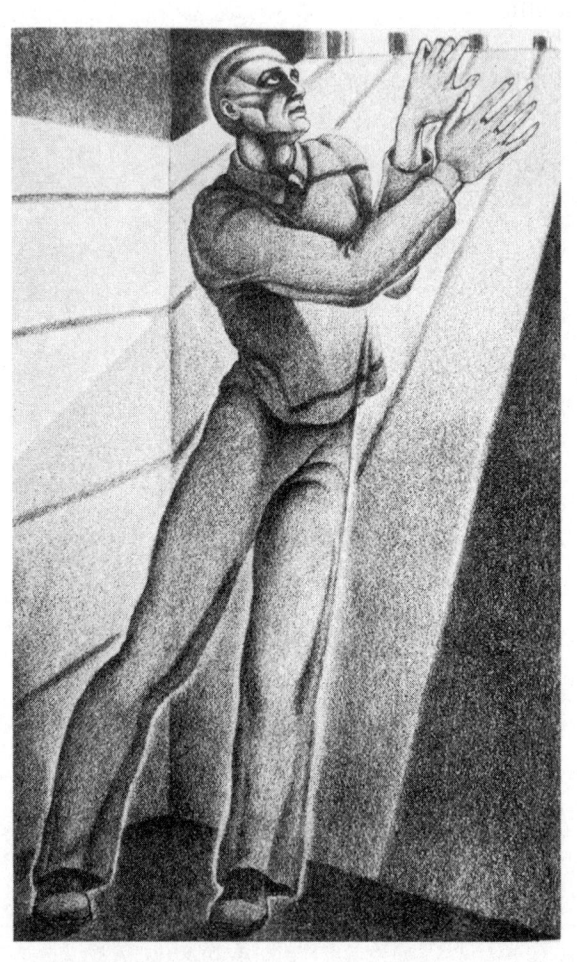

Juan s'inquiète pour les autres. Je ne sais pas où il va, ni où va le temps. Moi-même je me perds, le regard fixé sur les pages d'un livre dont je lis et relis le même paragraphe sans en saisir le sens, ou bien allongé dans le lit près de Juan, à regarder le mur, le papier peint, à guetter ses éveils, souvent la nuit, et dans ce cas c'est à mon tour de le mettre en transe, de lui demander de me raconter ses aventures.

« Juan, explique-moi ce que tu as vu.

– Rien de précis, des formes colorées et des impressions, même si j'entendais clairement les voix. Une femme qui disait : "Je ne peux pas te dire ce qui t'attend, seulement ce qui peut se passer." Puis une autre : "Il ne peut pas mourir. Il ne va pas mourir." Répété sans cesse. Puis est apparue une silhouette floue. On aurait dit ma mère, qui rougissait jusqu'au cou. Il y avait des taches rouges sur sa poitrine. Je me suis demandé quelle était cette chaîne qu'elle portait, elle ne m'était pas familière. Avec un crucifix en or coincé entre les seins.

– Ce n'était pas ta mère.

– C'est vrai. Je te l'ai déjà raconté, *nene* ? C'est tout à fait vrai. Je me suis rendu compte que je voyais une autre femme que je confondais avec Mère. Elle s'est penchée sur moi pour arranger quelque chose derrière ma tête, hors de mon champ de vision. Je percevais une certaine panique dans ses mouvements, mais cette panique restait sous contrôle – réprimée. Pourtant, j'avais l'impression que ma mère n'était pas très loin, je l'entendais se déplacer mais je ne pouvais pas tourner la tête vers elle.

– Tu étais attaché à ton lit.

– Oui, oui, *nene*. Je te l'ai donc déjà raconté. Je voulais savoir quelle heure il était, quel jour, et à ce moment-là j'ai replongé dans le néant.

– Tu ne te souviens que de ça ?

– De cet endroit.

— Donc tu étais mort.

— En théorie.

— Mais ensuite, tu as ouvert les yeux ?

— Mes yeux se sont ouverts. »

Juan affleure presque à la surface ; il est seul. Il ne semble pas me voir, et il ne semble pas capable de se maintenir à la surface. Je prends ses mains dans les miennes et il se met à parler, mais ce n'est pas à moi qu'il s'adresse, plutôt à quelqu'un dans son rêve. « Où es-tu ? » je demande, et il glousse. Il marmonne des mots à moitié avalés, et si nous n'étions pas maintenant si proches, je ne comprendrais rien ; comme une mère avec son bambin qui commence à parler, je sais exactement ce qu'il tente de me dire : « "Rabaisse ta vanité." » C'est l'une de ses citations préférées quand il cherche à me taquiner. Il aime prononcer ça en caricaturant l'accent de Pound, quelque part entre le présentateur radio et le barde shakespearien. « "Je dis rabaisse-la" ». Juan a les doigts enflés et les ongles jaunis. Sur le dos de la main gauche, une ecchymose de la taille et de la couleur d'une prune.

Juan revient à lui ; il a un petit frisson d'horreur en me découvrant dans la chambre et en s'apercevant qu'il était en pleine conversation. « Je ne vois plus rien, dit-il. Tu es là, dans le noir. » Je lui demande avec qui il était, cette fois il me répond qu'il subissait un examen, même s'il ne se souvient ni des détails, ni de ce qui s'est dit, ni de qui l'examinait. Il délirait, alors qui sait ce qu'il a révélé, et quelles mains ont tenu les siennes.

« Parce que tu ne pouvais pas mourir, que tu refusais de mourir, que toute cette histoire était en grande partie ta faute, parce que tu as péché, convulsé à l'arrière d'une ambulance, que tes yeux se sont révulsés jusqu'à ne plus laisser voir que le blanc, que l'écume s'échappait de ta bouche, parce que tu étais portoricain, parce que des récits se répandaient dans le Nord au sujet d'une étrange maladie mentale, d'abord identifiée chez les soldats, et parce qu'on ne pouvait pas t'envoyer en prison ni te bannir à jamais, on t'a mis là-bas, sous observation.

– Je ne comprends pas.

– C'était quelque chose dans ce goût-là, Juan. Tu ne te souviens pas ?

– Non, mais j'aimerais bien. Quelle heure est-il ?

– Je sais que ce n'est pas facile, mais si seulement tu pouvais faire un peu plus attention.

– Je sens ton poids, tu es assis au bord du lit. Mais je ne vois rien. J'ai peur d'avoir oublié ton nom.

– Zut, Juan. Tu sais que tu vois. Ce n'est pas la peine de t'agiter.

Je vis dans cette chambre avec toi. Je te l'ai déjà dit. Essaie de te...
souvenir. Laisse décanter un peu.

– *Nene*. Mon visage.

– C'est ça. »

Juan me dit qu'il entend sa mère sangloter. *No me lo quites…* ça ne ressemble pas à un souvenir, ni à une voix dans sa tête, c'est comme si elle était là, dans la chambre, bien que lointaine et assourdie. Il voit aussi un homme debout près de la fenêtre, en tout cas sa silhouette sombre. La chambre décrite par Juan n'est pas la nôtre ; il dit que les stores y sont en papier froissé et que, vu la façon dont elle traverse le papier froissé, la lumière doit être très vive de l'autre côté. Je lui demande si on a vue sur l'extérieur. « Non, me répond-il, pas de vue sur l'extérieur, la seule fenêtre donne sur le couloir. » Il se demande si l'homme musclé va revenir se percher au bord du lit.

« Oh, chouette, tu es réveillé. Tu te souviens de qui je suis ? Je te l'ai dit, mais tu as oublié.

– Je suis désolé, chéri… Je devrais faire plus attention.

– C'est un muscle, Juan. La mémoire. Ça s'exerce. Je crois bien… Tu m'as dit quelque chose comme ça un jour. Tu sais mieux ce genre de choses que moi.

– Thom ?

– Thom est parti. Promets-moi que tu vas faire plus attention.

– Parti ? Mais il était là il y a encore un instant. Tu l'as vu partir ?

– Essaie de te détendre.

– Il aurait dû être à l'école ce jour-là, tu sais. Je crois même qu'il était parti pour aller à l'école, puis il a décidé d'aller au cinématographe. C'est comme ça que disait Mère, le "cinématographe". À l'époque, il imitait tous ses tics de langage. Il ne s'est pas fait beaucoup d'amis en imitant Mère. Je suppose qu'aujourd'hui encore il préfère dire "cinématographe" plutôt que "cinéma"… mais… Mon Dieu. En quelle année on est ?

– Peu importe. Continue ton histoire.

– Et quelle heure il est ? Je dois me lever. Commencer ma journée.

– Tu parlais de Thom. Thom qui était allé au cinématographe.

– Pour la première fois. Un jeune homme s'est assis à côté de lui et lui a demandé s'il avait déjà couché avec une femme.

– C'était quel film ?

– Je ne sais pas, je crois que je ne l'ai jamais su. C'est bête, j'aurais dû lui demander. Mais tu as raison. C'est habile. Ça a de l'importance, n'est-ce pas ? Ces petites choses ont de l'importance – les images animées, les titres, les imperfections visuelles. La vraie matière, c'est ça. En revanche, je me souviens que Thom a dit que le film était affreux. Mélancolique. Encore un mot de Mère.

– Attends. Va moins vite. C'est quoi, la "matière" ?

– Rien. Matière à quoi ?

– Oh, merde, Juan !

– Je t'ai fait rire ? C'est… un rire, ça ?

– Continue… Parle-moi du film. Nous, Juan, on aime bien les films déprimants, hein ?

– Non, non, c'était le cinématographe, mélancolique…. *Papa longues jambes*, voilà comment il s'appelait. J'ai dû demander le titre en fait, parce qu'il flotte là, sous mes yeux. Un sacré titre, hein, gamin ? En tout cas, tout n'était que mélancolie. À l'époque, on ne parlait pas de films déprimants ni de gens déprimés ; la dépression, c'était un terme du champ économique, pas personnel.

– Ça lui était arrivé ?

– D'être déprimé ?

– De coucher avec une femme.

– Il ne faut pas se moquer du pauvre Thom.

– Quel âge il avait ?

– Il était assez jeune. L'homme a demandé à Thom s'il voulait essayer, et je suis sûr que Thom n'a pas répondu, mais il l'a quand même suivi jusque chez lui. Le type a déshabillé Thom et s'est servi de sa bouche. Thom a d'abord cru qu'il allait faire pipi et il a demandé à l'autre d'arrêter. L'autre lui a répondu : "Laisse-toi faire." C'était sa première fois.

– Donc assez vieux pour…

– Thom a eu une trouille bleue. Il croyait que quelque chose s'était cassé chez lui. Il a cru que quelque chose clochait en lui. Il se sentait nauséeux. Il est rentré et il a tout raconté à l'un de ses grands frères, qui a foutu une bonne raclée au type.

– Juan.

– Oui, chéri. Je suis là.

– Tu as tellement… changé. J'ai peur de ne pas savoir. Je ne sais pas comment…

– Non, non, ne t'en fais pas. Mère va t'aider.

– Qu'est-ce que tu crois qu'il va se passer ? Après ? Qu'est-ce que tu aimerais que je…

– Oh, je vais sans doute me lever. Il se fait tard. Tu ne crois pas que je devrais me lever ?

– Bien sûr, Juan. Bien sûr que si.

– Quel jour on est ?

– Ta question préférée.

– Il va y avoir beaucoup de questions. Des batteries de tests. Quelques examens physiques, aussi.

– Mais, Juan, il y a la question de... la cérémonie... On n'a jamais abordé le sujet de tes... dispositions... Comment tu veux être...

– Mlle Gay est désireuse de mener cet entretien. Ensuite, nous nous occuperons de votre récit.

– Mlle Gay. Tu parles de Jan ?

– Quelle mémoire. De toute façon, ce n'est pas son vrai nom. Imagine ! Elle se voit mieux parmi eux que parmi nous.

– J'aimerais comprendre.

– Oh, il ne faut pas. Promets-moi que tu ne feras pas ça. Bon. Tu ne crois pas qu'on devrait se lever ? Hein, *nene* ? Il se fait tard. On ne rattrape jamais le temps perdu. »

Malgré mon sommeil profond, j'entends des pas. Quelqu'un qui se déplace dans la chambre, ouvre et ferme des tiroirs, puis repart dans le long couloir. Quelle est cette odeur dans l'air, une odeur d'antiseptique ? De plastique ? Quelque chose de chimique en tout cas, car j'ai un goût chimique au fond de la gorge. Le bruit des pas s'amplifie autant qu'il s'éloigne. Il me traverse le corps.

J'affleure à la surface, je suis seul dans la chambre. Je me demande où est passé le vieil homme, j'ai son nom sur le bout de la langue, mon compagnon de chambre. Son lit est fait comme à l'hôpital, des draps et des couvertures propres recouvrent le matelas. Je ne sais pas ce que ça signifie, si le vieil homme est parti pour de bon. La lumière derrière les stores en papier ne change jamais, elle a toujours la même intensité. Je cherche désespérément un signe du temps qui passe, mais il n'y en a aucun.

Puis je me réveille, et Juan est comme toujours allongé dans le lit, toujours aussi doux.

« Elle commence par mes pieds. "Détends-toi, dit-elle. Tu vas être tout propre et tout beau pour les photos." Je me souviens seulement de la silhouette de Thom, c'est une image floue, à peine l'idée d'un homme. Alors que cette femme-ci est en chair et en os, et bien réelle. Elle glisse rapidement une éponge entre mes orteils, le long de ma voûte plantaire, sur le talon, puis fait le tour de la cheville, le chatouillis est douloureux parce que je n'ai même pas la force de réagir. Elle va du mollet au tibia jusqu'à la cuisse, puis recouvre ce côté de mon corps et passe à l'autre en soulevant le drap, puis ma chemise de nuit. Elle me lave bout par bout de façon à m'exposer le moins possible. Cette toilette me berce et risque de me refaire plonger dans le sommeil, alors je résiste en cherchant ce nom. Thom. Thom au cinéma. "Une séance est-elle prévue au cinématographe ?" je dis. "Qui est-ce qui parle comme ça ? demande-t-elle. À part la reine d'Angleterre ?" Je lui réponds : "Thom. Ou Mère. Où est-il ?" Mais elle continue à parler des photographies, pas du cinématographe. "Ils vont te photographier sous toutes les coutures", dit-elle. "Nu ?" je demande. "Nu comme un père. Ils ont leurs théories." Puis elle ajoute, très dure : "Mais je ne t'aurais jamais laissé prendre en photo aussi puant et aussi sale."

– Ce n'est pas l'expression, n'est-ce pas, Juan ? "Nu comme un père."

– Je lui dis que je ne suis pas sûr d'en être capable. De poser nu comme ça. Elle me répond : "Pas le choix. Et encore, tu n'es pas une femme, sinon le médecin serait déjà là avec son carnet et ses crayons, en train de t'écarter les jambes." Je dois avoir l'air dubitatif, parce qu'elle insiste : "Tu ne me crois pas ? Tu as intérêt à savoir qui il faut croire ici. Pourquoi moi, en tant que femme, j'inventerais une chose pareille ?" J'entends le bruit des éclaboussures quand elle rince son éponge dans la bassine en fer-blanc, puis la plonge dans une autre bassine, sans doute remplie d'eau savonneuse. L'éponge est propre et lisse lorsqu'elle la passe sur ma peau. Le savon parfume l'air. Je vois ses gestes, même si j'ai les yeux fermés ; je suis capable d'imaginer ses mouvements dans mon esprit. En revanche, je suis incapable de me représenter ses mains. *Nene*, je me sens extrêmement sale, j'ai l'impression que c'est ma première toilette depuis longtemps, et quand j'ouvre les yeux et que je vois la couleur de l'eau qui coule de son éponge – opaque, un gris brunâtre –, je rougis. Et là, je me dis que je connais cette femme. Je plonge, je plonge en moi, et je remonte à la surface avec son nom : Pearl.

– Pearl, c'est l'infirmière de jour ou de nuit ?

– Pas du tout. Pearl n'est ni une infirmière ni une mère. Ces questions que tu poses. "Tu es une bonne ou une mauvaise sorcière ?" Au bout de tout ce temps, *nene*, tu ne fais toujours pas la différence entre eux et nous ? "Je n'ai jamais connu mon père, dit Pearl. C'était un de ces messieurs du Sud qui n'avaient aucun scrupule à prendre leurs domestiques pour des concubines. En tout cas, ma mère dormait avec l'enfant dont elle avait la charge, un petit de trois ans, quand mon père est entré dans la chambre et l'a violée. J'ai vu le récit de notre entretien prêt pour l'imprimerie. Ils me font dire : 'Je suis la fille illégitime d'une servante mulâtresse de douze ans…' mais je jure que je n'ai jamais dit ça. Où est mon père dans cette phrase ? Toute cette violence qui a été effacée."

– Elle a raison.

– Bien sûr qu'elle a raison. "Je ne me suis jamais vue comme une bâtarde", dit-elle. D'autres s'en sont chargés pour elle. Sa pauvre mère. Pearl avait été élevée par sa grand-mère. Après avoir été un temps actrice dans une troupe amateur, elle s'était mise à gagner sa vie. Son mari était un peu vexé. "Mais pendant un bon moment, ça s'est plutôt bien passé entre nous", dit-elle. Après le spectacle, elle était souvent abordée par des femmes qui l'admiraient et la désiraient, mais elle les a longtemps tenues à distance. Et finalement, à l'âge de quarante et un ans, elle s'est laissé séduire. Par une autre actrice noire. Pearl raconte : "Elle ne m'a pas vraiment fait d'avances, mais on a dansé ensemble et il s'est passé quelque chose d'incroyable. Quelque chose d'électrique. Et là, j'ai compris que j'étais lesbienne." »

Lors d'une nuit particulièrement lucide, Juan me parle d'une femme, Yetta, qui vient se confesser dans ses rêves. L'approche, dit-elle, a été douloureusement longue, jusqu'à l'été, où elle et une autre jeune Juive se sont inscrites aux mêmes cours. Et là, Yetta a été témoin d'une humiliation en public. Quelqu'un s'est moqué de son amie, ce qui l'a peinée. « Parce qu'elle était gouine ? » ai-je demandé, mais souvent Juan n'entendait pas, ou bien refusait de s'interrompre. Par la suite, Yetta a couché avec cette fille ; elle avait l'impression de commettre un sacrilège. À l'époque, ça lui paraissait encore anormal. C'est l'autre qui a pris l'initiative de défaire les boutons du chemisier de Yetta, qui lui a caressé les seins et l'a prise dans ses bras. Elle a masturbé Yetta, qui est restée totalement passive. Elles ont recommencé plusieurs fois. « Oh, elle m'aimait plus que tout au monde. C'est ce qu'elle prétendait. Et je la croyais », dit Juan en imitant avec tendresse l'accent yiddish. Puis Yetta a appris que, dans ce fameux monde, il y en avait une autre. Que la fille vivait avec une petite amie. Elle voulait la quitter pour Yetta, mais Yetta a refusé. Et elle a rompu. Elle estimait que la petite amie ne bénéficiait pas d'un traitement équitable.

« Un long, très long moment dans les profondeurs. Finalement, je suis ramené à la surface par des coups, non pas à la porte, mais des coups faits de mots. Je ne vois rien mais je me représente une porte. Grande ouverte. "Toc toc", dit l'homme. Je réponds : "C'est moi."

– Je suis là.

– Je suis là. L'homme demande : "Tu veux bien me suivre ?" Mais je ne peux pas me lever, je suis attaché à mon lit. "Tu es marrant, tu sais ? dit l'homme. Tu as déjà les pieds par terre. Regarde." Autre prise de conscience, un choc. Je me rends compte que je suis debout, face au mur. Appuyé au cadre de lit en laiton, les coudes pliés, mes mains qui agrippent les flancs du matelas, mais comme paralysé, sans savoir si j'étais en train de me lever ou de me coucher. Une tête dans l'embrasure, un visage souriant, celui d'un jeune homme avec de très beaux traits féminins. Lorsqu'il entre, je vois que, sous la tenue réglementaire, il y a un corps noueux et naturellement musclé.

– Le type musclé d'avant ?

– "Tu es marrant, tu sais."

– Marrant ?

– C'est ce qu'il me dit. "Tu bouges les lèvres, mais tu oublies d'utiliser ta voix. Tiens, attrape ma main. Je m'appelle Victor." Je dis : "J'aimerais bien t'accompagner."

– Moi aussi, j'aimerais bien vous accompagner tous les deux.

– "Viens, viens", me dit l'homme. Je me rends compte que les murs du couloir sont peints en vert mousse. Les portes en métal sont espacées de trois mètres chacune. Les rares qui sont ouvertes donnent sur des chambres vides avec des matelas nus sur leurs cadres en laiton et des draps propres en paquets enveloppés de papier brun au pied. Mais la plupart des portes sont fermées. Victor s'arrête et frappe à l'une d'elles, puis me regarde avec une grimace exagérée, et agite ses doigts avant de frapper à nouveau. Les boutons de porte sont dorés au centre mais brunis sur les bords à force de les actionner. Chaque instant est si plein et si immédiat que je suis incapable de réfléchir. Je sens les questions que je devrais poser, mais je suis incapable de les formuler. Le bouton brille et j'ai envie de le toucher ; je l'attrape. Victor intercepte ma main tendue et la garde dans la sienne. "Ces portes horribles. Si seulement ils les peignaient", dit-il. "Couleur arme à feu", dis-je, et il me répond : "Tu. Es. Marrant." Comme s'il y avait un point après chaque mot.

– Tu l'es, Juan. Marrant.

– Une habitude exagérément féminine d'insister sur chaque mot. Il aime la répétition, le staccato : "Bon, je suppose qu'ils sont partis. Partis, partis, partis. Donc ? Allez, allez." »

Les moments de lucidité et de connexion se font de plus en plus rares. Parfois, Juan se lance dans de longs soliloques en espagnol que je ne comprends pas, mais qui ne s'adressent de toute façon pas à moi ; il parle un dialecte portoricain saccadé en omettant des consonnes et en allongeant les voyelles, ce qui me rappelle mon père, mes cousins, mes oncles, ma grand-mère – les taquineries, les parodies de disputes, leurs rires – et là, dans la chambre avec Juan, mon oreille étant maintenant habituée à l'anglais, c'est la disparition de la consonne entre les *a* et les *o* que j'entends plus que tout : *a'o*, *a'o*, *a'o*. À certains moments, l'espagnol est assez clair pour que je sache que ses paroles ont un sens. Mais le plus souvent, ce n'est que charabia, gémissements et agitation. Dans mon enfance, ma tante de Brooklyn était venue passer la fin de sa grossesse chez nous, puis elle était restée plusieurs mois après la naissance ; tout ce qui tournait autour du bébé me fascinait, en particulier cet endroit mou et très fragile sur le crâne, qu'il ne fallait absolument pas toucher. Un jour, j'ai surpris ma mère qui versait de l'eau chaude dans une tasse puis l'apportait à ma tante, qui, sans maquillage, « sans son visage », comme elle aimait dire, pleurait en silence. Ma mère a rapproché le thé d'elle en disant : « Tu dois apprendre à dormir quand le bébé dort, Red. »

Je me glisse dans le lit près de Juan. Je lui prends la main. J'apprends à dormir quand il dort afin d'être là si le vrai Juan revient une dernière fois me parler. La sensation de ma main dans celle d'un autre homme me fait sombrer, et je plonge, je me souviens de pelotages frénétiques, d'étreintes, d'un type plus âgé qui m'avait pris dans sa bouche au fond d'un bus désert, d'un autre qui m'avait baisé par terre dans son placard – mais je suis certain que, en dehors de Liam, je n'ai jamais tenu la main d'un autre homme. Puis vient la première image du rêve : une fête foraine au fond de l'océan. Je nage vers elle dans l'eau sombre. La grande roue tourne dans la nuit, sa jante et ses rayons couverts d'ampoules allumées, rouges, jaunes et bleues, et devant, un enfant et un père baignés dans ces couleurs douces. Le père entraîne l'enfant à travers la foule ; c'est la fête foraine annuelle. Il y a des odeurs de sucre caramélisé, des visages qui se pressent partout, le ragtime des manèges. L'enfant serre un peu plus la main de son père, le père se retourne comme si l'enfant lui avait tapé sur l'épaule, ou comme s'il était une marionnette que le petit manipulait avec une ficelle. Allez savoir pourquoi, la découverte de cette forme de communication silencieuse enchante l'enfant, alors il tente une expérience, de temps en temps, il serre comme si quelque chose lui faisait peur et qu'il était en demande de réconfort, et bien sûr, à chaque fois, le père tourne la tête et regarde le garçon avec une légère inquiétude, jusqu'à ce qu'il finisse par demander : « Qu'est-ce qu'il y a ? C'est quoi, le problème ? Qu'est-ce qui ne va pas ? » L'enfant ne sait pas quoi dire. Il comprend que, depuis le début, son père cherche quelque chose, ou quelqu'un. *On est perdus*, comprend le garçon.

Je serre cette main dans la mienne, la main de Juan, un si bref instant que ç'aurait pu être un spasme, mais l'autre main comprend

et réagit assez pour que je ne doute pas. « Toc toc. Viens, viens. »
Du fond de l'océan, je lève les yeux et j'aperçois de grands éclairs,
une lointaine tempête sous-marine qui se rapproche. J'essaie de
regagner la surface, mais je suis parti. « Parti, parti, parti. »

Juan est silencieux. Il n'avale plus rien, pas même de l'eau. Alors…
J'ouvre les rideaux. Je range ses affaires. Je m'oublie.

Je suis à une table avec un crayon gris. Face à des pages et des pages de questions. Masculinité-Féminité. J'ai découvert un exemplaire original dans les affaires de Juan. Associations de mots. *Soulignez le mot le plus approprié ou le plus logique par rapport au terme en majuscules ; celui auquel il vous fait le plus penser. Répondez rapidement, sans réfléchir aux propositions.* Les questions, terriblement longues, tendent à engourdir l'esprit, et à mesure que j'y réponds, je plonge dans une sorte de transe. C'est peut-être le but recherché. Certaines choses reviennent. Je retourne aux pages déjà complétées. Je note les répétitions sur un bout de papier arraché à la première page du livret. Les mots qui réapparaissent le plus souvent sont *viande, mère* et *soldat*, trois fois chacun. Il y a aussi une partie en OUI ou NON. Je découpe avec soin les questions auxquelles j'ai répondu par l'affirmative, et je les colle sur un bout de crépon noir. Fier de ma création, je plie le papier pour le glisser dans la poche d'un pantalon en toile appartenant à Juan, qui me va très bien. J'ai passé en revue tous ses vêtements. Poubelle. Poubelle. À garder.

THE MASCULINITY-FEMININITY TEST

Answer each question as truthfully as you can

YES or NO.

Do you ever feel that you are about to "go to pieces"?.

Do you ever dream of robbers?

Do you like to have people tell you their troubles?.

Do you like to tell your troubles to others?.

Do people ever say that you talk too much?

Would you like to wear expensive clothes?.

Are you often frightened in the middle of the night?.

Are you often bothered by the feeling that people are reading your thoughts?.

Are you much embarrassed

Are you worried when you have an unfinished job on your hands?

Were you ever fond of playing with snakes?

Have you often been punished unjustly?

Can you stand as much pain as others can?.

Can you

sit still

Do you ever imagine stories to yourself so that you forget where you are?.

Do you prefer to be with older people?.

Do you like sex?.

Do you shrink from facing a crisis

Did you ever run away from home?.

Do you feel like jumping off when you are on a high place?.

Je me réveille. Au lieu d'un gobelet en plastique sur la table de nuit, il y a un livre. Un livre pour enfants. Sur la couverture, un petit mot scotché. « Connais-toi toi-même. » J'attrape le livre. Si je le place pile au-dessus de ma tête, les pages tombent à la verticale, et il y a tout juste assez de lumière en provenance du couloir pour que je distingue les images – des créatures de la jungle, un petit garçon –, en revanche mes yeux sont trop fatigués pour lire le texte. Je referme le livre et j'observe à nouveau sa couverture, où tout est écrit en plus gros. *Who's Afraid?* Telle est la question que pose le titre. Mais déjà mes paupières s'abaissent.

« Bonjour.

– C'est vrai ? Il fait jour ?

– Pour toi, en tout cas, *nene*. C'est un peu un jour éternel, non ? Je t'ai manqué ?

– J'ai fait un rêve. J'ai rêvé que…

– Oh non, si on évitait de pleurer ? Vraiment, chéri, tu es parfois un peu morbide, tu sais. Où est passé ton sens de l'humour ?

– C'est cet endroit…

– Oui. C'est vrai. Rien que ces draps rêches en briseraient plus d'un. Et ce salon, chéri ? Avec cette moquette et son affreux motif marron, orange et blanc. On dirait qu'on a attiré une bande de chats tricolores pour les écraser par terre. Ah, enfin un sourire. Quel est ce livre que tu as apporté au lit ? Quelque chose de léger, je vois. Peut-être un peu trop jeune pour toi. Ce n'est pas du Balzac, hein ?

– Oui, oui, tu m'as manqué. Où étais-tu ?

– Oh, j'avais quelques petits trucs à faire ici et là, enterrer la *madre*, ce genre de choses

– Oh. Je suis désolé.

– Ah bon ? Il n'y a pas de quoi. Même s'il y a eu un petit incident à propos de la robe. Tu vois, ma mère prenait grand soin de ses vêtements. Elle avait deux robes du dimanche et une très belle robe du soir qui dataient de l'époque où elle était jeune, belle et riche. Ce qu'il faut savoir à propos de Mami, c'est qu'elle a dégringolé dans l'échelle sociale en épousant mon père, et que ça ne s'est pas arrangé quand il est parti à New York pour le travail, et qu'il y est mort. Au travail. En tout cas, elle a perdu en panache. À la fin, elle était tellement maigre que sa robe en soie tenait à peine sur elle. C'était une robe sobre sur le devant, mais avec un dos nu. Quand elle l'avait achetée, c'était *risqué**, *dans le vent**, *à l'avant-garde** – tous ces mots français, chéri. Elle n'a pas eu souvent l'occasion de la porter, c'est vrai, mais elle l'a gardée intacte tout au long des années.

– De quelle couleur ? Je veux me la représenter.

– Ah bon ? C'est gentil. Fard à joues, je dirais. Comme quand on pique un fard. Imagine un col entouré de volants qui continuent le long du dos nu. Quoi qu'il en soit, ma sœur, la cadette – un peu sotte et bien trop sentimentale –, voulait enterrer notre mère dans cette robe, alors que, tu vois, on devait vendre tout ce qui avait de la valeur, soit trois robes et deux bagues. Ça ne couvrirait pas les frais, mais au moins, ça paierait le cercueil. "On ne va quand même pas enterrer Mère en blouse !" Tu vois, ma sœur, contrairement à Mère, n'avait connu que notre taudis, une maison divisée en appartements aux pièces exiguës, cuisine et salle de bains partagées entre plusieurs familles. Elle a vu notre mère y vivre avec dignité, et pour elle, la source de sa dignité, c'étaient ses vêtements, ces belles choses que maman avait vendues au compte-gouttes au fil des ans. Elle ne se rendait pas compte que Mère agissait avec dignité parce qu'elle avait été traitée avec dignité toute sa vie, jusqu'à rencontrer père. "Mais, chère sœur, je lui dis, la gloire de cette robe est son dos nu, la façon dont les volants encadrent le dos de Mère…" Oh, *nene*… et maintenant, c'est à moi de partir… mais je me souviens encore de la seule fois où j'ai vu ma mère dans cette robe, j'étais très jeune. Quelques jours plus tôt, alors que je me promenais sur la plage, j'avais vu une raie, c'était la première fois que j'en voyais une, un pêcheur l'avait mise dans un seau. Il a retourné la bestiole pour me montrer ses dents, et ça m'a terrifié, une sorte de terreur érotique, chéri, c'était délicieux, et quand j'ai vu Mère dans cette robe, avec ses splendides omoplates qui bougeaient, c'était comme s'il y avait une raie piégée sous sa peau...

– Je suis désolé d'apprendre sa mort.

– Oh non. Il ne faut pas. Elle n'était pas désolée. Ne t'inquiète pas. Je vais bien. Ce sont des larmes de bonheur, vraiment. Quoi qu'il en soit, ma sœur et moi, on se dispute, chacun de nous argumente. J'essaie de lui expliquer qu'une robe comme celle-là sur un cadavre, c'est parlant, mais choquant. Elle ne comprend pas. C'est trop pour ma petite sœur, que je parle de Mami comme d'un cadavre, alors au bout du compte j'accepte, on ne vendra pas la robe, tant pis pour l'argent, je suis prêt à tout pour qu'elle arrête de pleurnicher. "C'est quand même dommage, je dis, qu'on ne voie pas son dos." Et c'est là que ma sœur, qui a cessé de pleurer, même si elle renifle encore comme une petite fille, dit : "Ça ne serait pas convenable, n'est-ce pas, de l'enterrer sur le ventre ?"

– Quoi !

– Je savais que ça te plairait, chéri ! Imagine ! J'ai fait remonter tout ça rien que pour toi. Les gens sont si précieux quand il est question de mourir, n'est-ce pas ? Mais pas nous.

– Je veux que tu reviennes. Pour de bon.

– N'importe quoi, *nene*. Je ne fais que passer. »

De très nombreuses mains me maintiennent allongé. Une soudaine envie de me redresser enfle en moi, et je me réveille en sursaut. Il faut que je me lève. Il le faut. Sinon. Les mains m'agrippent, elles me retiennent. C'est trop tard. *Oh mon Dieu,* me dis-je, *qu'est-ce qui m'attend ?* Il y a des petits mouvements rapides tout autour, hors de ma vue. Des mains qui serrent, à l'agonie, lentes. Leurs doigts s'enfoncent dans mes narines ; leurs doigts plongent le long de ma langue et se fraient un chemin dans ma gorge.

Je me réveille avec des haut-le-cœur, je tousse et je suis en sueur, mais je suis réveillé. Pour de bon. Mon cœur bat la chamade. Où suis-je ? Dans la chambre. Avec la fenêtre, et la porte qui donne sur le couloir où la lumière est toujours allumée. Je suis dans cette chambre, mais où est cette chambre ? Je ne suis pas attaché à mon lit. Je suis au Palais. Mon souffle, mon cœur s'apaisent, peu à peu. Sous la terreur, je me sens fragile. Et si fatigué. J'ai la gorge sèche. Un homme mortellement immobile à côté de moi. Juan.

« Qu'est-ce que mangent les morts ? » m'avait-il demandé un jour. Une énigme.

Mieux vaut terminer là-dessus : l'une de nos dernières bonnes journées. Juan me réclame à nouveau le miroir. Je lui dis qu'il a disparu et je lui montre le cadre vide pour le lui prouver.

« Alors sois mon visage », me dit Juan.

J'écarte le rideau pour laisser entrer un peu de lumière, j'attrape le cadre et je le mets autour de mon visage. Je me penche vers Juan. Il hausse les sourcils, je hausse les miens. Il louche, je louche. « Mon Dieu que je suis moche », il dit, et je dis la même chose. Il sourit, je souris à mon tour. « On voit mes grosses gencives », il dit. « On voit mes offensives ! » je dis. Puis il pince les lèvres et je pince les miennes, il saisit le miroir entre ses vieilles mains, autrement dit il place ses mains sur les miennes et attire son reflet jusqu'à toucher mes lèvres. Son haleine et son goût – un mélange acide et sucré. Il a les lèvres trop sèches et trop fines. J'ai un petit mouvement de recul, mais à peine.

« Reste, dis-je à moi-même ou à Juan, ce qui brise l'illusion.

— Mon visage et moi, dit-il. Tout ce qu'on a vécu ensemble. »

Il porte la main à mes cheveux, noirs, bouclés, gras et emmêlés.

« *Mira*, dit-il, il faudrait laver et couper ces crinières. Ça fait trop longtemps.

— D'accord, Juan. Je suis sûr que, dans ce bordel, tu as quelque chose qui coupe. Je vais m'en occuper tout de suite. Qu'est-ce qu'on dit, déjà ? Le temps perdu... Ce qui est perdu n'est jamais... »

Juan tient le cadre un long moment, il refuse de me lâcher.

NOTES ÉCLIPSÉES

Un jour, Juan m'a raconté que Carl Jung avait fait graver une citation latine dans le linteau en pierre au-dessus de son entrée, qui signifiait invité ou non, dieu est toujours là. S'il avait eu de quoi, s'il avait jamais possédé une maison, Juan aurait aimé graver un message similaire au-dessus de son entrée, avec toutefois une nuance : INVITÉ OU NON, HIER EST TOUJOURS LÀ. Je lui ai dit que je l'inscrirais sur sa pierre tombale, puis j'ai regretté d'avoir plaisanté là-dessus. « Tu te souviens des séances chez l'ophtalmo, nene ? Comment il mettait un doigt d'un côté de ta tempe et le faisait avancer tout doucement ? Le passé refait toujours surface, il est toujours là, tapi à la périphérie. » Je lui ai dit que je ne savais pas comment regarder le passé. Quand j'essayais, j'avais l'impression qu'il était toujours en partie éclipsé, comme quand on met des œillères aux chevaux de course ou aux chevaux de trait pour qu'ils restent concentrés et ne voient pas ce qu'il y a derrière qui risquerait de les effrayer. Juan est mort en me laissant ces documents, ces photos et ces écrits médicaux, autant d'aperçus d'une histoire sublimée, et quand j'ai tenté de prendre du recul et d'avoir une vue globale sur le passé, ç'a été difficile. Ces notes n'ont aucune visée savante, elles sont personnelles et biaisées. Elles montrent ce que je vois dans les limites qui sont les miennes. (J'entends encore Juan qui imite l'ophtalmo en déplaçant un doigt près de ma tempe et en disant : « Dis-moi à quel moment tu vois. » Et moi riant à gorge déployée. Il continue, il insiste : « Et là ? Là, tu vois ? » Et je suis pris d'un fou rire parce qu'on est allongés dans le noir complet.)

9   « La poésie perd un peu de son charme… » : Contrairement à toutes les autres pages caviardées, lesquelles proviennent de *Sex Variants: A Study of Homosexual Patterns*, ce texte est la préface d'un ouvrage intitulé *Sex Variant Women in Literature*, de Jeannette H. Foster, publié en 1956. Le titre *Lesbians in Literature* aurait semblé plus clair et plus évident, mais Foster a délibérément choisi les termes *sex*, *variant* et *women* pour rappeler l'ouvrage scientifique, et peut-être échapper à la censure. C'est pour cette raison que le Dr George Henry, un médecin, a rédigé la préface de ce qui est un ouvrage de critique littéraire. Jeannette H. Foster

y évoque les représentations du désir queer féminin dans la littérature en partant de Sappho et de l'histoire biblique de Ruth pour terminer sur *Carol*, qui date de 1951. Je doute que le Dr Henry ait lu beaucoup des livres que Foster passe en revue, à part la Bible. Ce caviardage fait office d'exergue.

J'avais envisagé un autre exergue, une citation issue de *Stigmate* d'Erving Goffman :

> Il est important de souligner que, en Amérique tout au moins, aussi limitée et aussi rejetée que soit une catégorie stigmatisée, ses membres ont presque toujours la possibilité de présenter leur point de vue en public, d'une façon ou d'une autre. On peut donc affirmer que la plupart des Américains affligés d'un stigmate vivent dans un monde littérairement défini, aussi peu cultivés soient-ils. À supposer qu'ils ne lisent pas de livres consacrés à la situation de leurs semblables, du moins parcourent-ils des magazines et voient-ils des films ; et même à défaut de cela, ils ont toujours sur place des congénères doués pour la parole. Ainsi, la plupart des personnes stigmatisées peuvent profiter d'une version intellectuellement élaborée de leur point de vue.
>
> Il convient de s'attarder un peu sur ceux qui en viennent à servir de représentants à une catégorie stigmatisée. Au départ un peu plus éloquent, un peu mieux connu ou un peu mieux introduit que ses compagnons d'infortune, un individu stigmatisé finit par s'apercevoir que le « mouvement » accapare toutes ses journées, et qu'il est devenu un professionnel[1].

(J'aime particulièrement la connotation du mot « professionnel » ici, souvent utilisé comme euphémisme pour « pute »).

Dans son ouvrage, Jeannette Foster recense toutes les mentions du désir queer entre femmes qu'elle a pu trouver, et cette citation de Goffman touche quelque chose au cœur du projet dont j'ai hérité. Juan m'avait encouragé à m'emparer de deux concepts : (1) l'idée que les gens stigmatisés vivent dans un monde littérairement défini ; (2) l'intérêt de se perdre, d'être absorbé – parfois hanté, parfois enrichi – par ce qui a

---

1. Erving Goffman, *Stigmate*, traduit de l'anglais (États-Unis) par Alain Kihm, Paris, Éditions de Minuit, « Le sens commun », 1975.

été dit et écrit sur vous et vos semblables, et sur ce qui a été effacé ou supprimé.

12 *Image d'un homme nu avec un livre* : Arthur Tress, *The Book Dealer*. Elle a été prise dans les ruines de la Christopher Street Pier à New York, autrefois haut lieu de drague homo qui, pour ma génération, relève de l'Atlantide perdue, ou du jardin d'Éden, peut-être celui dont on a été chassé. Sur un cliché très similaire, l'homme en costume est dans la même position, le livre est ouvert, mais l'homme couché sur le bureau ne l'est pas. Le jeune est toujours nu, le livre toujours posé sur lui, mais il se tient en position fœtale. Cette photo-là s'intitule *Blue Collar Fantasy*. Je me suis demandé si Tress parlait du fantasme de l'homme plus âgé en costume, peut-être un fantasme de domination, ou s'il voulait plutôt dire que le fantasme était celui du jeune homme, ce col bleu, qui souhaitait être mis à nu, ouvert et lu.

13, 27 « Mais je ne comptais pas tenir ma promesse... » et « Je suis venu à Comala parce que j'ai appris... »[1]. Avec ces citations, et l'allusion au fait de presser les mains de sa mère, Juan se souvient (c'est reflété par le récit) de la première page du roman *Pedro Páramo* dont Susan Sontag dit qu'il possède la qualité surannée d'un conte de fées. « Mais, ajoute-t-elle, l'ouverture limpide du livre n'en est que le premier mouvement. *Pedro Páramo* est en réalité un récit bien plus complexe que son début ne le laisse supposer. Le roman devient bientôt (...) un séjour en enfer à plusieurs voix. »

31 *Image floue d'un jeune homme allongé dans l'herbe* : Cette photographie, de Thomas Painter – peut-être –, pourrait être celle de Juan, mais aussi celle de n'importe qui d'autre. Cette photo me rappelle une nuit à Prospect Park. Une nuit d'été. J'avais dormi au pied d'un arbre. Je m'étais rendu à une fête, je croyais sans doute trouver quelqu'un pour me ramener, mais ça ne s'était pas produit. Je n'avais pas vraiment de logement à cette époque, je dormais là où je pouvais, je n'avais les clefs de nulle part. Le lendemain matin, j'ai rejoint une amie en visite en ville, une amie récente. Pour la fête, j'avais mis un jean blanc et une

1. Juan Rulfo, *Pedro Páramo*, traduit de l'espagnol (Mexique) par Gabriel Iaculli, Gallimard, « Folio », 2005.

chemise blanche sans manches à présent froissés et sales. J'avais faim, alors j'ai demandé à ma nouvelle amie de me payer une part de pizza. Quoi qu'elle ait pensé de moi, elle n'a posé aucune question et n'a pas cillé. Elle est depuis une écrivaine reconnue. À l'époque, nous n'étions encore que des gosses.

38 *Image d'une infirmière* : Ici, l'infirmière teste un équipement électronique conçu pour recueillir différentes données issues de patients dans un hôpital psychiatrique.

45 *Image de Francisco Moncion en short de profil sur un fond en papier argenté* : La photo est de Carl Van Vechten. (Juan m'a appris en cas de désespoir à regarder les photographies de Carl Van Vechten pour me rappeler qu'il a existé d'autres mondes et qu'il en existera d'autres.) Moncion était un danseur de ballet très célèbre, ainsi qu'une icône gay. Il est né en République dominicaine mais il a grandi aux États-Unis. Moncion a dansé avec Nicholas Magallanes, qui faisait partie de la compagnie de Balanchine. Juan était amoureux de ces deux hommes, à distance, par le biais de leurs photos.

47 « Jeune voyou… » : Citation de *Saint Genet, comédien et martyr* de Jean-Paul Sartre. Cette phrase est tirée d'un paragraphe où Sartre, par une métaphore qui mêle le sexuel au littéraire, confond Genet avec son livre, et ses lecteurs avec des macs : « Son procédé n'a pas varié depuis le temps où, jeune voyou, il se faisait prendre par les macs pour leur voler leur moi. Il se fait posséder par les lecteurs : le voici sur le rayon d'une bibliothèque, on le prend, on l'emporte, on l'ouvre. "Je vais voir, dit l'honnête homme, ce que ce gaillard a dans le ventre." Mais celui qui croyait prendre est soudain pris[1]. »

52 « *Yo creo que…* » : Ezra Pound. Une citation presque au début du Canto LXXXI. Je ne crois pas que j'aurais pu me souvenir des paroles exactes que Juan avait prononcées ce jour-là, et encore moins été capable de retrouver la référence, mais dans ses derniers jours, où il sombrait souvent dans le délire et divaguait, Juan avait cité, pour lui-même (ou peut-être pour moi), d'autres vers de ce canto qui sont restés gravés

---

1. Jean-Paul Sartre, *Saint Genet, comédien et martyr*, Paris, Gallimard, 1952.

dans mon esprit à cause de la façon dont il les prononçait, et de l'aspect répétitif, un peu comme quand on prie avec un chapelet. « Ce que tu aimes bien demeure / le reste est déchet / Ce que tu aimes bien ne te sera pas arraché / Ce que tu aimes bien est ton véritable héritage / Ce que tu aimes bien ne te sera pas arraché[1]. » Et bien sûr, de ce même canto, provient le vers qu'il prononçait pour se moquer de moi ; « Rabaisse ta vanité, je dis rabaisse-la. » Il ne parlait jamais vraiment de Pound, ni de son fascisme ni de son talent, sauf quand il citait Elizabeth Bishop qui, dans ses « Visits to St. Elizabeth's » raconte les visites qu'elle faisait parfois à Pound : « donne l'heure au misérable couché à l'asile de Bedlam », ce que j'avais compris comme un ordre. Je croyais que Juan me parlait de lui-même.

60 *Illustration d'un garçonnet avec ses sœurs* : Extrait de *Manuelito of Costa Rica* écrit par Pachita Crespi et illustré par Zhenya Gay. Crespi peignait et écrivait, et elle était aussi, me semble-t-il, bien connue dans les cercles queer. (Apparemment, James Schuyler signait parfois ses lettres à Ashbery et à d'autres de « noms de drag », parmi lesquels Pachita Crespi.)

69 *Image d'un garde de la base aérienne militaire de Minot* : Un jour, je me suis surpris à m'interroger sur Minot, une ville où je n'avais jamais mis les pieds. Je me suis notamment posé des questions sur sa base aérienne dans les années 1970. J'ai trouvé cette image sur le site de l'office de tourisme de Minot dans une section consacrée à l'histoire de la base militaire qui porte ce titre « SEULS LES MEILLEURS VIENNENT DANS LE NORD ».

73 *Image d'un jeune couple avec un bébé* : Image personnelle issue d'une collection personnelle.

84 *Images de nus aux visages floutés* : Pour ce que j'en sais, ces photographies faisaient partie d'un encart placé dans la première édition de *Sex Variants*, mais pas dans les suivantes – pour des raisons de coût ou d'indécence, je l'ignore. Sur les quatre-vingts participants à l'étude, vingt-six d'entre eux sont photographiés, huit identifiés comme des

---

1. Ezra Pound, *Les Cantos*, Canto LXXXI, traduit de l'anglais (États-Unis) par Denis Roche, Paris, Flammarion, 1986.

femmes et seize comme des hommes. Tous ceux-ci figurent sur une seule photo, de face, nus. Les deux derniers sont identifiés comme « travestis » et photographiés sous toutes les coutures, à la fois nus et en sous-vêtements féminins. Plusieurs légendes décrivent ce que l'on assimilerait aujourd'hui à une personne transgenre ou non binaire. Ces témoignages vont au-delà de la logique de classification de l'étude pour proposer des rendus coquins, exhaustifs et parfois pénibles de la différence entre les genres.

87 *Image de Jan Gay* : J'ai trouvé cette image dans les affaires de Juan ; une reproduction – une photocopie. Quelqu'un – Juan, je suppose – avait tapé son nom à la machine directement sur son corps.

89 *Tirage à l'aquatinte d'une femme par Zhenya Gay* : L'aquatinte est un procédé complexe dans lequel on utilise des acides et des résines pour insister davantage sur les formes que sur le trait. J'ai trouvé cette gravure entre les pages d'un livre de Juan, et de fait, l'image m'évoque une fleur conservée comme pour un herbier, ou bien un spécimen sous une lame de microscope. J'adore l'expression du visage et les membres qui disparaissent, la façon dont cette femme semble à la fois extatique et ligotée.

93 *Intertitres du film de Jan Gay sur la nudité* : L'exergue est de Walt Whitman.

101 *Image d'une femme avec des fleurs* : Edna Thomas. Pour en apprendre davantage sur Edna Thomas, se référer au merveilleux chapitre que Saidiya Hartman consacre à cette actrice dans *Wayward Lives, Beautiful Experiments*. L'une des sources de Hartman est le témoignage d'Edna dans *Sex Variants*, sachant qu'elle figure dans l'étude sous le pseudonyme de Pearl M. Le témoignage d'Edna Thomas ouvre le deuxième volume de l'étude intitulé *FEMMES*. J'ignore dans quelle mesure Jan Gay a eu de l'influence sur l'ordre dans lequel les cas sont présentés, et je suppose qu'on ne le saura jamais, mais je la soupçonne de ne pas y être pour rien. Comme l'a un jour souligné Juan, *FEMMES* s'ouvre sur Edna Thomas / Pearl, une femme de couleur queer, hors du commun, fière et accomplie.

*bronco A boy new to homosexual practices, who is normal, rough, and at times intractable ██████████ an unbroken horse.

*brought out, To be To be initiated into the practice of homosexuality. ████ ████████████████████████████████ by another person, ████████ or fate █████████ to be considered █████████ to be almost ██ equivalent ████

brown To pedicate. A Negro locution: "Well I'll be browned" exists, in which *browned* is the equivalent of *damned*; ████████████████████

browning ████████████████████████, *a browning* is a specific act ████████.

Browning sisters, To be one of the ███████████████████ ████ (Hobo slang)████ To belong to the Browning family.

*bucket The anus. ████████████

bug █████████████ *bugger.* (Sea slang)

bugger ████████████████████████████████ ████████ used in America usually without realization of, or reference to its true meaning, even by children, ████████████████████ ████ In rural America *bugger* is used as a term of endearment applied especially to children, ████████████████████████

bull-dike ████████████████████████ ████████████████████ bull-dyke, bull-diker, ████ bull-dyker.████████ bull-dagger.████████ bull-diking ████████ bull-dycking).████ *dike.*

**bumper ████████████████████████ to be an active tribade; usually applied only to Lesbians of the masculine type.

bunghole ████████████████████ ████████ bungholing, ████████████ bungholer ██

bunker A pedicator. (Tramp slang) **bunker shy** ████████████ ████████ a young boy who is afraid of being forced into pedicancy.

burglar ████████████████ (Tramp slang)

**buttercup ████████████████ A factitious and ephemeral term of the early 1930's; ████████████████████

*call house A homosexual brothel which will telephone or send for specific boys ████████████ Compare *show house* and *peg house.* ████████████████

*camp To speak, act, or in any way attract or attempt to attract attention,████

104 « … l'un des grands moments de ma vie… » : Extrait de la nouvelle « Intérieur » issue de *Journal d'une femme noire* de Kathleen Collins. Je suis prêt à jurer que Juan m'avait raconté cette nouvelle, mais je me rends maintenant compte que c'est impossible. Ces textes ont été écrits dans les années 1970, mais n'ont paru que plusieurs années après la mort de Juan. Peut-être qu'il en avait lu certains sur manuscrit. Peut-être que j'ai créé ce souvenir.

109 *Image d'une femme debout au-dessus d'une foule* : Encore Edna Thomas, cette fois en Lady Macbeth dans la production de Macbeth donnée à Harlem en 1936, dont l'action avait été déplacée en Haïti avec une distribution exclusivement noire. Cette pièce a été surnommée *Voodoo Macbeth*. Orson Welles, qui avait alors vingt ans, en a assuré la mise en scène. Des milliers de personnes se sont présentées aux avant-premières, bien plus qu'on ne pouvait en accueillir, et bien que controversée, cette fracassante production a été un succès critique et commercial.

111 *Image d'un homme nu avec des tatouages* : Un prostitué photographié par Thomas Painter. J'ai pendant longtemps cru que le tatouage à l'intérieur de l'avant-bras était une montgolfière, ce qui était un peu étonnant, mais il s'agit en réalité de l'insigne d'un régiment de parachutistes.

116, 118 « *Voici comment je vois les choses…* » et « *Ceci que j'ai mêlé à la vérité…* » : Ces deux citations, cela est suggéré dans le texte, viennent de *L'Anneau et le Livre* de Robert Browning. (À propos de Browning, l'une des choses que je préfère dans *Sex Variants* est la dernière annexe, le « vocabulaire argotique », un glossaire de la terminologie homosexuelle du début du vingtième siècle compilé pour l'essentiel par Thomas Painter. Ainsi de cette entrée : « Browning (Sœurs), Être l'une des… (argot des *hobos*) : Appartenir à la famille Browning ».)

123 « *Schémas de réactions psychopathologiques* » : Cet extrait et les suivants proviennent du premier article médical publié en 1955 qui documente ce qu'on a ensuite qualifié de « syndrome portoricain ». Le fascinant ouvrage de Patricia Gherovici, *The Puerto Rican Syndrome*, emprunte à l'analyse lacanienne pour réfléchir aux origines et aux ramifications de ce diagnostic, de même qu'à sa relation avec le colonialisme. Chez les Portoricains, les « crises » ou « épisodes » s'appellent *ataques de nervios* ou, plus simplement, *ataques*, comme dans bien d'autres pays

hispanophones. Autrement dit, les *ataques* ne sont pas propres à Porto Rico, mais dues à la myopie de certains psychologues militaires américains qui les avaient attribuées aux Portoricains sans comprendre pourquoi tant de soldats issus de ce pays s'effondraient subitement. Ce rapport médical, qui détaille une sorte de résistance psychologique de la part des soldats portoricains, ne mentionne nulle part que quelques années plus tôt, en 1952, le fier 65ᵉ régiment d'infanterie portoricain surnommé les Borinqueneers avait fait l'objet d'arrestations de masse et de passages en cour martiale suite à la désertion, pendant la guerre de Corée, d'un avant-poste connu sous le nom de « Jackson Heights ». Le régiment avait été cloué au pilori dans la presse tant nationale qu'étrangère. Ces soldats avaient été envoyés au combat sans préparation, autrement dit au massacre assuré, par un commandant raciste.

137 *Image de vendeurs de jouets sur la place municipale de San Juan* : Encore une photo retrouvée dans les affaires de Juan. Après de nombreuses recherches, j'ai fini par découvrir que ce cliché avait été pris en décembre 1937 par Edwin Rosskam. Rosskam avait été envoyé en reportage à Porto Rico par le magazine *Life* quelques mois après l'un des plus terribles actes de violence coloniale exercés contre des Portoricains. Le gouverneur américain y avait ordonné le massacre de citoyens en train de manifester pacifiquement à Ponce pour commémorer l'abolition de l'esclavage et protester contre les injustices qui avaient encore cours. Cette manifestation avait été organisée par des nationalistes portoricains ; des civils non armés, dont une fillette de sept ans, avaient été abattus d'une balle dans le dos. Lors d'une interview, Rosskam déclare : « On nous a envoyés là-bas, et on a passé deux mois à faire notre reportage, mais à la fin *Life* a pas aimé le résultat, pas du tout aimé ! Faut dire qu'on avait fait une évaluation très critique de notre position [la position coloniale des États-Unis] à Porto Rico à l'époque… » Rosskam et Louise, son épouse, étaient tous deux photographes documentaires connus pour leurs images de la Grande Dépression, mais Edwin est peut-être encore plus célèbre pour avoir sélectionné les images du livre documentaire de Richard Wright, *Twelve Million Black Voices*.

140 *Image de Zhenya, « Manuelito » et Pachita Crespi* : Provient du dos de la jaquette de *Manuelito of Costa Rica*.

151 *Image de prostitué avec une croix* : Encore une photo de Thom. Même s'il est écrit « tournez » en bas, je ne peux pas vous dire ce qui est écrit au dos. Je n'en ai pas l'autorisation.

157, 160 *Deux illustrations d'un livre pour enfants* : Issues de *Who's Afraid?* de Zhenya Gay, 1965. L'histoire que Juan raconte à ce moment-là suit l'intrigue de *Who's Afraid?* Le livre pour enfants se déroule autour d'un véritable point d'eau, que Juan transforme en bar gay. Ses dialogues sont fidèles aux répliques attribuées aux animaux dans le livre pour enfants.

163 *Le Palais à 4 heures du matin* : Ce titre fait écho à un passage du roman de William Maxwell, *Au revoir, à demain*. Maxwell a lui-même emprunté ces mots au titre d'une sculpture de Giacometti.

166 « éminents *maricones* » : Juan emprunte cette expression au titre d'un ouvrage de Jaime Manrique (lui-même référence aux *Victoriens éminents* de Lytton Strachey). *Eminent Maricones* est un mélange d'essais autobiographiques et de portraits littéraires d'Arenas, de Lorca et de Puig. Juan était (et grâce à lui, moi aussi) un grand admirateur de Manrique et de Puig, comme en témoignent ces petits jeux où nous inventions des films l'un pour l'autre. Le portrait de Puig par Manrique alterne magistralement entre cabotinage et ce délicieux chagrin causé par la mort de sa « mère littéraire », et Juan me revient en tête quand je lis : « J'en suis venu à le voir comme un grand professeur, moins pour ce qu'il a réalisé que pour avoir donné l'envie à ceux qui l'ont rencontré de fournir le meilleur d'eux-mêmes. Le seul conseil cohérent qu'il m'a donné, c'était "Arrange-toi pour que ça soit poétique". » La lecture du poème de Manrique « Mi Autobiografía » m'a également rappelé à quel point j'ai désiré Juan et à quel point j'ai fantasmé sur lui plus jeune, car ce poème montre un poète autrefois libertin qui, dans sa vieillesse, est « momifié par la piété » mais dont les vers enflamment néanmoins les passions du jeune lecteur qui souhaiterait avoir couché avec le poète, tout comme le poète se serait volontiers offert à ses prédécesseurs, des écrivains tels que Cavafy, Barba Jacob, Melville et Rimbaud.

186 « Affamez un rat aujourd'hui » : Photo d'un message d'intérêt public diffusé à la télévision.

192 *Illustration d'un écureuil et d'une marmotte* : Juan trouvait très drôles cette image et sa légende, de même que *The Dear Friends*, titre du livre

pour enfants de Zhenya publié en 1959, qu'il décrivait comme utilisant les symboles archétypaux et le lexique de la question lesbienne sur la « sortie du placard ».

196 *Illustration d'un chevreau* : L'une de mes images préférées de Zhenya, peut-être un autre archétype : le gentil garçonnet qui se pavane avec les chaussures à talons de sa mère. Tiré de *Jingle Jangle.*

199 *Planche sculptée représentant la mise au monde d'un bébé* : Le Dr Dickinson s'est associé au sculpteur Abram Belskie pour produire une série de sculptures à dessein informatif intitulée la *Dickinson-Belskie Birth Series.*

212 *Sculptures d'un homme et d'une femme* : *Normman et Norma.* Elles datent de 1943, époque de la première publication de *Sex Variants.* Les mensurations de quinze mille hommes et femmes entre vingt et un et vingt-cinq ans ont été utilisées pour établir les proportions de ces sculptures censées représenter les normes idéales de la silhouette humaine. Toutes les mensurations provenaient de personnes blanches.

218 *Lettre de Warhol* : Le texte est le suivant : « Percussions, piano, batterie et disques chinois. Livres, plantes, tapisseries, statues de nu de Franziska Boas – la femme dont nous partageons le studio, avec une autre dame qui écrit sur la nudité – très étrange. Mais ne vous méprenez pas, nous avons notre propre chambre. Nous partageons le studio, nous peignons et elle danse. Venez quand vous n'avez rien d'autre à faire. C'est un endroit terriblement bohème. Vraiment sympa. (Je viens d'écraser un insecte.) » L'autre dame étrange qui écrit sur la nudité est bien sûr notre Jan.

221 *Femme en jupe au visage couvert* : Franziska Boas. Toutes les photographies de Boas dansant seule ou avec d'autres que j'ai pu trouver sont fascinantes, mais celle-ci est ma préférée. Elle provient d'une pièce en solo qu'elle a elle-même chorégraphiée intitulée *Goya-esque* basée sur une série de gravures de Goya intitulée *Les Désastres de la guerre.*

224 *Tableau de trois femmes bibliques* : Philip Hermogenes Calderon. Ruth et Naomi s'embrassent sur la gauche de l'image ; à droite, Orpa s'apprête à partir.

228 *« ceux... qui hantent les gares de triage... »* : Cette longue citation provient de la biographie de Ben Reitman, *The Damndest Radical,* par

Roger A. Bruns. L'autobiographie inachevée de Reitman s'intitulait *Following the Monkey*, et Bruns écrit à ce sujet : « Un gamin des rues de quatre ans, émerveillé par un joueur d'orgue de Barbarie et son singe, les suit en oubliant tout du temps, des lieux et des responsabilités. »

229 *Dédicace à Emma Goldman* : Provient de *The Second Oldest Profession* de Ben Reitman.

233 *Images de blessés* : Hommes blessés au cours de la bataille pour la liberté d'expression de 1912 à San Diego. Dans les jours ayant précédé ce rassemblement pour la liberté d'expression, le père de Jan Gay, Ben Reitman, avait été pris à part, enlevé et torturé.

234 *Image de radicales* : Juan conservait, glissées dans ses livres, des vieilles photos d'anarchistes comme ces deux femmes. Non seulement l'IWW, dont les membres étaient surnommés les Wobblies, était la seule organisation syndicale de l'époque à ne pas discriminer les travailleurs noirs, indigènes, chinois et mexicains, mais elle recrutait aussi des femmes et des vagabonds. En d'autres termes, elle puisait dans l'ensemble des forces vives.

238 *Image d'une porte* : Entrée du Dill Pickle Club, un bar clandestin resté ouvert à Chicago entre 1915 et le début des années 1930 où, là encore, tout le monde était le bienvenu : anarchistes, homosexuels, prostitués, professeurs, gens de bohème de tous bords. Ben Reitman, « le médecin des *hobos* », y donnait souvent des conférences. Il était aussi l'un des fondateurs du club. Magnus Hirschfeld lui-même y a donné une conférence.

239 « *Messieurs, après une lecture attentive…* » : Le texte intégral de la lettre adressée par Jan au comité en 1939 et dénonçant le manuscrit de Henry figure dans les archives de Franziska Boas à la bibliothèque du Congrès (boîte 42, dossier 1). Un paragraphe ultérieur se lit comme suit :

> Voici la situation dans laquelle je me trouve, à la veille de l'envoi à la presse par le Dr Henry de ses notes sur les homosexuels (autrement dit les hommes et les femmes ayant eu une expérience dans la durée et la variété de l'homosexualité). Le Dr Magnus Hirschfeld, dans ses écrits sur l'homosexualité, a tendance à idéaliser les homosexuels et à recommander de leur « foutre la paix ». Dans ledit manuscrit, le Dr Henry fait tout le contraire. Il mêle ses normes personnelles sur l'esthétique, la morale et la réussite financière à ce qui devrait être le point de vue impersonnel et objectif d'un vrai scientifique.

Un jour, a été publié dans le *Harper's Bazaar* un article sur Jan Gay, chose très étrange, car cela faisait des années que je pensais à elle et que j'écrivais sur elle, que j'enquêtais sur les décennies ayant suivi sa mort sans presque rien trouver. J'ai contacté le journaliste, Michael Waters. Tout au long de notre entretien téléphonique, il s'est montré adorable. Il m'a transmis quelques-unes de ses recherches et m'a indiqué ces archives. C'était la première fois depuis la mort de Juan que je discutais avec quelqu'un ayant connaissance de l'histoire de Jan et de sa valeur.

262 *Illustration d'un homme emprisonné* : Cette image provient d'une édition de *La Ballade de la geôle de Reading* d'Oscar Wilde, l'un des nombreux textes littéraires que Zhenya a illustrés.

286 « *Qu'est-ce que mangent les morts ?* » : Comme je me souvenais de l'idée, mais pas des termes, j'ai mis un certain temps à retrouver cette énigme. Elle est apparue dans *The Journal of American Folk-Lore, Porto-Rican Folk-Lore. Riddles*, 1916. Toutes les énigmes publiées dans ce journal provenaient d'écoliers portoricains habitant dans diverses parties de l'île. J'ai longuement cherché celle-ci, une énigme qui semblait concerner autant le nihilisme que l'effacement. *¿Qué es lo que el muerte come, que si el vivo lo come se muere también?* « Qu'est-ce que mangent les morts, que si les vivants le mangent, ils meurent aussi ? » (La réponse,

je l'avais tout de suite trouvée dans la chambre avec Juan, parce que j'en avais entendu une version dans mon enfance et qu'elle m'avait terrifiée. Je m'étais à l'époque représenté des morts dont la bouche s'ouvrait et se fermait, qui mastiquaient, croquaient et engloutissaient un néant noir d'encre. Je me représentais des morts qui mangeaient tout en demeurant affamés à jamais.)
La réponse est : *Nada*. Rien. Le néant. ▰▰▰▰▰

Références bibliographiques françaises

16   « Tout chemin mène à s'aimer. » William Shakespeare, *La Nuit des rois*, traduit de l'anglais par Pierre Leyris, Paris, Garnier-Flammarion, 2023.

30   « Demain, demain, demain, demain. Sur le chemin de l'ultime poussière. » William Shakespeare, *Macbeth*, traduit de l'anglais par Yves Bonnefoy, Paris, Garnier-Flammarion, 2006.

32   « Le passé est un pays étranger. » Leslie Poles Hartley, *Le Messager*, traduit de l'anglais par Denis Morrens et Andrée Martinière, Paris, 10/18, 2021.

100 « On m'a dit de prendre un tramway nommé Désir, puis de changer pour un autre appelé Cimetière (…) et de descendre à la station Champs-Élysées. » Tennessee Williams, *Un tramway nommé Désir*, adapté et traduit de l'anglais (États-Unis) par Pierre Laville, Paris, Robert Laffont, « Pavillons Poche », 2017.

104 « Le jour où j'ai découvert qu'aucune vie humaine n'échappe aux tribulations de la solitude a été l'un des grands moments de ma vie, dit-elle. D'autres âmes avaient subi pareils extrêmes de séparation et d'abandon, et dans leur esprit, leur ironie et le charme suranné de leurs grands airs homilétiques, je puisais de quoi m'élever momentanément pour atteindre un niveau de lamentation spirituelle. » Kathleen Collins, *Journal d'une femme noire*, « Intérieur », traduit de l'anglais par Marguerite Capelle et Hélène Cohen, Paris, Éditions du Portrait, 2020.

115 « Pour moitié à la réalité, pour moitié aux élucubrations de mon cerveau assoupi. » William Maxwell, *Au revoir, à demain*, traduit de l'anglais (États-Unis) par Françoise Cartano, Paris, 10/18, 2002.

116 « *Voici comment je vois les choses : ni dans le monde, ni en dehors de lui, / Rien n'est bon que le vrai : pourtant, ceci, qui se trouve bon / En ayant l'air faux, cet "autre chose" qu'est-ce ?* » Robert Browning, *L'Anneau et le Livre*, traduit de l'anglais par Georges Connes, Paris, Le Bruit du temps, 2009.

117 « vieux livre carré jaune ». *Ibid.*

118 « *Ceci que j'ai mêlé à la vérité, ces gestes de moi / Qui ont vivifié, rendu docile au marteau, l'inertie / De l'or qui n'était pas le mien – comment appelez-vous ça ?* » *Ibid.*

152 « Perdre un parent peut être considéré comme de la malchance… mais perdre les deux s'apparente fort à de la négligence. » Oscar Wilde, *De l'importance d'être constant*, traduit de l'anglais par Angeline Tomi, Paris, Archipoche, 2021.

163 « Sortant de la Coop Résolue… » La traduction du poème « Now and Then » de James Schuyler est signée par Stéphane Bouquet.

265 « Rabaisse ta vanité », « je dis rabaisse-la ». Ezra Pound, *Les Cantos*, Canto LXXXI, traduit de l'anglais (États-Unis) par Denis Roche, Paris, Flammarion, 1986.

EN GUISE DE POSTFACE

Blackouts est une œuvre de fiction.

Un jour, Juan m'a raconté une autre énigme de son enfance dans un espagnol suffisamment simple pour que je comprenne, même si je n'ai pas trouvé la solution :

> *Je suis entré dans une chambre*
> *Et j'y ai trouvé un mort*
> *J'ai discuté avec lui*
> *Et je lui ai soutiré ses secrets.*

Puis Juan est mort ; j'ai collecté les souvenirs que j'avais de nos conversations pour en faire des petites histoires et autres instants, puis je les ai imprimés et étalés par terre pour tenter d'y créer un semblant d'ordre. J'ai collé certaines photos retrouvées parmi ses affaires dans le manuscrit, ainsi que quelques-unes de mes propres photos. J'ai découvert la réponse à la devinette : *Libro*. Un livre.

J'ai quitté le désert et j'ai continué vers l'ouest jusqu'à la côte, jusqu'à Los Angeles. De loin en loin – chaque fois qu'un évêque mourait, aurait pu dire Juan – je reprenais un peu ce livre, puis je le laissais de côté pendant des mois et des mois, puis il me revenait en tête et je m'en emparais de nouveau. Tout était confus, et puis un jour, au bout de plusieurs années, le livre a été terminé. J'ai montré le manuscrit à quelques amis. Ils m'ont dit : « Attends, c'est un roman ? Ou Juan a vraiment existé ? » J'étais préparé à cette question. « Toutes les ambiguïtés n'ont pas besoin d'être levées », ai-je répondu. « Tu fais chier », ils ont dit. Ils savaient que j'avais fréquenté un hôpital psychiatrique dans l'adolescence, vers la fin du lycée, et ils m'ont dit que des lecteurs pourraient confondre ce récit fictif avec ma biographie et en déduire que Juan était basé sur une personne que j'avais connue là-bas. Je n'ai aucune intention de confirmer ou d'infirmer cette déduction. Après tout, un lecteur ne pourrait-il pas tout aussi bien déduire qu'un personnage tel que Juan n'a jamais pu exister et que, comme Voltaire dit de Dieu, j'ai jugé nécessaire de l'inventer ?

Même lorsque des personnes indéniablement réelles sont mentionnées dans ce livre – ainsi de Jan et de Zhenya Gay –, elles sont devenues des personnages de fiction, car passées par le filtre des souvenirs de Juan (lui-même personnage de fiction, qu'il ait existé ou non), puis par le souvenir que j'ai de ses souvenirs. Il en va de même pour les médecins : Robert Latou Dickinson et George W. Henry. Vous voyez où je veux en venir : partout où il y a des faits, ceux-ci sont embellis, que ce soit par omission et par exagération, au-delà du factuel. Thomas Painter a été dans la vraie vie à la fois participant à l'étude *Sex Variants* (sous le pseudonyme de Will G) mais aussi, comme Jan, un important recruteur et chercheur amateur. Ses archives sont conservées à l'Institut Kinsey. Mais le Thom de ce livre est une fiction. J'aimerais que quelqu'un de plus compétent que moi écrive la véritable biographie de la véritable Jan Gay ; je pense qu'elle le mérite : une biographie basée sur des faits. Zhenya mérite quant à elle une monographie. Même si de tels livres voyaient le jour, ils ne contiendraient aucune mention de Juan ; il n'y a rien dans les archives qui les relie.

(D'ailleurs, si Juan avait été réel, se serait posé le problème du corps – pas seulement de ces terribles escarres, mais aussi de l'enlèvement du cadavre –, et de ça, je ne peux pas parler, parce que, vous l'aurez maintenant compris, j'aurais fait preuve d'une abominable lâcheté, me contentant de demander au type de l'accueil d'appeler une ambulance et d'attendre dans la chambre, les mains dans les poches, à faire les cent pas sur la pointe des pieds, à dessiner un motif dans la poussière avec le talon de ma basket, à feindre la nonchalance au point que j'aurais pu siffloter du Bobby McFerrin pendant que les ambulanciers préparaient les sangles et le hissaient sur la civière – un simple brancard, pas ces machins avec des pieds en accordéon terminés par des roulettes comme dans les films, ça n'aurait pas été pratique à cause de l'escalier. J'aurais tout vu, sauf la mort en face, même lorsqu'ils auraient franchi le seuil, même au moment où mes genoux se seraient dérobés, j'aurais continué à ne pas vouloir la voir, et à la place je me serais accroupi pour examiner la bibliothèque de Juan, tripoter ses livres, chaque titre recelant un piège, bien sûr, et j'aurais tant bien que mal essayé de ne pas retenir leurs mots, jusqu'à ce que l'un d'eux, *Gorille, mon amour,* attire mon attention et m'étouffe. Toni Cade Bambara. J'aurais ouvert le livre et lu ses premières phrases : « Écrire de la fiction autobiographique n'apporte que des ennuis parce que le jour où le livre sort tu n'as pas le temps de dire ouf que ta mère te tombe dessus et te demande en hurlant comment tu as pu oser et ce qu'elle a fait au bon Dieu pour mériter ça[1]... » Je me serais promis de ne pas oublier ce message, et de me souvenir également de cette mise en garde : « Et ce n'est pas la peine non plus d'utiliser des bribes de souvenirs se rattachant à de vrais événements ou de vraies personnes même si tu les déguises ou les camoufles ou les bidouilles[2]... » Mais à la place, j'aurais perdu le livre et oublié le message, ça n'aurait été que maintenant, trop tard, que je m'en serais souvenu, et bien sûr, là, les fantômes se seraient mis à hurler : « Comment tu as pu ? », « Où est-elle, ô mort, ta victoire ? », en me demandant si ça avait un quelconque intérêt, en essayant de révéler des caviardages avec d'autres caviardages, de voir des traits là où l'image était floue, l'action qui précédait la rédaction, et puis, pourquoi ne pas faire une biographie ou un récit historique ou un auto-quelque chose, pourquoi ne pas montrer le passé tel qu'il était, ou le présent tel qu'il est ? [Juan avait un jour dit que, lorsqu'il est question de fantômes, on peut soit prétendre qu'ils n'existent pas, soit les écouter.] De toute façon, la seule chose que je peux affirmer avec certitude, c'est que je n'ai jamais cherché à dire la vérité sur quiconque.)

1. Toni Cade Bambara, *Gorille, mon amour,* traduit de l'anglais (États-Unis) par Anne Wicke, Paris, Christian Bourgois Éditeur, 1994, p. 11.
2. *Ibid.*

DOCUMENTS PHOTOGRAPHIQUES
ET ILLUSTRATIONS

9   La poésie perd un peu de son charme dès que l'on suggère qu'elle puisse être l'expression de l'inadaptation sexuelle de son auteur. Mais il semblerait en réalité que l'on commence à envisager le fait que toute écriture d'imagination s'assimile à une tentative d'obtention d'une satisfaction libidineuse par le biais du fantasme. (…)

L'auteur a (…) des tendances ; (…) ne fait aucune tentative pour estimer quelle proportion d'écriture d'imagination puisse être l'œuvre de (…) son moi (…) restreint ; (…) accepte le fait que les êtres humains se révèlent dans tout ce qu'ils lisent et écrivent.

Dr GEORGE W. HENRY, docteur en médecine

14   FACE (…) À MOI

Cependant de nombreux homosexuels ne parviennent pas à survivre aux rigueurs de (…) la constante association intime avec des hommes.

28   CAS HOMOSEXUELS

(…) José a ressenti (…) les désirs de José (…) aliènent José (…) José va s'émanciper (…) José est un jeune homme séduisant (…) corps svelte et (…) sang latin (…) provoque le désir (…)

José est également poursuivi par des hommes. Ils l'« abordent » partout où il va. (…) José est très perturbé et ne sait pas ce qu'il va faire. (…) (répit pour José) (…) José est harcelé par les homosexuels. (…) Le monde devient fou. » José (…) pourrait tout aussi bien faire ce qu'il veut.

49   CAS NARCISSIQUES

(…) J'ai travaillé comme docker dans un port du Mississippi (…) Je suis retourné à Miami. (…) J'ai (…) Je n'ai pas aimé. (…) J'avais un toit et de quoi manger. (…) J'étais au fond (…) J'écrivais (…) J'ai reçu un télégramme (…)

J'étais détruit (…) J'ai essayé de travailler (…) Je n'arrivais pas à me concentrer (…) J'ai démissionné (…) J'ai été viré (…)

J'étais incapable de penser au sexe. Je n'avais pas assez à manger pour y penser. (…) J'ai cherché à gagner quelques dollars dans les pissotières. (…) Je n'aimais pas l'idée. (…) Je suis parti à l'ouest et je me suis baladé un peu partout (…) J'ai croisé un type, un Juif (…) Je suis allé à New York (…) J'ai retrouvé le même type juif. (…) Je l'ai fait. Je l'ai un peu cogné (…) Je l'ai cogné assez pour que ça saigne. (…) Je croyais qu'il était flic (…) J'ai eu une chambre pour une semaine. (…) J'avais quelques sous-vêtements. (…) Je n'ai pas (…) Je me suis couché sur le dos et il me l'a mise entre les cuisses. (…) Je le laissais m'emmazouter. J'ai rencontré quelqu'un d'autre (…) J'étais de nouveau. (…) Je l'ai laissé me sucer.

(…) J'ai commencé à aller (…) J'étais cinglé. (…) J'allais bien. Je sillonnais la ville et je couchais avec des hommes (…) Je me faisais entre dix et vingt dollars avec quelques fringues en une passe. (…) J'avais vingt ans. (…) J'étais sacrément plus sage à l'époque. (…)

55 MEC

(…)

Commentaire :

(…)

(…) de Sal (…) d'être le douzième et dernier enfant de tels parents (…) de démarrer dans la vie avec une mauvaise santé et une mauvaise vue. De ces handicaps (…) de lui arriver.

(…) de l'âge de sept ans où il a pris conscience de son envie de plaquer son visage contre les fesses d'un homme (…)

56 HOMO

(…) de se blottir (…) d'être sur les genoux d'un homme, de l'embrasser et de se laisser caresser. (…) de plaquer son visage contre les fesses des hommes.

(…) de complice de ses professeurs de sexe masculin (…) de pénis. (…) d'observer le pénis.

(…) de masturbation et sodomie passive. (…) de pratiquer des caresses orales sur le pénis de son beau-frère (…) de faire l'expérience (…) d'embrasser un pénis. (…)

(…) de se comporter comme un homme (…) d'avoir une érection (…) de pénétrer (…) d'aller au bout de l'acte (…) d'être satisfait.

(…) de les satisfaire. (…) de parler de ses problèmes sexuels avec les lesbiennes (…) de faire le bonheur de son frère. (…) de se sacrifier (…)

(…) de l'embrasser, de se coucher sur lui, de fusionner avec lui. (…) d'être comme une femme. (…) d'utiliser sa bouche pour cela (…)

(…) de satisfaire ses désirs sexuels. (…)

57 (…)NIQUE

(…) de continuer (…) d'être débarrassé de son ressenti sexuel.

(…) d'être capable de tout afin (…) d'être un accident.

(…)

60 Manuelito pleura des larmes de joie.

66 CAS NARCISSIQUES

Rose S.*

Impression globale :

Toute description de Rose serait (…) une

(…) Rose (…) insiste sur (…) ses voyelles (…) hésite (…)

(…) décrit (…) une statue (…) blanche à la peau translucide. (…) fait d'elle (…) un (…) tableau de (…) Rubens (…) ses yeux bleus rêveurs (…) perspicaces et pénétrants et (…) bas (…)

Rose (…) est toujours

(…) une (…) Rose (…) un (…) retour sur investissement. (…)

82 (…)ÉFACE

Le Comité pour l'étude des déviances sexuelles a été créé au printemps 1935. (…)

(…) toucher (…) embrasser (…) regarder (…)

(…) punitif (…) inadéquat (…) cette monographie a été (…) dès le début. (…) incarnée (…) par (…) un groupe de déviants sexuels (…) volontaires

93 « Voyez, au talus sous le bois où je vais, j'ôte mon déguisement, je me mets tout nu, je brûle de le sentir toucher ma peau. »

Une « histoire » de Jan Gay, auteure d'*On Going Naked*

96 ÉTUDES DE CAS

(…) Je ne fais pas l'effort. (…)

(…) Dans la peau (…)

(…) fierté masculine. (…) un complexe maternel pervers. Je n'aime pas les bébés (…) ils sont minuscules, comme des insectes. (…) je suis davantage (…) que la lesbienne moyenne. (…)

Je ne (…) dors jamais (…)

J'aime (…) les bains turcs, la vapeur et la confusion, ces corps horribles à regarder (…) le vin bon marché et les catins. (…) C'est plaisant de se faire masser le ventre.

Quand les gens évoquent les génies homosexuels je me dis (…)

(…) tout le monde sous la table (…) je bois une larme de bière (…) sombre (…) de l'autre côté de la terre. (…) Je n'arrive pas à dormir (…)

(…) L'autre nuit (…) j'étais au bloc opératoire et on y amputait les jambes d'une paysanne (…) femmes (…) agréables. (…) pourraient résoudre mes problèmes économiques (…)

(…) J'ai peur du (…) sommeil et peur de (…) Après

107 ÉTUDES DE CAS

(…) Je n'ai pas été sans imagination (…) charnelle. (…) inimaginable. (…) imaginer (…)

J'ai parfois été comparé au Christ à cause de mon physique. (…) la même sérénité d'expression. (…) cette délicatesse qu'on associe à la féminité (…) comme le Christ (…) J'ai été conduit (…) de Palestine à (…) un chapelet. (…) quelques nœuds sur une ficelle. (…) Je m'efforçais de prier avec ce chapelet. (…) dans un fauteuil (…) le chapelet entre les mains (…) Dehors, le soleil brillait, des arbres, des fleurs, de la chaleur. (…) rien de discordant (…) Je me suis senti soulevé au-delà de ce bas monde. (…) élevé par la prière. (…) un état physiologique. (…) une situation sereine. (…) quand j'avais (…) du désir mais je ne comprenais pas. (…) Ces années terribles où j'avais tant de soucis (…) où je n'avais personne à qui me confier.

Quand je (…) perdais courage (…) Quand j'étais affublé de (…) toutes ces anormalités (…) je savais (…) je savais (…) ce que je voulais (…) cette situation sereine. (…)

123 Schémas de réactions psychopathologiques au sein des troupes antillaises
Mauricio Rubio, commandant, Medical Corps, Armée de réserve
Mario Urdaneta, capitaine, Medical Service Corps, Armée de réserve

John L. Doyle, lieutenant, Medical Corps, Armée de réserve

Un ensemble de réactions psychopathologiques surprenantes, déclenchées par des tensions mineures chez des individus souffrant de troubles de la personnalité clairement établis, a été observé au sein d'un groupe limité du personnel militaire insulaire (portoricain) des troupes antillaises. En raison de leur ressemblance clinique avec des pathologies plus graves telles que la schizophrénie ou l'épilepsie, ces troubles du comportement présentent un problème de gestion médicale du personnel et nécessitent une décision administrative.

126 SCHÉMAS DE RÉACTIONS

Le schéma de réaction le plus remarquable se caractérise par un état passager de perte de connaissance partielle, le plus souvent accompagné de mouvements convulsifs, d'hyperventilation, de gémissements et de grognements, d'une salivation abondante, et d'autoagressivité ou d'agressivité envers autrui qui se manifestent par des morsures, des griffures ou des coups ; il est marqué par un début et une fin soudains. Moins fréquemment, on observe une flaccidité totale. La durée va d'une crise de quelques minutes à une succession de crises de quelques heures en ce qui concerne la forme convulsive, et peut s'étendre jusqu'à deux jours pour la forme flaccide. La réaction produite sur l'entourage semble avoir une influence directe sur la durée de la crise ; plus les bénéfices secondaires sont importants, plus celle-ci se prolonge. Les crises sont assez spectaculaires, et quand elles ont lieu au sein de la compagnie ou à domicile, elles causent une grande inquiétude ainsi que des troubles dans l'entourage du patient et, dans certains cas, provoquent un retrait immédiat de la source de tension. Les crises amènent aussi une grande attention portée au patient, laquelle s'accompagne de privilèges, mais s'il est conduit à l'hôpital et mis à l'écart dans une pièce sombre et fraîche, les symptômes régressent en général au bout de quelques minutes.

Hôpital militaire Rodriguez, Army Post Office 851, New York, NY

130 Ces crises épisodiques sont spectaculaires et simulent souvent des pathologies psychiatriques plus sérieuses, notamment lorsque les patients concernés sont examinés du point de vue d'une culture et d'une langue

différentes. Une fois les sources de tension éliminées, se révèle cependant une personnalité à la dépendance marquée, mais aussi émotionnellement instable. Entre deux épisodes, on ne note aucun symptôme névrotique. Les tentatives de soin de patients atteints de ces troubles de la personnalité sont entravées par leur dépendance extrême et les bénéfices secondaires qui dérivent de leur maladie.

134 Les pseudo-tentatives de suicide constituent la quatrième modalité clinique mise au jour chez certains de ces hommes. Des blessures superficielles sur la partie antérieure du poignet, de l'avant-bras et du torse infligées avec soin à l'aide de lames de rasoir, de stylos plume ou d'épingles constituent les formes d'automutilation les plus communes. L'ingestion de mort-aux-rats ou de désinfectant mélangés à une boisson et les tentatives de pendaison sont aussi fréquentes. Toutes ces tentatives ont une dimension théâtrale, commises en présence de diverses personnes qui peuvent facilement interrompre l'acte. La plupart d'entre elles se produisent à domicile au cours des permissions, où le patient fait une annonce mélodramatique de ses intentions à sa famille.

140 Zhenya Gay (…) avec le vrai « Manuelito »

142 Un dernier schéma de réaction, considérablement moins spectaculaire que les quatre précédents, se caractérise par une faible dissociation, laquelle se manifeste par une impossibilité à se concentrer, des étourderies, une perte d'intérêt pour son apparence personnelle, un certain degré de préoccupation et un léger émoussement des affects. Il dure en général un jour ou deux.

186 Affamez un rat aujourd'hui.
Services sanitaires de l'État de New York

188 CAS HOMOSEXUELS
(…)
Résumé :
(…)
Tendances à la féminité (…) La mère domine le père.
(…) Attaché à la mère. L'aidait (…) Appelé tribade. (…)
(…) écœurant. (…)

(…) définitivement (…)

Homosexuel (…)

Dennis C.

Impression globale :

Par un après-midi très chaud (…) Dennis arrive (…) bien habillé (…) avec un proéminent (…) pantalon, apparemment sans avoir conscience de cet (…) affecté (…) balancement rotatoire de ses hanches (…) faussement timide (…) peu claire (…) raison pour laquelle il a toujours été appelé (…) Néanmoins (…) il est délicat et galant (…) il permet (…) des jeux plus libres (…) la plus gay des « reines ».

Dennis a un corps gracile (…) sa gêne. Sa capacité à la grâce (…) petits mais fermes (…) joues roses (…) long cils (…) bonne santé (…) de son visage, un peu plus qu'attendu (…) il est également probable qu'un (…) ancien amant (…) avec l'entrain de sa jeunesse passée.

(…) Proteste (…)

192   « Oh, méchant écureuil, glapit Carolyn. Je vais te tirer la queue et te tirer l'oreille, idiot d'écureuil ! » Ce qu'elle fit.

Sarah et Carolyn étaient très en colère. Il y eut des bousculades, des glapissements et des murmures furieux. Quelques touffes de fourrure volèrent. Tout à coup, Sarah et Carolyn mirent fin à leur querelle et se dévisagèrent. Puis elles coururent jusque chez elles, Sarah au sommet de son arbre et Carolyn dans son minuscule terrier.

196   As-tu déjà un chevreau caressé
Et senti la douceur de ce mignard
L'as-tu déjà vu dans l'herbe gambader
Sur ses petits sabots à talons noirs ?

202   Saine et trompeuse (…) homosexuelle (…) sans bord tranchant (…)
sans déchirure
caractéristique (…)
de jeu (…) vaginal mutuel
Jeu sexuel vaginal
Schéma 17

218   Percussions, piano, batterie et disques chinois. Livres, plantes, tapisseries, statues de nu de Franziska Boas – la femme dont nous partageons le studio, avec une autre dame qui écrit sur la nudité – très étrange. Mais ne vous méprenez pas, nous avons notre propre chambre. Nous partageons le studio, nous peignons et elle danse. Venez quand vous n'avez rien d'autre à faire. C'est un endroit terriblement bohème. Vraiment sympa. (Je viens d'écraser un insecte.)

229   *Je dédie ce livre*
À
EMMA GOLDMAN
LA PLUS BRILLANTE ET LA PLUS INDISPENSABLE DES FEMMES
QUE J'AIE JAMAIS CONNUE.
ELLE M'A ENSEIGNÉ QUE LES HOMMES ET LES FEMMES
NE SERONT PAS LIBRES TANT QUILS NE S'INTERDIRONT PAS
D'EXPLOITER ET DE SE LAISSER EXPLOITER.

238   Danger
Marche surélevée
Baissez-vous
Laissez
votre
dignité
dehors

255   3 décembre 1956
Eh bien, imbécile, c'est le jour, mais où est passée ta raison ?
Là où elle se cache depuis des années, dans une bouteille d'alcool
Ne vas-tu pas, toi joyeuse et libre, te dérober, lui tendre un piège ?
Eh non, p'tit gars, pas maintenant, je suis trop redevable à d'autres dieux
Quels dieux
Oh, le dieu des catholiques, des lesbiennes, et même, pour tout dire, le dieu général et habituel
Où donc, et quand, a lieu la marée ? Pourquoi rien de tout cela ne me fait peur ?

Va me chercher à boire

Quelle heure, quelle marée ?

Continue, laisse tous les autres rester, payer, prier et s'amuser à des banalités.

Jan Gay

282 LE TEST MASCULINITÉ-FÉMINITÉ

Répondez à chaque question le plus honnêtement possible
OUI ou NON.

Avez-vous déjà eu l'impression que vous alliez « vous effondrer » ?

Avez-vous déjà rêvé de cambrioleurs ?

Avez-vous des gens à qui parler de vos soucis ?

Aimez-vous parler de vos soucis à d'autres ?

Les gens disent-ils que vous parlez trop ?

Aimeriez-vous porter des vêtements luxueux ?

Avez-vous souvent peur en pleine nuit ?

Craignez-vous souvent que les autres lisent dans vos pensées ?

Êtes-vous très gêné

Cela vous inquiète-t-il d'avoir quelque chose que vous n'avez pas terminé ?

Avez-vous un jour aimé jouer avec des serpents ?

Avez-vous souvent été puni de façon injuste ?

Êtes-vous capable de supporter la même somme de douleur que les autres ?

Pouvez-vous

rester tranquille

Vous racontez-vous souvent des histoires que vous inventez de façon à oublier où vous vous trouvez ?

Préférez-vous être en compagnie de personnes plus âgées ?

Aimez-vous le sexe ?

Vous dérobez-vous à une crise

Avez-vous déjà fugué de la maison ?

Avez-vous envie de sauter quand vous vous trouvez en hauteur ?

(...)

*bronco : Garçon qui s'initie aux pratiques homosexuelles, normal, sauvage, et parfois réfractaire (...) un cheval non débourré.

brought out : Être initié à la pratique de l'homosexualité (...) par une autre personne (...) ou le hasard (...) être considéré (...) être presque (...) équivalent (...)

brown : Emmazouter. brown est aussi employé dans une expression nègre et signifie alors « maudit » : « Que je sois maudit » ; (...)

browning : (...) acte spécifique (...).

browning (sœurs), être l'une des... (argot des *hobos*) : appartenir à la famille browning.

*bucket : L'anus. (...)

bug : (...) *bugger*. (Souvent utilisé par les matelots)

bugger : (...) utilisé en Amérique, y compris par les enfants, souvent sans avoir conscience du, ni faire référence au, sens premier (...) Dans l'Amérique rurale, un terme affectueux souvent appliqué aux enfants (...)

bull-dike : (...) bull-dyke, bull-diker (...) bull-dyker. (...) bull-dagger (...) bull-diking (...) bull-dycking (...) *dike*.

**bumper : (...) lesbienne active ; utilisé en général pour qualifier les lesbiennes d'apparence masculine.

bunghole : (...) bungholing (...) bungholer (...)

bunker : Celui qui sodomise. (Argot des *hobos*) bunker shy : (...) jeune garçon qui craint la sodomie forcée.

burglar : (...) voleur fétichiste (argot des *hobos*)

**buttercup : Bouton-d'or (...) Terme artificiel et éphémère du début des années 1930 (...)

*call house : Bordel pour homosexuels qui téléphone pour obtenir, ou envoie chercher certains jeunes garçons particuliers (...) Synonyme de *show house* et *peg house*. (...)

*camp : Parler, se comporter de façon à attirer ou chercher à attirer l'attention par tous les moyens possibles (...)

300 Professeur Magnus Hirschfeld
Sommité européenne sur la sexualité
« Homosexualité »
Splendides photos explicatives
Décalé au dimanche 18 janvier au Dil-Pickle Club, 858 N. State Street

REMERCIEMENTS

Jenna Johnson, impossible d'imaginer ni ce livre ni cette vie sans ta sagesse, ton humour et ta sérénité ; tu es la Dolly Parton des éditrices. Jin Auh, merci d'avoir toujours veillé sur moi. Toute l'équipe de FSG : Na Kim, Hannah Goodwin, Gretchen Achilles, Lianna Culp, Lauren Roberts, Brian Gittis, Sarita Varma, Nina Frieman, Debra Helfand, Daniel del Valle, Hillary Tisman, Caitlin Cataffo, Isabella Miranda, Sheila O'Shea, Nick Stewart, Amber Williams, Jonathan Woollen et Pauline Post. Michael Waters, merci. Julia Ringo, merci beaucoup. Daniel Bird, Bella Lacey, et tous les gens de Granta Books, ainsi que Tracy Bohan, mes remerciements sincères et généreux. Frankie Masi, tu es tout simplement la meilleure. J'ai pu consacrer un temps essentiel à l'écriture et à la recherche grâce à plusieurs institutions : le National Endowment for the Arts, le NYPL Cullman Center, le Radcliffe Institute for Advanced Study, le Picador Professorship d'Universität Leipzig et l'Hermitage Artist Retreat. Je suis reconnaissant aux bibliothécaires et archivistes de l'Institut Kinsey, du Schomburg Center for Research in Black Culture, de la Labadie Collection de l'université du Michigan et de la Fondation Warhol, entre autres. Je suis également reconnaissant aux librairies et aux libraires, ainsi qu'aux communautés littéraires avec lesquelles j'ai travaillé au fil des ans telles que les Lambda Literary, PEN et le FAWC de Provincetown (pour n'en citer que quelques-unes parmi tant d'autres). Merci à Arthur Tress et Sandy Skoglund pour votre art. *An American Obsession* de Jennifer Terry et *Departing from Deviance* de Henry L. Minton m'ont aidé à comprendre le contexte historique de l'étude *Sex Variants*. Le département d'anglais de UCLA, ainsi que son personnel m'ont apporté un soutien précieux ; je me sens extrêmement chanceux d'y travailler, tout comme avec mes étudiants. Mes nouveaux et anciens amis de Los Angeles : Emma Borges-Scott, Angela Flournoy, Xuan Juliana Wang, Mariam Rahmani, Josh Guzmán et Albert Muñoz. Graham Plumb, Kristina Paiz, Sasha Rodriguez, Raas Romano, Kristy Zadrozny et Marissa Beckett ; vous me manquez. Jaime Shearn Coan et Arianna Martinez, merci pour le répit apporté par la famille queer, et Valencia, tu es là et tant aimée. Ma, amour et reconnaissance. Laura Iodice, merci, toujours. Davey, je n'aurais jamais eu l'idée d'écrire un livre qui prenne la forme d'une longue conversation, si ce n'est que nous avons entamé une conversation il y a dix ans que nous avons promis de ne jamais terminer.

Par-dessus tout, je suis redevable à la famille Gay : Juan, Zhenya et Jan, ainsi qu'aux participants volontaires à l'étude *Sex Variants*, des gens comme Edna Thomas et Thomas Painter, ainsi qu'au grand nombre de personnes rendues anonymes et dont les visages restent floutés, mais qui sont passés à la postérité à travers le jargon de leurs désirs.

CRÉDITS D'ILLUSTRATIONS

9   Image créée à partir de la page vi de *Sex Variant Women in Literature: A Historical and Quantitative Survey* du Dr Jeannette H. Foster, copyright © 1956 par Jeannette Howard Foster.

12 *The Book Dealer* © Arthur Tress.

14 Image créée à partir de la page vii de *Sex Variants: A Study of Homosexual Patterns* de George W. Henry, médecin, copyright © 1941 par Paul B. Hoeber, Inc.

28 Image créée à partir de la page 349 de *Sex Variants*.

31 Tiré des collections de l'Institut Kinsey, université de l'Indiana. Tous droits réservés.

38 Photographie de Mario Geo / *Toronto Star* via Getty Images.

43 *Radioactive Cats* © 1980 Sandy Skoglund.

45 Portrait de Francisco Moncion (1918-1995) par Carl Van Vechten.

49 Image créée à partir de la page 471 de *Sex Variants*.

55 Image créée à partir de la page 182 de *Sex Variants*.

56 Image créée à partir de la page 183 de *Sex Variants*.

57 Image créée à partir de la page 184 de *Sex Variants*.

60 Illustration tirée de *Manuelito of Costa Rica* de Zhenya Gay et Pachita Crespi, copyright © 1940 par Julian Messner Inc.

66 Image créée à partir de la page 919 de *Sex Variants*.

69 Photo de l'US Air Force / Base aérienne de Minot.

73 Collection privée, non datée.

82 Image créée à partir de la page v de *Sex Variants*.

84 Image créée à partir des pages 1041, 1048, 1050 et 1056 de *Sex Variants*.

87 Image de Jan Gay. Source inconnue.

89 Musée de l'université du Michigan, achat du musée, 1948/1.438.

93 Photos du film *This Nude World* (1935) réalisé par Michael Mindlin, histoire de Jan Gay.

96 Image créée à partir de la page 694 de *Sex Variants*.

101 Edna Thomas dans le rôle de la vieille femme mexicaine dans *Un tramway nommé Désir* ; photographie de Carl Van Vechten. Bibliothèque du Congrès, département des estampes et des photographies, Collection Carl Van Vechten.

107 Image créée à partir de la page 514 de *Sex Variants*.

109 Schomburg Center for Research in Black Culture, Photographs and Prints Division, The New York Public Library. Edna Thomas en Lady Macbeth avec la troupe, New York Public Library Digital Collections. Consulté le 12 octobre 2022. https://digitalcollections.nypl.org/items/3f6b9960-3bc8-0134-744c-00505686a51c.

111 En provenance des collections de l'Institut Kinsey, université de l'Indiana. Tous droits réservés.

123 Extrait de « Psychopathologic Reaction Patterns in the Antilles Command », de Mauricio Rubio, Mario Urdaneta et John L. Doyle, paru dans le *United States Armed Forces Medical Journal*, publié par l'Agence de publication médicale des forces armées, Département de la Défense, vol. 6, n° 12, décembre 1955.

126 Extrait de « Psychopathologic Reaction Patterns ».

130 Extrait de « Psychopathologic Reaction Patterns ».

134 Extrait de « Psychopathologic Reaction Patterns ».

137 San Juan, Porto Rico. Photographie d'Edwin Rosskam (1903-1985). Image fournie avec l'aimable autorisation de la bibliothèque du Congrès.

140 Image tirée de la quatrième de couverture de *Manuelito of Costa Rica* de Zhenya Gay et Pachita Crespi, copyright © 1940 par Julian Messner Inc.

142 Extrait de « Psychopathologic Reaction Patterns ».

151 Provient des collections de l'Institut Kinsey, université de l'Indiana. Tous droits réservés.

157 Illustration tirée de *Who's Afraid?* de Zhenya Gay, copyright © 1965 par Zhenya Gay, renouvelé en 1993 par Erika L. Hinchey. Utilisée avec l'autorisation de Viking Children's Books, marque de Penguin Young Readers Group, division de Penguin Random House LLC. Tous droits réservés.

160 Illustration tirée de *Who's Afraid?* de Zhenya Gay, copyright © 1965 par Zhenya Gay, renouvelé en 1993 par Erika L. Hinchey. Utilisée avec l'autorisation de Viking Children's Books, marque de Penguin Young Readers Group, division de Penguin Random House LLC. Tous droits réservés.

186 Département de la santé de la ville de New York.

188 Image créée à partir de la page 303 de *Sex Variants*.

192 Illustration tirée de *The Dear Friends* de Zhenya Gay, copyright © 1959 par Zhenya Gay.

196 Illustration tirée de *Who's Afraid?* de Zhenya Gay, copyright © 1965 par Zhenya Gay, renouvelé en 1993 par Erika L. Hinchey. Utilisée avec l'autorisation de Viking Children's Books, marque de Penguin Young Readers Group, division de Penguin Random House LLC. Tous droits réservés.

199 © 2023 National Partnership for Women & Families. Planche 13 reproduite avec l'autorisation de Robert L. Dickinson, Abram Belskie, and the Maternity Center Association, *Birth Atlas* (New York, 1940).

202 Image créée à partir de la page 1116 de *Sex Variants*.

206 Extrait de *An American Textbook of Obstetrics: For Practitioners and Students*, de Richard C. Norris et Robert Latou Dickinson, copyright © 1895.

212 Collection du Musée anatomique Warren, Centre pour l'histoire de la médecine au sein de la Francis A. Countway Library of Medicine, université Harvard.

218 Avec l'aimable autorisation de J. Carter Tutwiler et de la Fondation Warhol.

221 Image fournie avec l'aimable autorisation de la bibliothèque du Congrès.

224 Walker Art Gallery, Liverpool, Angleterre.

229 Page de dédicace de *The Second Oldest Profession: A Study of the Prostitute's "Business Manager"* de Ben L. Reitman, 1931, The Vanguard Press.

233 Les deux photos sont offertes par la bibliothèque de l'université du Michigan (Joseph A. Labadie Collection, Special Collections Research Center).

234 Avec l'aimable autorisation de la bibliothèque de l'université du Michigan (Joseph A. Labadie Collection, Special Collections Research Center).

238 Avec l'aimable autorisation de la Newberry Library, Chicago, Illinois.

255 Image fournie avec l'aimable autorisation de la bibliothèque du Congrès.

262 Illustration de Zhenya Gay tirée de *La Ballade de la geôle de Reading* d'Oscar Wilde.

295 Image créée à partir de la page 1159 de *Sex Variants*.

300 Avec l'aimable autorisation de la Newberry Library, Chicago, Illinois.

RÉALISATION : NORD COMPO À VILLENEUVE-D'ASCQ
NORMANDIE ROTO IMPRESSION S.A.S. À LONRAI
DÉPÔT LÉGAL : AOÛT 2024. N° 2084 (2401 994)
IMPRIMÉ EN FRANCE